Helen Brown
Cleo

Wie ich das Lachen wieder lernte
Aus dem Englischen von Andrea Stumpf
384 Seiten. Deuticke 2010

Als Sam kurz nach seinem neunten Geburtstag überfahren wird und stirbt, bleiben seine Eltern und sein kleiner Bruder Rob verzweifelt zurück. Einige Wochen später wird ein eher hässliches haarloses weibliches Katzenjunges bei der Familie, die auf einem unwegsamen Hang am Rand von Neuseelands Hauptstadt Wellington lebt, abgeliefert. Sam hatte sich das Kätzchen wenige Tage vor dem Unglück als Geschenk ausgesucht.
Die Autorin und Journalistin Helen Brown erzählt in diesem Buch eine wahre Geschichte, die Geschichte ihrer Familie, die sich mit Hilfe der Katze Cleo nach dem tragischen Unglück zurück ins Leben kämpft. Dass Helen und ihr Mann Steve sich letztlich trennen, daran kann selbst Cleo nichts ändern, doch bei anderen Widrigkeiten des Daseins wie etwa der Suche nach einem neuen Partner steht sie Helen tapfer zur Seite und unterzieht die Anwärter ganz speziellen Eignungstests. Wie ein Schutzgeist wacht Cleo über das Leben von Helen und ihrer Familie; hochbetagt übersiedelt sie noch mit ihnen von Neuseeland nach Australien. »Cleo« ist ein zutiefst berührendes Buch darüber, was ein Tier für uns bedeuten kann.

»Es gibt viele Katzengeschichten, braucht es da noch eine, die in Neuseeland spielt? Ja, denn diese Geschichte gleicht keiner anderen und ist ein großes Geschenk nicht nur für Katzenliebhaber, sondern vor allem für Menschen, die einen großen Verlust durchzustehen haben.«

Maria Panzer, *Lesart*

PETROS MARKARIS è nato a Istanbul nel 1937. Ha collaborato con Théo Angelòpoulos a diverse sceneggiature, tra cui *L'eternità e un giorno*, Palma d'Oro a Cannes nel 1998, e nel 2011 ha ricevuto il premio Raymond Chandler del Noir in Festival. Nella serie delle inchieste del commissario Charitos, Bompiani ha pubblicato otto romanzi e una raccolta di racconti.

Capodanno 2014. Grecia, Spagna e Italia sono uscite dall'euro. Ben presto si scatena il caos sociale: stipendi bloccati, banche chiuse, disoccupazione. Poi, tre ex rivoluzionari del Politecnico, il movimento che negli anni Settanta si oppose al regime dei colonnelli, vengono trovati morti. Sui loro cadaveri, un messaggio: "Pane, Istruzione, Libertà". Charitos viene incaricato di districarsi in questa indagine, resa rovente da un clima di protesta sociale sempre più precario.

BOMPIANI VINTAGE

Dello stesso autore presso Bompiani

Le inchieste del commissario Charitos

Ultime della notte

Difesa a zona

Si è suicidato il Che

La lunga estate calda del commissario Charitos

I labirinti di Atene

La balia

Prestiti scaduti

L'esattore

Non fiction

Io e Kostas Charitos

Tempi bui

PETROS MARKARIS
RESA DEI CONTI

Traduzione di Andrea Di Gregorio

ROMANZO
BOMPIANI

Titolo originale: *Ψωμί. Παιδεία. Ελεύθερια*

First published in 2012 by Gavrielides Books, Athens

ISBN 978-88-452-7626-2

Prima edizione Bompiani: giugno 2013
Prima edizione Bompiani Vintage: marzo 2014

www.bompiani.eu

RESA DEI CONTI

Partiti sunt vestimenta mea sibi
et in vestem meam miserunt sortem.
"Hanno spartito fra loro le mie vesti, e hanno tirato a sorte la mia tunica."
Giovanni, 19, 24

In memoria di
Théo Anghelòpoulos

Nota del traduttore

Le parole greche sono state trascritte nel modo più intuitivo. L'accento è segnato quando cade sull'ultima e la terzultima sillaba. Non è stato segnato quando cade sulla penultima, e la parola è piana.

I cognomi, al femminile, vengono declinati al genitivo. Quindi, per esempio, la moglie di Kostas Charitos si chiama Adriana Charitou, e la moglie di Ieràsimos Demertzìs è la signora Demertzì.

1

Lo tiene nella mano sinistra e lascia che il palmo della destra vi scivoli sopra delicatamente, come si fa per spianare un foglietto accartocciato. La destra le trema mentre lo tocca.

"Ci credereste? Mi era mancato," sussurra.

Ciò che tiene in mano è un biglietto da mille dracme, del tutto identico a quello che circolava un tempo, con il Discobolo di Mirone.

"Mamma, con questo biglietto da mille domani non potrai neanche prenderti un caffè," le dice Caterina.

"Domani" significa proprio "domani", il 1° gennaio 2014. Oggi è l'ultimo giorno del 2013, e stiamo per tagliare la *vasilòpita*, la torta di Capodanno, insieme a Fanis, Caterina e ai nostri consuoceri, Sevastì e Pròdromos.

"Però, per il barista sarà una bella soddisfazione incassare mille dracme per un caffè, invece di tre euro," replica Adriana.

"Sì, solo che cinquecento dracme corrispondono a un euro."

"Non le dannare l'anima," le sussurra Fanis.

"Se la dannerà domani," replica Caterina.

"E lascia che se la danni domani," ribatte secco Fanis.

"Caterina mia, noi abbiamo già vissuto tutto questo, e ormai non ci fa più impressione. Siamo immuni," interviene Sevastì. "Sai quante migliaia di dracme pagava mia madre per un'oncia di riso dopo la guerra civile? Pròdromos, ti ricordi quanto costava un'oncia di riso prima della svalutazione di Markezinis?"

"Tra un po' mi chiederai anche quanti cannoni aveva l'incrociatore *Averoff*," replica Pròdromos.

La conversazione finisce qui, perché Adriana va in cucina e porta la *vasilòpita* con la frutta secca, mentre Caterina le corre dietro per aiutarla, come sempre.

Personalmente, sospendo il giudizio e non partecipo alla conversazione, almeno fino a quando non avrò capito da che parte pende la bilancia. Capisco l'ansia di Caterina per il passaggio dall'euretto alla dracmuccia. Riesco anche a capire la calma di Adriana e Sevastì: loro dicono che abbiamo passato giorni tremendi con la dracma, e tuttavia abbiamo resistito. Hanno ragione, ma qui si parla di passare da un monolocale a una stanza in affitto: non è cosa da poco.

Adriana e Caterina fanno ritorno come due cameriere di un ristorante di classe, ognuna portando una metà del dolce.

Non appena finiscono di servire in tavola si presenta Zisis. La decisione di invitarlo è stata presa da tutta la famiglia, per non lasciarlo da solo la notte di Capodanno, con i foschi pensieri sul fatto che quella misera pensione che gli danno, domani se la prenderà il vento. In ogni caso, la miseria di domani non gli ha impedito di portarci, oggi, una fruttiera in regalo.

Il regalo di Zisis ci dà l'occasione di scambiarci anche i nostri doni.

"Ehi, guardate che stavolta sono regali simbolici," commenta Adriana. "Sono gli ultimi doni che compriamo con l'euro..."

"E proprio per questo ti ho preso una cosa che ti servirà," dice Caterina alla madre, mentre le consegna il suo regalo.

Adriana apre il pacchetto e ne estrae un grosso portafogli.

"Ha un sacco di tasche per tenere in ordine le tue dracme," le dice Caterina, ridendo.

"Siamo tornati ai portafogli con tante tasche, ma vuoti," commenta Adriana.

"Perché non dici nulla?" chiedo a Zisis.

"Che cosa dovrei dire?"

"Che si può vivere anche con poco. Tu sei un maestro in quest'arte."

"Si vive, sì. Ma non è semplice. Puoi fare l'eroe e non perdere la dignità, ma te lo ripeto: non è semplice."

Per la prima volta, Lambros lascia intuire le difficoltà che affronta per arrivare a fine mese.

Poi ricomincia la sfilata dei soliti regali che ci si scambia per Capodanno: maglioni, camicie, magliette, cravatte, finché Caterina mi si avvicina con un grosso sacchetto di plastica e l'appoggia davanti a me.

"Questo è il regalo per te, da Fanis e da me."

Guardo il sacchetto di plastica, cercando di indovinare che cosa può contenere, e con la coda dell'occhio noto che Fanis e Caterina stanno ridacchiando. Apro il sacchetto e spunta la confezione di un computer portatile. La scoperta è accompagnata da un coro di "Auguri, auguri!", mentre io resto a guardare il computer.

"Che cosa me ne faccio?" chiedo perplesso.

"È tempo che anche tu possegga un computer e che la smetta di dipendere da Koula."

"E avete speso i vostri ultimi euretti per comprarmi un computer che mi renda indipendente da Koula? Ma io non ne capisco niente di computer! Non ho neanche mai usato la macchina per scrivere: sono sempre stato un 'lavoratore manuale'."

"Non è difficile. Koula ti insegnerà a utilizzarlo," mi spiega Caterina.

In quel momento penso che se fossi diventato vicecomandante della polizia avrei ricevuto anche il computer che va sempre a braccetto con la promozione. Però non l'abbiamo avuta, la promozione, né io né Ghikas. È cambiato il governo e hanno sistemato i loro uomini.

"L'abbiamo preso in quel posto, Kostas. Avevo calcolato tutto fuorché le elezioni. Non te lo nascondo: ho i miei appoggi, ma il fatto è che qui devi avere contatti con tutti i partiti. E questo è praticamente impossibile," mi ha detto Ghikas, seccato, mentre io mi chiedevo se era scocciato per me o per se stesso. In ogni modo, siamo arrivati entrambi al detto di mio padre: "Chi vive sperando, muore cacando." Non che ci tenessi poi tanto alla promozione, ma è certo che se adesso incassassi un mazzetto di dracme in più ogni mese non mi dispiacerebbe per niente.

Scaccio i pensieri tristi e mi avvicino al tavolo dove tutti si sono riuniti per tagliare la *vasilòpita.* Mi appresto a farci sopra il segno della croce in contemporanea con i canti tradizionali intonati in televisione; eseguo con grande meticolosità tutto il rituale fino alla distribuzione delle fette, che ognuno seziona per vedere se gli è capitato il "fiorino", la moneta portafortuna che viene impastata con la torta. Poi Zisis annuncia:

"Eccolo. Ce l'ho io!"

"Buona fortuna! Che bello, la fortuna ti arriderà nel nuovo anno, zio Lambros!" esclama Caterina tra l'esultanza generale.

"La fortuna arriva sempre tardi," commenta ridendo Zisis e incassa gli auguri di tutti con il suo solito sorriso timido.

"Che Dio ci protegga! E questo cos'è?" grida improvvisamente Adriana.

Lo schermo del televisore si è riempito all'improvviso di foglietti volanti. La festa in piazza Sìntagma è scomparsa: non si vede più nulla.

"Santo cielo, sono dracme!" esclama Sevastì.

Effettivamente, i foglietti sono banconote finte: biglietti da cento, mille, cinquemila dracme.

"Le dracmucce piovono dal cielo!" esclama entusiasta il presentatore, mentre dal pubblico in piazza si levano grida di "Evviva!" e applausi entusiastici.

"Sono pazzi! Festeggiano la nostra rovina," commenta Pròdromos.

"Perché non andiamo a vedere da vicino?" propone Sevastì.

"Andiamo! Sarà divertente!" concorda Adriana con entusiasmo.

"Abbiamo due macchine, ci entriamo tutti," mi fa notare Fanis, e capisco che anche lui vuole andare a godersi lo spettacolo. Il problema, però, non sono tanto le macchine, quanto il traffico che troveremo sulla strada verso piazza Sìntagma.

I nostri timori non vengono confermati perché sulla Spirou Merkouri il traffico scorre senza intoppi. Svoltiamo a sinistra sulla Vasileos Konstantinou per uscire sulla Righillis e avvicinarci il più possibile alla nostra meta. All'altezza del Circolo degli Ufficiali veniamo fermati da un vigile.

"Non può proseguire, signor commissario. La Vasilissis Sofias è chiusa all'altezza della Koumpari."

"Possiamo lasciare le macchine qui? Sono due, quella di mio genero e la mia."

"Certo, lasciatele pure qui, ve le guardo io. Il servizio è gratuito, per un collega..." soggiunge, ridendo, per ricordarmi che l'"oliatura", la nostra tassa nazionale, continuerà identica anche con la dracma.

I pedoni sulla Vasilissis Sofias sono rari. La gente comincia ad affollarsi dopo la curva di via Sòlonos, e nei pressi dell'hotel Grande Bretagne ci ritroviamo già stipati all'inverosimile. Ci fermiamo davanti all'albergo per seguire un nuovo lancio di fasci di banconote che si allargano nel cielo come colombe.

"Queste sono pesetas," spiega il presentatore dal palco. "Un omaggio agli amici spagnoli che festeggiano con noi."

Il complesso musicale attacca a suonare una canzone spagnola mentre sul marciapiedi di fronte un gruppo di ragazze si scatena al ritmo della musica con lo sguardo rivolto in alto, verso l'hotel.

"Vedo che vi divertite, ragazze," dice loro Adriana.

"Sulla terrazza del Grande Bretagne c'è una troupe tedesca che ci sta riprendendo," le spiega una ventenne dai capelli biondi. "Vogliamo mostrargli che ce ne freghiamo di loro e che anche con la dracma continueremo a fregarcene e a godercela. Quella gente non sa divertirsi!"

"Festeggiano la disperazione. È incredibile," mormora Caterina tra sé.

Zisis la prende sottobraccio.

"Quando i nostri compagni fuggivano profughi in Russia con i resti dell'esercito democratico, festeggiavano il ritorno prima ancora di arrivare a Tashkent," le racconta sottovoce, per non farsi sentire dagli altri. "Quando poi ci sono arrivati, a Tashkent, hanno capito che non sarebbero tornati tanto presto e che si erano ficcati in un bel guaio."

"Ma questa non è una festa. È odio, zio Lambros," interviene Fanis. "Cent'anni dopo la Prima Guerra Mondiale, l'odio torna a diffondersi in Europa."

Un nuovo fascio di banconote vola nel cielo. "E queste sono lirette, per i nostri amici italiani. Perché sappiano che siamo rimasti al loro fianco e sono nei nostri pensieri."

Anche la musica cambia, e ora risuona una canzone italiana.

"Posso chiedere una cosa, signore?" mi domanda un nero che sta accanto a me con la moglie e contempla anche lui lo spettacolo."

"Dimmi."

"Io e mia moglie dato cinquemila *dollars* per avere euro. E ora ha dracme. Cinquemila *dollars* per dracme?"

"*Selavì*," commenta la moglie che lo tiene sottobraccio.

Chiedo a Caterina, che ha frequentato l'Istituto Francese di Salonicco, che cosa significa *Selavì*."

"*C'est la vie*. 'È la vita'," mi traduce.

Giusto. Così è la vita, oggi. Domani, come sarà?

2

Zisis aveva ragione. La nostra Tashkent comincia con il 1° gennaio. Non ci viene riconosciuto nessun periodo di tregua, neanche per ambientarci nelle nostre nuove condizioni di vita. Non sono i capi del partito a renderci la vita difficile, come ai tempi di Zisis, ma altri capi, nostri contemporanei, ossia i mezzi di comunicazione di massa, prima fra tutti la televisione.

Adriana si era chiusa in cucina fin dalla mattina presto per preparare il pranzo di Capodanno. Avevamo deciso di mangiare tutti insieme: genitori, figli e consuoceri. Del resto, Pròdromos e Sevastì sono venuti da noi per le feste: si sono sistemati nell'ex camera di Caterina, e lei si è trasferita nell'appartamento dei genitori di Fanis, a Koukaki.

Dato che non voglio stare tra i piedi ad Adriana quando cucina, perché si innervosisce e si mette a gridare, mi sono piazzato in soggiorno, davanti al televisore. Avevo ancora nella mente la notte di Capodanno, con le banconote false che volteggiavano in cielo, le grida di "Evviva!", l'esultanza e gli applausi. Forse è davvero stata la baldoria degli sventurati ma, nonostante tutto, è stata baldoria.

E probabilmente è stata proprio la festa di Capodanno a spingermi di nuovo verso il televisore, con la speranza di vederne il seguito sullo schermo. Ho schiacciato il pulsante, ma invece delle false dracme mi sono trovato davanti due quarantenni e, in mezzo a loro, il viceministro dell'Economia. Hanno cominciato a chiedergli per quanto tempo le banche rimarranno chiuse, se i depositi dei greci sono al sicuro e se lo stato ha i contanti per pagare stipendi e pensioni. Le domande calavano a pioggia sul viceministro, ma i ceffoni arrivavano a me, e mi davano le vertigini.

A un certo punto, Pròdromos si è seduto accanto a me e ha cominciato a fissare la televisione in silenzio. Si vede, però, che la sua resistenza è inferiore alla mia, perché dopo un po' ha preso il telecomando e ha cambiato canale. Siamo finiti su una coppia di settantenni che rovistavano nella spazzatura con dei bastoni. Appena si sono accorti della telecamera che li stava riprendendo, si sono girati di spalle, per nascondere il volto.

"Queste sono le prime immagini del 2014," ha commentato il giornalista.

Per fortuna, poco dopo sono arrivati i ragazzi e l'atmosfera si è un po' rilassata. Adriana aveva preparato l'agnello al forno con le patate; Sevastì, le *lachanodolmades*, gli involtini di carne avvolta nelle foglie di cavolo (perché è inverno), che sono una sua specialità; e Caterina il piatto più semplice, cioè l'insalata.

"Fanis, avremo anche le tasche vuote, ma quanto a ripieno per le pietanze, non ci batte nessuno!" ha commentato Caterina, ridendo. "Mia mamma prepara i *ghemistà*, tua mamma le *lachanodolmades.* Devo imparare a farli anch'io, altrimenti mi verrà un complesso di inferiorità."

"E invece faresti meglio a imparare a cucinare la *pita* ripiena di cicoria o il riso con i porri," ha replicato Sevastì, "perché d'ora in poi saranno queste le cose che mangeremo."

"E smettila, Sevastì! C'è già la televisione a rovinarci la giornata," ha esclamato Pròdromos. Sevastì ha taciuto.

Adesso sono le dieci del mattino del primo giorno lavorativo dell'anno. Io siedo, in solitudine, nel mio ufficio. Koula sottopone il mio nuovo computer a un'ispezione generale. Vlasòpoulos, che è arrivato in ritardo, passa per un saluto e per farmi gli auguri.

"Auguri anche per il computer, signor commissario." Dopo una breve pausa conclude ridendo: "La conosco da tanti anni e vedo che lei trova sempre il modo per essere originale."

"E dove la trovi l'originalità, Vlasòpoulos? Nel fatto che mia figlia e mio genero mi abbiano regalato un computer che non so neanche come si accende?"

"Su, su, che ha capito! Noi stiamo tornando alla matita copiativa – quella che bisogna bagnare con la punta della lingua, come faceva mio nonno alla stazione di polizia di Aràchova –, e lei invece parte in quarta con il computer."

"Hai ragione. Però dovrò chiedere ai ragazzi di comprarmi anche un generatore elettrico."

"Perché?" mi chiede sorpreso.

"Perché altrimenti come funzionerà il computer quando cominceranno le interruzioni di energia elettrica?"

"Il computer ha la batteria, signor commissario," mi spiega con un sorriso di condiscendenza.

"Quando cominceranno le interruzioni di quattro o cinque ore, la batteria non servirà proprio a niente," lo zittisco, e mi convinco che i programmi televisivi di ieri mi hanno influenzato più della festa con le banconote volanti.

La conversazione s'interrompe perché entra Koula con il computer e lo collega a una presa.

"Da qui si accende," mi dice, e schiaccia un pulsante sopra la tastiera. "Sarebbe meglio inserire il codice di accesso a ogni avvio, ma ho fatto in modo che lei possa entrare automaticamente." Dalla tasca dei jeans estrae un foglietto di carta e me lo porge. "Ecco il codice. Se lo trascriva da qualche parte e lo tenga al sicuro: per qualche operazione, il sistema operativo potrebbe richiederglielo."

Infilo il foglietto in una tasca e Koula comincia il mio addestramento di base. Mi mostra come funziona il mouse, poi si sofferma su un'icona sul monitor.

"Questa non so che cosa sia. Deve chiederlo a Caterina. Il resto gliel'ho scritto. Cominci a smanettarci. Quanto più ci smanetta, tanto prima impara. E un'altra cosa: il computer è l'idiota più intelligente che ci sia al mondo. Dipende solo da lei se sarà intelligente o idiota."

Se dipende veramente da me, sta fresco, penso. Diventerà amico per la pelle con il computer di Ghikas che giace spento, perennemente inutilizzato.

Koula si ritira mentre io afferro il mouse e cerco di beccare l'icona, che mi sfugge ogni volta. Comincia a svilupparsi tra di noi una specie di caccia: lei è il criminale in fuga, io il commissario alle sue calcagna. La caccia, però, s'interrompe perché squilla il telefono. È Ghikas.

"Ci vuole il ministro."

"Che cosa vuole da noi il primo giorno lavorativo dell'anno? Ci vuole fare gli auguri?" chiedo a Ghikas appena entriamo nella sua macchina.

"Se devo giudicare dall'unica volta in cui l'ho visto, mi sembra improbabile. Sta' attento a come ti muovi. Lui farà il duro, ma gli passerà... Dopo che avrà sbattuto il muso un paio di volte, imparerà anche lui."

Dalla risposta di Ghikas intuisco che mi troverò in un clima da guerra fredda, e non mi sbaglio.

La segretaria del ministro ci conduce in una sala-riunioni, e lì mi rendo conto che siamo al gran completo. Sono presenti: Lambròpoulos, della Sezione Crimini Informatici; Peresiadis, della Narcotici; Espèroglou, comandante dei MAT, i Nuclei Antisommossa; e Gonatàs, il nuovo dirigente dell'Antiterrorismo, che ha sostituito Stathakos che è andato in pensione – grazie a Dio ce ne siamo liberati!

Ci stringiamo la mano, ci scambiamo gli auguri di buon anno e rimaniamo in attesa. Poco dopo arrivano anche il capo della polizia e il suo vice. Seguono nuovi scambi di auguri e poi ricomincia l'attesa.

"Lo fa apposta per innervosirci e per farci capire chi è che comanda," commenta Lambròpoulos. "Spero di essere smentito, ma mi sa che ne vedremo anche di peggio."

Il capo della polizia e il suo vice non commentano, noi ci adeguiamo.

Abbiamo ormai esaurito l'ultima briciola di pazienza e ogni residuo di conversazione quando, allo scoccare dell'ora di attesa, si apre la porta e compare il ministro. Con tono sbrigativo ci butta là un generico "Auguro a tutti un felice anno nuovo", quindi si siede al suo posto e ci passa in rassegna.

"Vengo adesso dal consiglio dei ministri, ed è per questo che ho tardato," si giustifica, prima di riprendere immediatamente il tono ufficiale: "Signori, il governo ha deciso il blocco degli stipendi per un trimestre."

Ci fissa per cogliere le nostre reazioni. Ma quali reazioni vuole che ci siano? Sembra che abbiano tutti avuto un ictus e non siano neanche più in grado di muovere un pollice... I ripetuti tagli agli stipendi e alle pensioni erano soltanto le avvisaglie, dei piccoli attacchi apoplettici, ma il blocco dei salari è il colpo di grazia. Per fortuna non ho un mutuo da pagare, mi dico. Certo, devo ancora saldare le ultime due rate della macchina, ma quale concessionaria si riprende indietro un'auto per due sole rate non saldate? Con i soldi che ho in banca tiriamo avanti per tre mesi, e in caso di necessità posso ritardare il pagamento dell'affitto. Chi mi assicura, però, che il blocco degli stipendi durerà davvero solo tre mesi? La parola del governo greco vale quanto quella di una maga che legge i fondi del caffè. E i tre mesi possono facilmente diventare trenta.

Caterina e Fanis potrebbero avere dei problemi: lo stipendio di lui è l'unica entrata fissa della famiglia, e non so se riusciranno a resistere per un intero trimestre, dopo tutti i tagli che già sono avvenuti. Caterina divide con Mània quel poco che guadagna: il loro studio associato di assistenza psicologica e legale per persone con dipendenze fa ancora fatica a tenersi in piedi. Devo parlarne con Adriana: è bravissima nell'escogitare soluzioni.

Scruto le facce intorno a me: sono tutte imbronciate. Pensiamo tutti alla stessa cosa. Nessuno crede che il blocco durerà solo tre mesi e ognuno di noi immagina che, scaduto il trimestre, ci verseranno solo un acconto degli arretrati – che sarà anche la cosa più probabile.

"Inoltre, vi comunico che le banche rimarranno chiuse, in modo da permettere un passaggio agevole dall'euro alla dracma. È consentito prelevare dai bancomat la somma massima di cinquantamila dracme, che corrispondono a cento euro. Capisco che si tratta di misure molto dure, ma siamo costretti a stringere i denti in questo momento di difficoltà," conclude il ministro.

Nessuno reagisce. Abbiamo ascoltato quelle parole con il fatalismo degli impiegati pubblici vittime di un attacco di Alzheimer concentrato sull'udito a causa di ripetute filippiche ministeriali.

"Tutte le forze di polizia sono in stato di allarme per disinnescare ogni possibile azione violenta. Da oggi siete a disposizione del capo della polizia, che vi invierà in servizio dove riterrà più opportuno." Il ministro fa un'altra pausa, per studiare le nostre reazioni all'amaro calice. Dopo essersi accertato che abbiamo deglutito in silenzio, prosegue: "Ho tenuto una riunione in teleconferenza con i miei omologhi in Italia e Spagna: la linea che vi ho presentato è comune a tutti e tre i paesi."

"Anche lì ci sarà il blocco degli stipendi?" chiede Lambròpoulos.

"In Spagna, sì. In Italia, no. Ma le banche chiuderanno provvisoriamente in tutti e tre i paesi. Non ho altro da dirvi. Vi ripeto che da oggi siete a disposizione del capo della polizia. Domani arrivano alcuni alti funzionari dell'UE e non voglio che trovino Atene in preda al caos: capite bene cosa potrebbe significare per noi."

È la prima volta che lavoro per un ministro che non chiede l'opinione di nessuno e prende ogni decisione in maniera autonoma, anche se in collaborazione con il capo della polizia. E, per di più, in un momento in cui l'intero corpo di polizia è in uno stato di tale tensione che potrebbe esplodere da un momento all'altro. Ci è toccato un ministro complessato, e temo che sia solo una questione di tempo: scivoleremo su una buccia di banana e ci faremo ridere dietro in diretta televisiva da tutta la Grecia.

"L'hai visto?" mi fa Ghikas quando saliamo nella sua macchina. "Ti consiglio di fare il bravo e mantenere la disciplina. Non c'è alcuno spazio per i colpi di testa, con questo qui, e io non sono nelle condizioni di coprirti: te lo dico affinché tu sappia con chiarezza che cosa ti aspetta."

"E chi sarebbero questi alti funzionari dell'UE che devono arrivare?"

"Non lo so di preciso, ma deve trattarsi di pezzi grossi. Noi non siamo pezzi grossi, quindi non ci riguarda."

Pronuncia quest'ultima frase con evidente amarezza, perché l'occasione di entrare a far parte dei "pezzi grossi" gli è stata soffiata sotto il naso.

3

Evidentemente era scritto che non potessi esercitarmi con il computer. Appena lo accendo e apro il foglio con le istruzioni di Koula, squilla il telefono: è Espèroglou, il dirigente dei Nuclei Antisommossa.

"Dobbiamo concentrarci tutti in piazza Sìntagma. Ordine del capo."

"Cosa succede? Una manifestazione?"

"Un raduno internazionale. Dall'Italia e dalla Spagna sono arrivati due gruppi di contestatori per manifestare insieme ai nostri. Temo che sia una specie di prova generale..."

"Una prova generale per cosa?"

"Per la guerra di Secessione tra nordisti e sudisti: sembra che l'Europa voglia copiare l'America con un secolo e mezzo di ritardo..."

"A meno che non si tratti di una riedizione della Prima guerra mondiale cent'anni dopo."

"Ci sta anche questo," mi risponde con tono rassegnato. "Mi trovi davanti al Parlamento. Vieni anche tu, che ti dico dove devi appostarti di vedetta."

"Quanti ne porto con me?"

"Tutti. Lasciane solo uno a guardia del covile."

Apro l'armadio e mi infilo una delle mie due uniformi: l'altra la tengo a casa, di riserva.

Affido a Koula il compito di tenere d'occhio il covile e prendo con me i miei due aiutanti, Vlasòpoulos e Dermitzakis, oltre a un tal Papadakis, che mi hanno assegnato tre mesi or sono: due anni fa avevo fatto domanda per un altro aiutante e ora mi hanno spedito questo Papadakis. Non è un novellino, ha dieci anni di lavoro sul gobbo, ma non avendo alcuna raccomandazione è stato spedito qui da me. Chi ha un'entratura se la cava e riesce a ottenere un qualche incarico che gli permette di vivere in una sorta di vacanza lavorativa continuata. Papadakis non ne aveva, così gli è stato proposto di scegliere tra la stazione di polizia di Àghios Panteleimon e la Squadra Omicidi. Ha preferito quest'ultima seguendo la logica secondo cui *de duobus malis, minus est semper eligendum*, cioè tra due mali, meglio scegliere il minore. Anche se non sono troppo sicuro che la nostra sezione possa davvero rappresentare il male minore nella situazione in cui ci troviamo.

La discesa da Vasilissis Sofias verso piazza Sìntagma è deserta e a sirene spiegate raggiungiamo il Parlamento in un baleno.

"Dove andiamo a prendere servizio?" chiedo a Espèroglou.

Ci passa velocemente in rassegna.

"Siete pochi. Distribuitevi tra la Stadiou e la Ermoù. Se vedete qualche gruppo di sovversivi che tenta di risalire, informateci immediatamente. Dopodiché disperdetevi nei vicoli e lasciate che ce ne occupiamo noi. Ma fate attenzione: non dovete dare nessun pretesto ai manifestanti perché cercano solo un motivo per attaccare. Il corteo parte dal Politecnico e arriva in piazza Sìntagma passando da via Stadiou. Abbiamo ordine di lasciarlo passare."

Spedisco Vlasòpoulos e Dermitzakis in via Ermoù, mentre io prendo Papadakis con me e andiamo sulla Stadiou. Lo lascio all'angolo con la Voukourestiou, con l'incarico di avvisarmi nel caso arrivi qualcuno dalla Panepistimiou, mentre io mi piazzo sotto la statua di Kolokotronis.

I negozi sono chiusi perché è il secondo giorno dell'anno e c'è poca gente in giro. Inoltre il centro è stato interdetto alla circolazione a causa del corteo. Due settantenni provenienti dal vecchio Parlamento mi vengono incontro.

"Avete fatto male a mobilitare tutta la polizia," mi fa uno dei due. "Saranno quattro gatti, vedrai. La gente non riesce neanche a stare in piedi dalla fame e dalla disperazione. Non ha la forza per partecipare al corteo."

"Siete fortunati che oggi i supermercati sono chiusi," mi dice l'altro. "Da domani scatterà l'accaparramento. Tutti correranno ad arraffare quel che possono, e voi diventerete le guardie del corpo del Carrefour e di Ellaspar."

Faccio finta di non aver sentito. I due sembrano delusi: è evidente che avevano voglia di attaccar briga. Decidono di continuare la passeggiata, mentre io percepisco il vociare del corteo che si avvicina.

Il primo dei due vecchietti aveva ragione, penso. Non devono essere più di un migliaio di persone. E sono giovani; i più hanno una trentina d'anni, alcuni anche meno. In testa al corteo marciano due manifestanti greci che reggono degli striscioni: "Basta con la schiavitù dell'euro" e "Se dobbiamo essere poveri, meglio con la dracma". In seconda fila, due giovanottoni e una ragazza tengono ben alti sulla testa i ritratti dei membri della "Troika" – Banca

Centrale Europea, Unione Europea e Fondo Monetario Internazionale – uniti in uno striscione che recita: "Almeno di questi ci siamo liberati."

Seguono i gruppi stranieri, anch'essi forniti di striscioni; nel complesso il corteo assomiglia a una processione organizzata più per dovere che per entusiasmo o per reali motivazioni.

Alcuni ateniesi, che si contano sulla punta delle dita, applaudono al passaggio dei manifestanti. Si sente qualche "Bravi!". L'inviata di un'emittente televisiva si avvicina nel momento in cui il corteo si ferma per scandire gli slogan.

"Perché avete deciso di fare due manifestazioni in sequenza a favore della dracma: una alla vigilia di Capodanno e l'altra il secondo giorno dell'anno nuovo?" chiede la reporter a un ragazzo.

"Vogliamo mandare un messaggio ai popoli del Sud. Il 2013 se n'è andato lasciando l'orizzonte sgombro, per la prima volta dopo anni. E quindi, con lo spazio aperto per un domani nuovo e migliore, iniziamo il nuovo anno. Siamo uniti e lotteremo. Greci, italiani, spagnoli, ma anche i portoghesi e i ciprioti che oggi sono con noi."

La giornalista lo lascia per dirigersi verso un giovanotto del gruppo degli italiani.

"*Why did you come to Greece to demonstrate?*" gli chiede.

"*Italy is not like Greece,*" le risponde l'italiano. "*Italy is the third economic power in Europe. But now Italy is like Greece. So we come to Greece. To fight for lira, to fight for drachma, to fight for peseta. Fuck the euro.*"

"'L'Italia non è come la Grecia', ci ha detto il ragazzo, Afroditi," spiega la giornalista alla collega in studio. "'L'Italia è la terza potenza economica in Europa, ma ora è diventata come la Grecia. Per questo siamo venuti in Grecia. Per protestare in favore della lira italiana, della dracma e della peseta spagnola.' L'ultima frase, poi, non credo che sia necessario tradurla."

L'inviata, a questo punto, si avvicina a una ragazza del blocco spagnolo, la quale chiama una sua amica che traduce direttamente in greco.

"Mia madre e mia nonna mi parlano della peseta e capisco che era una cosa concreta, nel bene e nel male. La nostra generazione è cresciuta in un sogno che si è trasformato in un incubo: un incubo che ora si sta prendendo tutto. Noi non vogliamo né il sogno né l'incubo: vogliamo la realtà."

Decido di seguire il corteo perché per il momento non si vedono sobillatori decisi a spaccare qualche vetrina: i manifestanti sbucano dalla Stadiou in piazza Sìntagma, e si fermano davanti al Parlamento. Ricominciano a scandire i loro slogan mentre i Nuclei Antisommossa li osservano a distanza. Supero i reparti schierati e mi fermo accanto a Espèroglou.

"E ora che facciamo?" gli chiedo, con la speranza che almeno la nostra mobilitazione sia terminata.

"Rimaniamo qui finché non se ne vanno," mi risponde. "Ma non credo che la tireranno troppo in lungo. Grideranno i loro slogan, faranno un po' di casino giusto per l'onore delle armi e poi se ne andranno a casa."

"Ma perché non si lamentano per il blocco degli stipendi?"

Mi lancia un'occhiata come se arrivassi dall'altro mondo.

"Per la maggior parte sono disoccupati, e quei pochi che lavorano aspettano da mesi di essere pagati. Il blocco degli stipendi, per loro, è la normalità..."

Mentre aspettiamo con rassegnazione che la manifestazione si sciolga, arriva una sorpresa. All'improvviso voci e rumori giungono da via Amalias.

"E questi chi sono? Informatemi subito!" ordina Espèroglou nella radiotrasmittente.

Le voci si avvicinano, finché allo sbocco della Amalias sulla piazza compare un corteo di vecchietti: non hanno striscioni, ma gridano uno slogan dopo l'altro.

"Pensionati?" si domanda Espèroglou. "Sono venuti anche loro a manifestare per la dracma?"

La smentita arriva direttamente dal gruppo.

"Ridateci l'euro!" grida un pensionato.

"Con l'euro prendevamo le briciole. Con le dracme non prenderemo un bel niente. Ridateci almeno le briciole! Ridateci l'euro!"

"La Troika se ne vada, ma resti l'euro!" grida un terzo, mostrando anche lui i ritratti dei rappresentanti della BCE, dell'UE e dell'FMI.

"Dividete i due cortei! Fate una barriera tra di loro!" grida Espèroglou nella radiotrasmittente. Lo seguo, ma a distanza di sicurezza, dato che sono nel ruolo del galoppino e non è il caso che mi immischi.

"Vagabondi! Voi e i vostri padri ci avete ributtato nella dracma e ora festeggiate pure!" grida un'anziana signora.

"Io ho lavorato per dieci anni in Germania, *Gastarbeiter*," spiega un settantenne all'inviata che gli offre il microfono. "È stato a causa della dracma se son dovuto andare a lavorare nella terra del marco, non dell'euro. Mia figlia e mio genero hanno cresciuto due bambocci buoni a nulla come loro che, davanti alla povertà, vogliono tornare alla dracma perché se la fanno addosso. Ma con l'euro abbiamo conosciuto la grandezza. La dracma ci ha portato soltanto fame e stenti."

"Cosa sono queste, nonno?" grida un ragazzo, mentre gli sventola sotto il naso un pugno di banconote di Capodanno.

"Dracme false!" gli risponde un vecchio. "Come quelle che incasseremo da oggi!"

"Prendi la pensione d'invalidità perché sei cieco, nonnino?" gli grida una ragazza.

"E quello che hai al fianco, invece, prende la pensione per un'invalidità totale, vero?" gli chiede un altro.

Gli stranieri hanno smesso di scandire slogan e seguono il dialogo; qualcuno si scambia battute sottovoce.

"Non intervenite, se non in caso di emergenza. Cercate di separarli," ordina Espèroglou nella radiotrasmittente. "Non voglio che domani metà delle reti televisive ci accusi di aver picchiato i pensionati e l'altra metà di aver menato i giovani disoccupati."

"Quelli tra voi che prendono la pensione d'invalidità per i ciechi o per i sordomuti alzino la mano!" esclama una ragazza.

"Vado a discutere con i vecchi. Magari riesco a convincerli a tornare a casa," mi dice Espèroglou, prima di dirigersi verso i manifestanti anziani.

"Voglio proprio vedere come faranno adesso i vostri paparini a regalarvi la macchina nuova come premio per aver passato gli esami d'accesso all'università, come ha fatto mio figlio per il suo primogenito!" grida una signora con i capelli bianchi.

"Noi abbiamo lavorato per tutta la vita, e con il nostro sudore ci siamo guadagnati una pensione da fame!" urla un altro vecchietto in direzione dei giovani.

"Sì, ammesso che non siate andati in pensione a quarant'anni!" ribatte un ragazzo con la barba.

Una cosa sono le dracme false per aria, un'altra sono quelle vere in tasca, penso. Tra un po' finirà che i nonni si prenderanno a botte con i nipoti. Mi chiedo se i due anziani che mi hanno attaccato bottone davanti alla statua di Kolokotronis adesso sono tra i manifestanti oppure erano usciti solo per farsi una passeggiata.

Da lontano osservo Espèroglou che parlotta con i pensionati, che iniziano una discussione tra di loro. Sembra che sia riuscito a convincerli perché li vediamo ritirarsi lentamente.

I giovani riprendono a scandire i loro slogan, ma ora lo fanno senza alcun entusiasmo. Gridano per dovere, per non mollare tutto lì, su due piedi. Espèroglou è di ritorno.

"Per fortuna ce la siamo cavata senza problemi," mi confida, sollevato.

Intorno alle sei del pomeriggio i manifestanti raccolgono i loro striscioni, nello stesso modo in cui i bagnanti al mare ripiegano gli asciugamani e chiudono gli ombrelloni, e se ne tornano a casa.

4

Quando piazza Sìntagma viene riaperta alla circolazione sono da poco passate le sette di sera. Non vedendo quale faccenda urgente possa attendermi alla Centrale il primo giorno lavorativo dell'anno, decido di tornare verso casa. Del resto, la strategia di sopravvivenza che voglio concordare con Adriana in prospettiva del blocco degli stipendi, in questo momento ha la precedenza assoluta.

Ma appena affronto l'argomento, lei mi blocca a metà dell'introduzione: "Lascia stare, so già tutto. Da stamattina la televisione e la radio non parlano d'altro."

"Dobbiamo pensare a come cavarcela."

"Non farti prendere dal panico," replica tranquilla. "Non è mica la prima volta."

"Ma non dobbiamo pensare solo a noi. Ci sono anche i ragazzi. Vivono con lo stipendio di Fanis perché Caterina e Mània non hanno ancora ingranato con lo studio."

"Kostas, le cose sono semplici. Nei momenti del bisogno si tagliano le spese superflue e si mette in tavola una pentola per tutta la famiglia. Cucineremo noi e ceneremo insieme."

Le difficoltà non fanno altro che accrescere la determinazione e l'attivismo di Adriana. Si alza di scatto e si precipita al telefono.

"Caterina, ciao. Puoi passare di qui con Fanis? Dobbiamo fare quattro chiacchiere..."

Capisco che Caterina chiede se è necessario vedersi proprio stasera perché Adriana risponde:

"Sì, è urgente."

"Ci sono delle cose che è meglio chiarire subito," mi spiega dopo aver riattaccato.

Probabilmente non le ha chiarite troppo bene perché, dopo un quarto d'ora, suona il campanello e Caterina e Fanis, spaventatissimi, fanno irruzione nell'appartamento.

"Che succede?" chiede Fanis preoccupato, mentre Caterina mi rivolge uno sguardo allarmato.

"Papà, stai bene?"

"E perché non dovrebbe star bene?" ribatte perplessa Adriana.

"Hai detto che dovevamo fare quattro chiacchiere urgentemente, senza possibilità di rimandare, e allora abbiamo pensato subito al peggio," risponde Caterina, piuttosto irritata.

"Ma infatti è il peggio. L'emergenza, in Grecia, è sempre il peggio," replica Adriana con aria innocente. "Vi ho chiesto di venire per capire come affrontare il blocco degli stipendi, che riguarda sia tuo padre sia Fanis."

Invece di commentare, Caterina si fa il segno della croce, mentre Fanis scoppia a ridere.

"Signora Adriana, a te non la si fa!" le dice.

"Fanis! Ti sembra il momento di scherzare?"

"Ma io non scherzo affatto. Anzi, mi tolgo tanto di cappello a Mània, che ha capito tutto per tempo e se l'è filata. Forse avrei dovuto fare anch'io la stessa cosa."

"Non si abbandona mai un posto pubblico," replica categorica Adriana. "Anche se, per il momento, la fonte si è seccata, prima o poi tornerà a dare acqua."

"E quando, mamma?" le chiede Caterina. "Ti ricordi quando volevo andare a lavorare per l'Alto Commissariato per i Rifugiati in Africa e tu mi dicevi di portar pazienza, ché le cose si sarebbero aggiustate? Io allora ti ho chiesto: 'Quando?' E te lo chiedo anche ora."

"Non lo so," risponde Adriana con sincerità. "Non lo sapevo allora e non lo so adesso. Ed è per questo che dobbiamo trovare un modo per tirare avanti. Da oggi, ogni giorno metteremo sul fuoco una pentola sola per tutta la famiglia."

"Che vuoi dire?" chiede Caterina.

"Voglio dire che ogni sera verrete qui e mangeremo tutti insieme. Non ha senso preparare due cene diverse per quattro persone. È una spesa superflua."

"Ma mamma, parli seriamente? Vuoi davvero che veniamo qui ogni sera come se andassimo a una mensa?"

"Perché? Non ti va? Tanto, a mezzogiorno Fanis mangia in ospedale e tuo padre pilucca qualcosa in servizio; tu te la cavi con un panino e io mi arrangio con una tazza di tè e una fetta di pane e formaggio. La sera, invece, mangeremo tutti insieme, finché questa punizione divina non sarà cessata."

"Tua madre ha ragione," interviene Fanis. "Io sono d'accordo, ma a una condizione."

"Quale condizione?" chiedo.

"Pagheremo a turno," spiega Fanis. "Una settimana voi, e una noi."

"Per il momento, non dovrà pagare nessuno," dice Adriana. "Poi vedremo."

“Cos’è questa storia? Ti sei messa in società con il direttore del supermercato e ti fai dare il cibo gratis?”

“No, ma ho messo da parte duecento euro.”

“E dove li hai trovati?” le chiedo sorpreso.

“Non li ho trovati. Li ho risparmiati. Ero sicura che, da un giorno all’altro, il governo avrebbe annunciato il blocco degli stipendi. E così, da qualche mese, ogni volta che andavo a far la spesa mettevo qualcosa da parte. Ora tre euro, ora cinque: pian piano ne ho messi insieme duecento...”

“Adriana, mi stupisci!” esclamo con genuina ammirazione. “Anch’io temevo il blocco degli stipendi, ma non ho mai pensato a mettere degli spiccioli da parte.”

“Il cervello delle donne è così: partorisce sempre qualcosa di buono.” Butta lì la stoccata con finta noncuranza. “Per il resto, non dobbiamo fare altro che ricominciare a vivere come si faceva nei paesi dove siamo cresciuti. Mangeremo carne solo una volta ogni tanto: tutti gli altri giorni verdure e legumi. Sono anni che in televisione gli esperti ci rompono le scatole con tutte le loro teorie sulla dieta sana. E ora la loro dieta sana è diventata obbligatoria. La mia povera mamma diceva sempre: ‘Fagiolo dopo fagiolo, si riempie il paiolo.’ Da domani, hai voglia a mangiar fagioli: arriverete a chiedere pietà!”

Mi accorgo che in questo preciso momento Adriana ha assunto il comando supremo di entrambi i rami della famiglia. In effetti, mi rendo conto che negli ultimi quattro anni il timone è stato governato dalla Troika, dalla Commissione Europea o dalla Banca Europea. Adesso che è passato nelle mani di Adriana le cose non potranno che migliorare.

In quel momento, mi viene in mente di chiedere a Caterina a cosa serve l'icona sul computer di cui neanche Koula ha capito l'utilità.

"Lascia stare ora, ne parleremo più tardi," mi risponde Caterina. "Impara prima a usarlo. Il resto te lo spiegherò quando sarà il momento." Poi, dopo una breve pausa, aggiunge: "Devo chiederti una cortesia."

Lo dice con una certa esitazione: so bene che non ama chiedere favori. Ricordo che anche da piccola non chiedeva mai niente a nessuno: voleva sempre cavarsela da sola.

"Volentieri, per quello che posso."

"Ieri avete arrestato un certo Kyriakos Demertzìs..."

"Chi l'ha arrestato?"

"La Narcotici. È accusato di spaccio sulla Aghiou Konstantinou."

"E questo Demertzìs cosa dice?"

"Ha confessato. E mi ha chiesto di assumere la sua difesa."

"Be', poiché ha confessato, l'unica cosa che puoi fare per lui è trovare delle attenuanti. Ma questo lo sai meglio di me."

"Papà, questo Demertzìs non è uno dei soliti spacciatori: ha venticinque anni, è laureato in fisica e sta facendo il dottorato. Suo padre è un imprenditore edile, con appalti pubblici, e di conseguenza non ha problemi economici. Allora mi chiedo perché mai dovrebbe mettersi a fare lo spacciatore? C'è qualcosa che non mi torna..."

"Pensi che stia proteggendo qualcuno?" le chiedo.

"Non saprei. Però anche Mània mi ha detto la stessa cosa."

"Lei l'ha visto?" chiede Fanis.

“È andata a visitarlo in carcere, ma lui non ha voluto parlarle. Le ha solo detto di non avere problemi psicologici.”

“E a te cosa ha detto?” chiede Adriana.

“Che ha confessato. Poi mi ha chiesto di cercare di ottenere il minimo della pena.”

“Ma tu non gli hai chiesto perché l’ha fatto?”

“Certo che gliel’ho chiesto... Mi ha risposto che aveva bisogno di soldi, ma io non ci credo...”

“Hai parlato con Peresiadis della Narcotici?” le chiedo.

“No, non c’era. Ho parlato con il suo vice, un certo Aslànoglou. Mi ha detto che l’hanno beccato in flagrante, mentre stava vendendo della roba.”

“Va bene. Parlerò domani con Peresiadis, e vediamo che cosa salta fuori.”

“Grazie, papà. Sai, è un grosso problema quando sospetti che il tuo cliente non ti stia dicendo la verità.”

Lo so, così come so che il contrasto tra difensore e accusato è una manna dal cielo per l’accusa. Ma questo lo sa anche lei: proprio per questo è preoccupata.

“Parlerò con Peresiadis, e domani sera ti saprò dire. Meglio non parlare di queste cose al telefono.”

Caterina e Fanis si alzano e se ne vanno. Noi andiamo a letto.

5

Blocco, s.m., interruzione, Xen., Cyn. 2, 8, *ibidem* 9, 16. Polyb. 5, 60, 7. || Blocco delle orecchie, come segno di attenzione: "L'animale si bloccò con le orecchie sollevate", Polyd. 5, 61 || Immobilità come categoria della conoscenza, Plotin. 6, 2, 8 || Blocco del nervo ottico, sguardo fisso, Ipp. Diaet. 6 || Blocco intestinale, stipsi, Oreib. 13, 6 || Blocco della circolazione sanguigna, Ipp. Diaet. 7. || Blocco renale, e intervento relativo; blocco della respirazione, Theofr. An. Gal. 9, 908. || Interruzione dell'energia, sospensione delle funzioni, inattività; blocco dei pagamenti, "Si nota un blocco negli scambi commerciali".

Trovo quel che cercavo e ritengo inutile continuare a leggere, anche perché il lemma si protrae ancora per molte righe. Mi colpisce il fatto che il Dimitrakos citi il blocco dei pagamenti come esempio insieme all'interruzione di energia e alla sospensione delle funzioni. I due problemi che hanno messo letteralmente a ferro e fuoco la nostra vita negli ultimi tre anni – prima il blocco negli scambi commerciali, e ora il blocco dei pagamenti – vengono trattati dal Dimitrakos come semplici esempi.

Naturalmente, può essere che al tempo del Dimitrakos gli stipendi non fossero da fame e che lo stato li pagasse regolarmente, mentre nella nostra epoca, anche se all'inizio fioccavano aumenti sostanziosi, in seguito hanno tagliato gli stipendi per tre anni e ora hanno smesso proprio di pagarli. Di conseguenza, Dimitrakos non si preoccupava particolarmente del blocco dei pagamenti, e poteva considerarlo un semplice esempio.

Del resto, tutto ciò è evidenziato anche da un altro esempio che oggi è stato girato al contrario: "Orecchie sollevate", dice il Dimitrakos. Ma quali orecchie sollevate? Prova a trovare un greco che non abbia le orecchie basse al giorno d'oggi! Poi cita il "blocco del nervo ottico", e qui parla dello sguardo fisso, mentre i nostri sguardi non sono fissi, ma pieni di paura per il domani. Al contrario il "blocco intestinale", cioè la difficoltà a evacuare, nel nostro caso ha un significato ambiguo: è indubbio che il nostro stato soffra, da quattro anni a questa parte, di una stitichezza che va sempre più aggravandosi, mentre noi, a furia di minestre di fagioli e di legumi che, come ci minaccia Adriana, costituiranno la base della nostra dieta, saremo tutto fuorché stitici.

Continuo a pensare a tutto ciò durante il tragitto verso l'ufficio e mentre parcheggio la mia Seat nel garage della Centrale. Poi faccio la solita sosta al bar interno per il mio caffè con brioche quotidiano. E per mia fortuna incappo proprio in Peresiadis, intento a sorseggiare il suo tè – ha chiuso con il caffè perché gli fa venire la tachicardia.

"Senti un po', Iota: ci farai credito, visto che non ci pagano?" chiede il collega ridendo alla ragazza che gestisce il bar.

"Le farò credito molto volentieri, signor Ànghelos, ma solo per la prima consumazione della giornata: le successive me le dovrà pagare sull'unghia."

"Brava! Però devi appuntare tutti i debiti su un quaderno. Come vedi, volenti o nolenti torniamo al libriccino del droghiere," replica, ridendo amaramente rivolto a me.

"Posso parlarti? È una faccenda personale," butto lì.

Peresiadis mi guarda sorpreso, ma non commenta. "Andiamo a sederci lì in fondo," mi dice.

Scegliamo un tavolo appartato, anche se il bar è mezzo vuoto.

"Quali faccende personali ci sarebbero tra di noi?" mi chiede ridendo.

"Avete arrestato uno spacciatore che si chiama Kyriakos Demertzìs?"

"Ti riferisci a quello che abbiamo preso la vigilia di Capodanno? Eravamo tutti in piazza Sìntagma per la festa, e quel tipo vendeva roba sulla Aghiou Konstantinou. Sfortunatamente per lui, però, un'autopattuglia è passata da quelle parti per caso e l'ha beccato sul fatto."

"Ha confessato?"

"E cos'altro poteva fare? L'hanno preso con i soldi in mano..."

"Quello che sto per dirti è assolutamente confidenziale e deve rimanere tra di noi: mia figlia ha assunto la sua difesa."

Peresiadis mi fissa in silenzio, senza proferire una sola parola. Poi mi chiede: "Ha parlato con lui?"

"Sì. Le ha detto della confessione."

"Scusami, Kostas, ma allora che cosa vuoi da me?"

"Mia figlia ha dei dubbi."

"Che genere di dubbi? Pensa forse che l'abbiamo incastrato?" mi chiede, trattenendo a fatica una certa irritazione. "Ma dài... Tutti gli avvocati difensori credono che il proprio assistito sia innocente, una povera vittima degli sbirri."

"Il fatto è che Demertzìs è figlio di un imprenditore edile con diversi appalti pubblici. Questo vuol dire che viene da una famiglia facoltosa: infatti ha studiato fisica e sta facendo il dottorato. Mia figlia si è convinta che un ragazzo con una famiglia del genere e con queste qualità non abbia ragione di fare lo spacciatore. Teme che ci sia sotto dell'altro, e che lui lo tenga nascosto."

Peresiadis mi guarda pensieroso.

"Ora che me lo dici," replica, "nel rapporto dell'ufficiale dell'autopattuglia c'è scritto che l'hanno arrestato nel momento in cui riceveva i soldi dal tossicomane, ma addosso non gli hanno trovato la droga. L'hanno trovata, invece, addosso al compratore, quindi hanno dedotto che l'avesse presa da Demertzìs."

"E il compratore cosa ha detto?"

"Di aver comprato la droga da Demertzìs. Ma un tossicomane non è mai considerato un testimone affidabile. Infatti, se per esempio Demertzìs avesse detto che i soldi costituivano la restituzione di un prestito e che non sapeva che l'altro avesse addosso della droga, con la famiglia che ha alle spalle e gli studi che ha fatto le possibilità di venire assolto sarebbero state del settanta per cento. Invece ha confessato subito..."

"Avete perquisito la sua abitazione?"

"Sì. Abita dalle parti di Koukaki. Ma neanche là abbiamo trovato tracce di droga."

Evidentemente Caterina non conosceva questo dettaglio. Devo proprio fare i complimenti a mia figlia che ha subito subodorato che c'era qualcosa di strano.

"Non dirò nulla a Caterina," dico a Peresiadis. "Come ti ho promesso, la nostra è una conversazione del tutto confidenziale."

"In ogni caso l'informazione è inutile. Se avesse voluto, glielo avrebbe detto lui stesso, ma Demertzìs ha confessato spontaneamente di aver venduto della droga." Poi Peresiadis tace e mi guarda. "Oggi lo portiamo dal giudice istruttore," mi annuncia. "Se vuoi, puoi parlargli."

"Sai che formalmente saremmo scorretti, dal momento che ti ho detto che Caterina è il suo avvocato."

"Ma che dici, Kostas! Possiamo trovare mille ragioni per andare oltre le formalità! La questione è se vuoi o non vuoi farlo."

Non so se mi stuzzica di più la speranza di cavar fuori qualcosa che possa aiutare Caterina, oppure il fascino irresistibile che un interrogatorio esercita su ogni poliziotto degno di tal nome.

"D'accordo, farò due chiacchiere con lui. Più che altro perché quel che mi avete detto tu e Caterina ha suscitato la mia curiosità."

"Bene. Allora saliamo e poi ti chiamo."

Lungo il corridoio mi imbatto in Vlasòpoulos, che mi aspettava al varco.

"Maledizione!" esclama.

"Di quale maledizione parli?" chiedo sornione.

"Ieri i topi d'appartamento si sono fatti i regali di Capodanno. I pezzi grossi ci hanno spedito tutti a piazza Sìntagma per tenere a bada mille dimostranti, così Atene è rimasta incustodita e ci sono stati quindici furti. Da stamattina tutte le reti televisive stanno facendo il diavolo a quattro: c'è chi ci accusa di incapacità, chi di inettitudine..."

"E il ministro corre di rete in rete cercando di gettare acqua sul fuoco, immagino."

"Solo metà delle reti: dell'altra metà si sta occupando il capo."

Torna alla scrivania, soddisfatto per la sua piccola vendetta. Con lo stesso sentimento, raggiungo anch'io la mia postazione. Quindici ladri d'appartamento ce l'hanno fatta sotto il naso, ma noi abbiamo arrestato Kyriakos Demertzìs: il bilancio può dirsi in attivo...

Accendo il mio computer nuovo, ma ormai è chiaro che ci sono delle forze oscure che si oppongono alla mia istruzione informatica, perché ogni volta che tocco il mouse squilla regolarmente il telefono.

"È qui, nel mio ufficio," mi comunica Peresiadis.

Lascio il computer e salgo al quarto piano. Il collega mi aspetta in piedi nel corridoio.

"Vieni, entra. Puoi parlargli, ma sappi che tra un'ora dobbiamo mandarlo dal giudice istruttore."

Mi trovo dinanzi a un giovanotto smilzo, intorno ai venticinque anni, con una barbetta accennata. Porta un paio di occhiali dalla montatura di metallo, dei jeans e una felpa con il nome di un college americano. Caterina aveva ragione, penso. Questo ragazzo non è uno spacciatore, ma un giovane studioso, e di buona famiglia.

Siede davanti alla scrivania di Peresiadis. Non mi accomodo al suo posto per evitare un clima troppo formale e mi siedo di fronte a lui. Rimaniamo a guardarci per un po', finché Demertzìs non rompe il silenzio.

"Non so chi sia lei, ma se è venuto per interrogarmi, sappia che ho ammesso di aver venduto della droga e che ho firmato la mia confessione. Quindi non vedo che cos'altro potrei dirle."

La sua voce è calma, senza ombra di aggressività; parla come se mi stesse fornendo alcune indicazioni indispensabili.

"Sono il commissario Kostas Charitos, il padre del tuo avvocato, Caterina Charitou," gli spiego con la stessa calma. Demertzìs non replica, così continuo: "Non sono venuto per interrogarti, e non è stata mia figlia a mandarmi da te. Sono qui perché il tuo caso ha suscitato la mia curiosità."

"Sua figlia è una ragazza eccezionale," mi dice senza mostrare alcun interesse nei confronti della mia curiosità. "Non so se lei, commissario, segue i casi di cui si occupa sua figlia, ma insieme alla sua socia sta offrendo un grande aiuto alle persone con dipendenze."

Sono sul punto di chiedergli come mai uno spacciatore si rallegra del fatto che mia figlia e Mània si occupino delle persone con dipendenze, ossia vanno contro i suoi interessi, ma lascio perdere.

"Non ti nascondo che ho letto il tuo fascicolo. Ecco la mia domanda: perché un ragazzo di famiglia facoltosa e con i tuoi studi si è messo a spacciare?"

"Ho bisogno di soldi," risponde semplicemente.

"Tutti ne abbiamo bisogno, specialmente oggi. Posso capire che non vuoi farti mantenere dalla tua famiglia. Sono d'accordo, ma avresti potuto guadagnarti da vivere con ciò che hai studiato, al limite anche dando ripetizioni – ha fatto così anche mia figlia per un certo periodo: non voglio dire che ci si è comprata un appartamento, ma qualcosa ha guadagnato."

"Impartisco già lezioni private per sopravvivere, ma mi serve molto più denaro." Si accorge che la sua risposta suscita la mia perplessità, poi continua: "Ha un foglio di carta, signor commissario?"

Strappo una pagina dal blocco per gli appunti di Peresiadis e gliela porgo insieme a una biro. Ci scrive su qualcosa e me lo consegna. È il numero di un cellulare con un nome: Pavlos.

"Dica a sua figlia di telefonare a Pavlos: lui le dirà dove finiscono i soldi."

Sto per chiedergli chi sia questo Pavlos quando, all'improvviso, la porta dell'ufficio si spalanca violentemente e irrompe un uomo sulla sessantina, seguito da un altro che deve averne una decina di meno, il quale continua a sussurrargli:

"Calma, signor Demertzìs, mantenga la calma!"

Il consiglio risulta inutile, perché Demertzìs senior non ha affatto perduto la calma. Si ferma a un passo dalla sedia dov'è seduto il figlio. Sembra che Kyriakos si aspettasse la visita del padre perché lo guarda impassibile.

"Che nuovo giochetto ti sei inventato adesso?" chiede il genitore. "Che cosa c'entri tu con la droga? Non fumi neanche. Non vedo altra ragione se non quella di mettermi alla berlina e di screditarmi. Sembra che sia diventato l'unico scopo della tua esistenza..."

"La macchina che mi hai regalato è in vendita da due mesi, ma finora non ho trovato un compratore. Cosa volevi che facessi? Mi servivano dei soldi. Subito," replica il figlio seccamente.

“Mi hai mai chiesto dei soldi e io te li ho rifiutati? Ti ho persino offerto di lavorare nella mia impresa, con un sontuoso stipendio. Ma tu non ne hai voluto sapere.”

Scambio uno sguardo con Peresiadis, che scuote appena la testa. L’accompagnatore di Demertzìs sente il bisogno di intervenire.

“Signor Demertzìs, questo non è il luogo adatto a un simile genere di conversazione,” gli sussurra.

“Mi creda, signor Prokopiou, non sarei qui se non fosse per sua madre che piange e si straccia le vesti. Personalmente avrei proprio voglia di abbandonarlo al suo destino, quali che possano essere le conseguenze,” replica Demertzìs. Dopodiché, rivolgendosi nuovamente al figlio, aggiunge: “Questo signore è Themis Prokopiou, il miglior avvocato penalista sulla piazza. Assumerà la tua difesa e troverà un modo per tirarti fuori dai guai.”

“Ho già un avvocato, e non me ne serve un altro,” replica il figlio, con il solito tono distaccato.

“Ascoltami bene: questo tuo avvocato può collaborare con Prokopiou, non ho nulla in contrario. Basta che accetti che sia lui a guidare la difesa, perché è un penalista,” ribatte il padre, lanciandomi uno sguardo obliquo.

Anche Peresiadis mi guarda, inquieto, ma io prendo in prestito l’espressione impassibile del ragazzo.

“Mi scusi, signor commissario,” chiede a questo punto il giovane Demertzìs a Peresiadis: “Sono maggiorenne. Non ho forse il diritto di scegliere da solo il mio avvocato?”

“Sì, ce l’hai,” gli risponde Peresiadis.

“Sentito? Ora prendi il tuo lacchè e vattene,” ingiunge al padre.

“Se me ne vado ora, non tornerò mai più, sappilo. Ti abbandonerò al tuo destino.”

“Lo dici sempre, ma non lo fai mai.”

Demertzìs senior lancia uno sguardo furibondo al figlio, ma ancora una volta mantiene il controllo. “Andiamocene, avvocato. Si merita tutto quel che gli accadrà,” dice a Prokopiou. Quando è davanti alla porta, si ferma e si rivolge di nuovo al giovane: “Non capisco perché mi odi a tal punto. Sono un uomo di idee progressiste, ho lottato quando ero studente. Non sono uno di destra, un autoritario. Perché mi odi, allora?”

Kyriakos non risponde, ma neanche il padre sembra aspettarsi una risposta. Al che Demertzìs senior apre la porta ed esce, seguito a ruota da Prokopiou.

“Andiamo, il giudice istruttore ci aspetta,” dice Peresiadis al ragazzo.

Lui si alza senza parlare. Prima di uscire, si ferma davanti a me.

“Vado a incontrare sua figlia,” mi dice, con un sorriso appena accennato; poi esce dall’ufficio insieme a Peresiadis.

Quest’ultimo si volta verso di me prima di consegnare il giovane alla scorta.

“Da questo tipo di famiglie di solito escono i tossicomani. In un tale contesto, gli spacciatori costituiscono un’eccezione,” mi spiega.

Ho ancora nella mano il biglietto con il numero di cellulare di questo Pavlos. Mi chiedo quali possano essere le ragioni dell’odio implacabile che il ragazzo nutre nei confronti del padre.

6

Ieri sera, mentre mangiavamo una zuppa di lenticchie, Caterina mi ha detto di aver telefonato a Pavlos. Non c'è stato bisogno che le dessi il numero perché glielo aveva già dato Kyriakos Demertzìs quando si erano incontrati dal giudice istruttore. Pavlos le ha dato appuntamento presso un albergo abbandonato che, da qualche tempo, hanno trasformato in un centro d'accoglienza per i senzatetto.

Mentre Caterina parlava, interrotta dalle domande e dagli interventi di Adriana e di Fanis, io cercavo di capire perché Kyriakos Demertzìs mi aveva colpito così tanto. Forse erano il suo aspetto serio, da studioso, e quel tono calmo e misurato a rendermi impossibile credere che fosse uno spacciatore. Oppure mi aveva sorpreso il disprezzo che mostrava verso il padre. In ogni caso, la mia curiosità e l'incapacità di trovare una risposta a quelle domande, mi hanno fatto accettare la proposta di Caterina di andare con lei al centro d'accoglienza. Ha anche proposto di portare con noi Zisis.

"Per due ragioni," mi ha spiegato. "Innanzitutto, perché quando era confinato nelle isole come prigioniero politico ha passato molti anni in baracche e accampamenti, quindi può aiutarli a organizzarsi. E poi perché gli farà bene occuparsi di qualcosa, invece di star sempre lì ad annaffiare i fiori e a pensare se la pensione gli basterà per pagare l'acqua necessaria ad annaffiare i fiori..."

"Che ne è stato di Demertzìs?"

"Cosa vuoi che ne sia stato? È in custodia cautelare..."

L'indirizzo che Pavlos ha dato a Caterina si trova a Kypseli, all'angolo tra la Aghias Zonis e la Tenedou. Scendiamo per la Acharnòn dopo esser passati a prendere Zisis. Un negozio su due ha la saracinesca abbassata: uno si affitta, l'altro si vende. Ma i cartelli "Affittasi" e "Vendesi" non servono a nulla: non si vende e non si affitta un bel niente – a nessuno verrebbe in mente di aprire un'attività in questo momento.

L'albergo si trova sulla Tenedou, all'angolo con la zona pedonale di via Aghias Zonis. È un edificio giallo a tre piani, con i balconi che guardano sia sulla Tenedou sia sulla Aghias Zonis. Sopra il portone d'ingresso sventolano ancora i resti malridotti delle bandiere che garrivano ai bei tempi: quella greca, quella americana, quella dell'Unione Europea e una quarta ormai irriconoscibile.

Pavlos ci aspetta all'ingresso: piccolo, rotondo e con la barba lunga più per incuria che per calcolata trascuratezza – sembra l'esatto opposto di Kyriakos Demertzìs, che invece è alto, magro e con la barba curata.

"Sono Pavlos," si presenta. Poi indica una ragazza bruna, con un paio di jeans, una maglietta e un giaccone, che è comparsa al suo fianco: "Lei è Loukia."

Capisce che sono rimasto in macchina perché non trovo un parcheggio. "La lasci pure sul marciapiedi," mi dice. "Fanno tutti così..."

Parcheggio davanti a un condominio poco distante e seguo il resto della compagnia all'interno dell'edificio.

Ci troviamo nella classica reception di un piccolo albergo. A sinistra c'è il banco del ricevimento, alle cui spalle sta il quadro delle chiavi con una ventina di caselle, tutte vuote, come i negozi di via Acharnòn. A destra dovevano esserci il ristorante e la sala per la prima colazione. Ci sono sedie e tavolini di formica economici; probabilmente li hanno portati i ragazzi che hanno aperto il centro.

"Come avete scoperto questo posto?" chiede Caterina.

"Grazie a Loukia," risponde Pavlos, sorridendo. "Un giorno è passata per caso da queste parti e ha visto l'ex albergo ormai chiuso. Ce ne ha parlato e siamo venuti per renderci conto della situazione. Effettivamente era vuoto." Poi si gira verso di me, con un sorriso ancora più largo. "Ora non ci chieda come siamo entrati, signor commissario. Non è che la polizia deve sapere proprio tutto!"

"La polizia non se ne occupa, se non c'è una denuncia."

"Infatti non c'è. E non ci sarà," risponde con sicurezza.

"Come fai a esserne certo?"

"Circa quindici giorni dopo il nostro ingresso è arrivato il proprietario. Ha cominciato a urlare e a minacciarci. Noi abbiamo spiegato che, poiché l'albergo era chiuso, l'abbiamo occupato temporaneamente per una buona causa. Alla fine abbiamo trovato un accordo: ci lascia stare qui per cinquecento euro al mese. In nero, ovviamente..." Poi si rivolge a Caterina. "Capisci adesso perché ci danniamo come matti per trovare dei soldi? Non si tratta solo dei cinquecento euro al mese. L'albergo era vuoto: abbiamo comprato brande, cuscini, coperte, utensili da cucina, e prepariamo un pasto caldo al giorno. Poi ci sono l'acqua e la luce... Raccogliamo il denaro con i nostri mezzi: non vogliamo l'aiuto di nessuno."

"Bravo, Pavlos. Ma, secondo te, ora che è in galera, Kyriakos guadagnerà di più?" gli chiede Caterina.

Loukia scoppia a ridere. "Be', se decide di continuare a spacciare, in galera può tirar su un sacco di soldi." Poi, sentendosi un po' a disagio per la battuta, aggiunge seria: "Stavo scherzando. Ma, d'altra parte, Kyriakos è così. Sembra un tipo tranquillo, riservato, e non diresti mai che quando si mette in testa di raggiungere un obiettivo avanza a tutta forza. Tutti lavoricchiamo un po' e quel che riusciamo a guadagnare lo usiamo per tenere aperto questo posto. Ma Kyriakos è un'altra cosa."

"Venite, vi farò vedere la cucina, prima di salire nelle camere," riprende Pavlos.

Entriamo in quello che doveva essere il cucinino dell'albergo, dove veniva preparata la prima colazione. Una donna sulla sessantina è china sopra due pentole che borbottano sui fornelli.

"La signora Froso vive qui con noi. Noi procuriamo il cibo e lei lo prepara," mi spiega Pavlos. "Signora Froso, questi sono alcuni amici venuti a visitare il nostro centro."

"Se è lei a preparare i pasti, signora Froso, sono sicura che qui si mangia bene," le dice Caterina.

La signora Froso poggia il mestolo sul piano della cucina e si volta.

"Ragazza mia, una volta cucinavo per la mia famiglia. Ora lo faccio per noi, che siamo rimasti senza un tetto. E anche i senzatetto sono una famiglia per me... Se penso a come ci hanno ridotti..."

"Andiamo a vedere le camere," ci dice Loukia. "Dovremo usare le scale: abbiamo dovuto vietare l'utilizzo dell'ascensore perché consuma troppa energia elettrica per le nostre possibilità."

L'albergo era piccolo, doveva avere circa sessanta posti letto. Pavlos e i suoi amici hanno riempito di brande tutte le stanze per poter ospitare il maggior numero di persone.

Al primo piano, nella camera di fronte alle scale, una donna sulla sessantina siede su un letto con gli occhi chiusi, dondolandosi avanti e indietro e mormorando un inno religioso: "Mute le labbra degli empi."

Gli ospiti sono nelle camere: alcuni parlano tra loro, altri se ne stanno sdraiati sulla brandina con lo sguardo fisso al soffitto.

"Come va, signor Stavros?" chiede Loukia a un vecchietto che avrà settant'anni.

L'uomo stacca lo sguardo dal soffitto e si volta verso la ragazza.

"Bene, mia cara. E dobbiamo sempre ringraziare Dio. Se penso in quanti giardinetti e androni ho passato le notti, questa stanza per me è meglio del Grande Bretagne."

"In che modo selezionate le persone da accogliere?" chiede Caterina a Pavlos.

"Innanzitutto diamo la precedenza agli anziani. Quando abbiamo un letto libero, uno di noi fa il giro dei giardini pubblici e degli androni dei palazzi nei quartieri meno abbienti. Se trova qualcuno sopra i sessant'anni, gli chiede se vuole trasferirsi qui. La maggior parte accetta senza farsi pregare. Molti di loro hanno ancora la pensione, che un tempo era modesta e ora è da fame. Noi gli diamo un tetto e loro usano i soldi per le spese: un caffè, le medicine… Due volte al mese vengono alcuni dottori di Medici senza

Frontiere: visitano gli ospiti e distribuiscono i medicinali a chi non può acquistarli."

Tutto è organizzato e ben curato. L'unico tasto dolente è la pulizia: nei corridoi e nelle stanze regna il disordine, ed è qualcosa che balza subito agli occhi.

"Non c'è nessuno che pulisce i pavimenti?" chiede Zisis.

Loukia fa spallucce. "Ce ne lamentiamo tutti i giorni. Ogni tanto una delle donne prende coraggio e dà una spazzata. Di solito, però, tutti fanno finta di niente, e noi non insistiamo. Sono stanchi, delusi, abbandonati... Cosa vuoi dirgli? Non hanno più forze."

"Ascolta," risponde Zisis. "Ho passato metà della mia vita nelle galere della polizia militare, a Makronisos e ad Ai Stratis. Quando arrivavano dei nuovi detenuti, quelli della vecchia guardia gli davano tre insegnamenti. Primo: la cella deve essere pulita. Secondo: se sei in una tenda e non in una cella, la tenda deve essere pulita e in ordine. Terzo: la branda va rifatta ogni mattina. E questo non perché avessero la fissa dell'ordine, ma perché quella sarebbe stata la loro casa per molti anni, e dovevano averne cura proprio come se fosse stata la loro vera casa. Per non perdere le buone abitudini della vita da civili."

Loukia rimane a guardarlo a bocca aperta. Non trova le parole per replicare. Ma non importa, perché Zisis non si aspetta una risposta. Ha detto quel che doveva dire, e ora è pronto a continuare la visita. All'improvviso, un altro vecchietto esce di corsa dalla sua stanza e comincia a gridare:

"Stanno arrivando! Vengono per mandarci via! Presto, uscite tutti, vengono a buttarci fuori!"

"Calmati, Antonis, calmati," gli dice Pavlos. "Questi sono amici. Nessuno verrà a mandarvi via."

Ma Antonis non gli dà ascolto. Si aggrappa a me e comincia a scuotermi: forse ha intuito che sono davvero uno sbirro.

"Non ci manderete via anche da qui! Ci avete cacciato dalle nostre case, ci avete cacciato dai giardinetti, ma non riuscirete a farci sloggiare anche da qui!"

Lascio che il vecchietto mi scuota, senza reagire. Caterina è basita. Dopo un po', il signor Antonis si arrende. Molla la presa e rimane lì, esausto, con le braccia abbandonate lungo il corpo.

Entro nella sua camera ed esco sul balcone per prendere una boccata d'aria. Via Aghias Zonis è tranquilla; ci sono alberi, siepi e aiuole lungo tutto il percorso. Un sassofonista suona senza troppa convinzione, dato che i passanti lo superano indifferenti. Un uomo di colore sta urlando in un telefono pubblico in una lingua a me incomprensibile, mentre una donna, anch'essa di colore, attraversa la Tenedou verso la Fokìonos Negri, con un bambino nel passeggino e un altro attaccato alla sua mano. Un'altra madre, greca quest'ultima, segue con lo sguardo la sua bambina che gioca nell'area pedonale.

Do un'occhiata ai palazzi. Su alcuni balconi ci sono ancora vasi e fioriere, resti di un tempo passato, quando Kypseli era il quartiere della media borghesia del centro, invidiato da tutti, anche se una fetta dei suoi abitanti, per darsi delle arie, l'aveva abbandonato per trasferirsi nelle nuove zone residenziali.

Tornati al pianterreno, Zisis mi si avvicina.

"Ho parlato con Pavlos. Ho deciso di rimanere, per dare una mano."

"Ti ha fatto tornare in mente Makronisos?" gli chiedo, per stuzzicarlo.

"Stammi a sentire, commissario," dice, affrontandomi con quel tono serio che assume sempre quando cerca lo scontro con me. "Io sono andato con i comunisti perché mi hanno detto che combattevano per una società più umana. L'hanno fatto per settant'anni ma, restando concentrati sulle persone, hanno perso di vista i numeri e sono affondati. Ora vivo in una società che bada solo ai numeri, ma perde di vista le persone. E affonderemo anche noi. Quando hai una grossa azienda che sta per affondare, che cosa fai? Salvi quel che puoi e ricominci in qualche modo con una piccola bottega. Ed è quello che voglio fare io adesso."

Non faccio in tempo a rispondergli perché squilla il mio cellulare.

"Chiamo dal centro operativo, signor commissario."

"Che cos'è successo?"

"Abbiamo appena ricevuto una telefonata strana. Una voce ha detto: 'Ieràsimos Demertzìs vi aspetta al Centro Olimpico del Faliro.'"

"Avete preso i dati della persona che ha telefonato?"

"È stata una segnalazione anonima. Dopo aver detto quelle parole, ha riattaccato."

"Era un uomo o una donna?"

Il poliziotto esita.

"La voce era camuffata, signor commissario. Era lontana e sembrava schermata. Non si capiva se era una donna o un uomo..."

"Avete individuato il luogo da cui è partita la chiamata?"

"Sì. Da una cabina telefonica al Vecchio Faliro."

"Informate la stazione di polizia locale e fate mandare un'autopattuglia al Centro Olimpico. Dite di mettersi in contatto con me. Io torno in Centrale."

Dico a Caterina che dovrà prendere un taxi per tornare in ufficio e poi esco dalla Kypselis e mi immetto sul viale Alexandras con il cattivo presentimento che avrò un gran daffare.

7

Entro nel mio ufficio giusto in tempo per rispondere al telefono che squilla sulla scrivania.

"È arrivata una chiamata dal centro operativo, signor commissario. L'autopattuglia ha trovato un cadavere al Centro Olimpico del Faliro."

Il brutto presentimento si conferma. Chiamo i miei collaboratori e si presentano Koula, Vlasòpoulos e Dermitzakis. Papadakis invece non si fa vedere perché si ritiene ancora un corpo estraneo, oppure perché è un lavativo e vuole restare fuori da questa storia.

"Koula, chiama Stavròpoulos, il medico legale, e digli di andare subito al Centro Olimpico del Faliro. Poi avverti anche Dimitriou della Scientifica."

"Di che si tratta? Un omicidio?" mi chiede.

"Sì. Gli agenti della volante che abbiamo mandato al Vecchio Faliro hanno rinvenuto un cadavere."

"Chi è la vittima?"

"Non è stata ancora identificata. Qualcuno ha fatto una telefonata anonima al centro operativo, dicendo che si tratta dell'imprenditore edile Ieràsimos Demertzìs. Vlasòpoulos e Dermitzakis verranno con me. Tu e Papadakis rimanete qui," spiego a Koula.

"Cioè, io rimango qui: Papadakis ancora non si è visto," commenta Koula.

"Che ore sono?" chiedo perplesso.

"Le undici."

Gli altri si girano a guardarla con aria di rimprovero.

"Perché mi guardate così?" replica Koula, irritata. "Da oggi non chiudo più un occhio per nessuno. Noi siamo i soliti polli che si presentano qui alle otto e quello là si prende la libertà di arrivare quando gli pare. Neanche noi prendiamo lo stipendio, mica solo lui."

"Arriva spesso in ritardo?" chiedo a Dermitzakis.

"Qualche volta."

"E perché non me l'avete detto?"

"Glielo dico adesso," mi risponde Koula, mentre gli altri due mi ricordano, con i loro sguardi, la solidarietà tra colleghi.

"Quando saremo di ritorno, voglio vederlo nel mio ufficio. Tu, Koula, intanto collegati a Internet e trovami tutto quello che riesci su Ieràsimos Demertzìs."

Sul viale Vasilissis Sofias troviamo un po' di traffico, ma Vlasòpoulos aziona la sirena e ce la caviamo facilmente. Appena sbuchiamo in piazza Sìntagma, ci troviamo davanti un lungo striscione, proprio nello stesso punto in cui, tre anni prima, gli *indignados* avevano esposto un cartellone che dichiarava: "La giunta militare del '73 continua ancora". Su quello di oggi c'è scritto: "In America, i sudisti hanno perso la guerra. Noi la vinceremo."

"Perché, ci sarà una guerra?" chiede Dermitzakis, ridendo.

"Non ti stupire se domani trovi l'esercito in strada," gli risponde Vlasòpoulos.

Dermitzakis sta al gioco: "Che cosa ci aspetta? Un nuovo 1940?"

"Oppure un nuovo 21 aprile 1967. Bisogna vedere chi agisce prima," gli risponde Vlasòpoulos, seriamente.

"Nel '40 non ci hanno attaccato i tedeschi, ma gli italiani, che sono i sudisti," faccio notare a Dermitzakis. "Quanto al 21 aprile 1967, scordatelo: non è possibile che i carri armati tornino nelle strade."

"E perché?" chiede Vlasòpoulos.

"Perché una metà è ferma per la mancanza di ricambi e l'altra è rimasta a secco di gasolio. Di conseguenza, stavolta ce la caviamo. E, anzi, a noi della polizia va particolarmente bene, altrimenti avremmo fatto di nuovo i galoppini per l'esercito."

Il traffico sulla Singroù è scarso e, in un battibaleno, arriviamo al Centro Olimpico del Faliro. Un'autopattuglia blocca l'ingresso.

"È in cima a una collinetta di rifiuti, di fianco alla palestra, signor commissario. Non è un bello spettacolo," mi avverte il conducente dell'autopattuglia.

Non ci mettiamo molto a individuare il luogo del ritrovamento, perché la collina di rifiuti spicca da lontano. Sopra c'è un uomo disteso in posizione prona. Il viso è affondato nella spazzatura.

Spedisco i miei collaboratori a dare un'occhiata tra le rovine delle ex strutture olimpiche, mentre io resto a esaminare con calma il cadavere.

Riconosco subito Ieràsimos Demertzìs, non tanto dal viso quanto dall'abbigliamento. Ha indosso gli stessi abiti che portava quando è venuto a trovare il figlio. Bene, si conferma la canzone popolare che recita: "Tu sottoterra e io in prigione". Solo che qui le cose vanno al contrario: prima il figlio va in prigione e poi il padre finisce sottoterra.

Devo aspettare il medico legale per farmi una prima idea, ma anche senza il suo intervento mi è chiaro che la morte è sopraggiunta per un colpo di arma da fuoco che ha trapassato completamente il corpo, entrando dalla scapola sinistra della vittima e uscendo dalla parte opposta, dopo aver attraversato il cuore. La morte dev'essere stata istantanea.

Il primo ad arrivare è Dimitriou con la squadra della Scientifica.

"Cerchiamo qualcosa in particolare?" mi chiede, mentre lancia un'occhiata di sfuggita al cadavere.

"Il bossolo. Anche se non credo che riuscirete a trovarlo. Probabilmente l'hanno ucciso da qualche altra parte e poi l'hanno trasportato qui."

Lo lascio al suo lavoro e vado a cercare i miei aiutanti. Delle strutture olimpiche non sono rimasti che i muri, gli interni sono completamente vuoti: hanno rubato tutto ciò che poteva essere venduto. I ladri hanno lasciato solo le seggiole sfondate, le porte rotte e qualche rete strappata dalle porte dei campi di calcio. I riflettori che non sono stati portati via giacciono sui pavimenti, in frantumi. Mi muovo tra i resti di un passato glorioso che non fanno più impressione a nessuno, perché ormai la Grecia intera non è altro che i resti di un passato glorioso.

"Quanto ci è costato tutto questo?" chiede Dermitzakis.

"Stiamo ancora pagando..." gli risponde Vlasòpoulos.

"No, ormai non paghiamo più. Gli abbiamo detto: 'Venite a riprendervi tutto'."

“E, secondo te, non verranno?”

“Facciano pure con comodo. Da quando si è risvegliato dentro di noi l’Antico Greco, non temiamo più niente e nessuno. Siamo diventati di nuovo gli spartani del *Molòn lavè*, ‘Venite a prenderle!*’.”

“Hai ragione,” gli dico.

“Sono contento che sia d’accordo, signor commissario,” dichiara soddisfatto Dermitzakis, mentre Vlasòpoulos mi guarda stupefatto.

Dermitzakis gioisce, ma io la intendo diversamente. Siamo quelli del *Molòn lavè* perché lo stato greco ci dice, sì, “Venite”, ma noi troviamo le casse chiuse, quindi la volontà del “venire” risulta annullata dall’inconsistenza del “prendere”.

Con questi pensieri in testa, lo sguardo mi scivola su degli stracci e dei materassi sparsi sul pavimento.

“Qui ci abita qualcuno.”

“Clandestini,” dice Vlasòpoulos.

“Con un po’ di fortuna, potremmo trovare un testimone che ha visto qualcosa,” osserva Dermitzakis.

“Dipende dall’ora in cui è avvenuto l’omicidio. Penso che durante il giorno qui non ci sia mai nessuno. Questa gente se ne va appena sorge il sole e torna di notte solo per dormire. Se hanno trovato il cadavere di Demertzìs, se la saranno data a gambe; in questo caso, anche se qualcuno ha visto qualcosa non lo troveremo mai. Se l’omicidio, in-

* Qui si fa qui riferimento a un episodio avvenuto nel 480 a.C. in occasione della battaglia delle Termopili e riportato da Erodoto nelle sue *Storie*. Prima dello scontro, Serse, a capo dell’esercito persiano, esortò Leonida, che guidava le truppe greche, a deporre le armi, e questi gli rispose per l’appunto: “Venite a prenderle” [*N.d.T.*].

vece, è avvenuto di notte, allora abbiamo qualche speranza, ma non sarei troppo ottimista."

Stavròpoulos sta facendo le sue rilevazioni, chino sul cadavere.

"Sei un precursore," mi dice.

"Perché?"

"Perché tra un po' ci raccoglieranno tutti dalla spazzatura. E tu, con i tuoi cadaveri, apri la strada."

Non commento, perché ormai sono abituato alle sue battute di pessimo gusto.

"Puoi dirmi quando è morto?"

"Sì, e con molta precisione. L'omicidio è avvenuto stamattina, tra le otto e le undici."

"È stato ucciso qui o altrove?"

"Qui, senza alcun dubbio. Gli hanno sparato ed è caduto sul posto. Se l'avessero trasportato, il cadavere mostrerebbe dei segni."

"Se è stato ucciso qui, dovremmo riuscire a individuare facilmente la sua auto. Demertzìs non sarà venuto al Faliro con l'autobus. Se, invece, non è arrivato con la sua macchina, probabilmente è venuto in compagnia del suo assassino."

"C'è un'altra cosa che non mi torna," aggiunge Stavròpoulos.

"E sarebbe?"

"Non ne sono del tutto certo, ma a prima vista si direbbe che non gli hanno sparato a bruciapelo."

"Vuoi dire che il colpo è stato esploso a distanza?"

"Ti ripeto, non ne sono sicuro. Lo appureremo con l'autopsia. Bene, io per adesso ho finito. Potete perquisire la salma."

All'improvviso, sbucata fuori dal nulla, sentiamo una voce che sembra provenire dal cadavere di Demertzìs. Stavròpoulos, spaventato, fa un passo indietro.

"Qui Politecnico, qui Politecnico. Vi parla la stazione-radio dei liberi studenti in lotta e dei liberi greci in lotta." Segue una breve pausa, poi un'altra voce completa il messaggio:

"Pane. Istruzione. Libertà. Pane non ne abbiamo."

Il messaggio s'interrompe bruscamente. Restiamo tutti in silenzio a scrutare il cadavere di Demertzìs. Il primo a riprendersi è Dimitriou. Comincia a sbottonare i vestiti del morto e a frugargli nelle tasche. Da una, estrae un cellulare e ce lo mostra.

"Semplice ed efficace," ci spiega. "Hanno registrato il messaggio sul cellulare. Poi hanno chiamato, e il telefonino ha iniziato a riprodurlo come una suoneria. Invece della musichetta, insomma, hanno messo il messaggio del Politecnico. Non ci vuole molto."

Tocca a Vlasòpoulos formulare la domanda che tormenta tutti.

"E come potevano sapere esattamente quando chiamare?"

"Evidentemente c'è qualcuno che ci osserva," risponde Dermitzakis.

Ci guardiamo tutti intorno come degli idioti, come se ci aspettassimo di notare un tale, in lontananza, pronto ad agitare una mano verso di noi.

"In ogni caso, ha chiamato ed è scappato," dico.

"Questa telefonata conferma la teoria secondo la quale l'omicida ha sparato da una certa distanza," conclude Stavròpoulos.

"Comunque, ormai è sicuro che è stato ammazzato qui: abbiamo trovato il bossolo," dice Dimitriou. "Lo mando in laboratorio per l'analisi balistica."

"D'accordo, ma la precedenza va al cellulare. Fatelo analizzare, forse nel registro delle chiamate potremmo trovare una pista per le indagini. Noi, intanto, cerchiamo di individuare la macchina di Demertzìs. Sarà parcheggiata da qualche parte qui intorno."

Stavròpoulos fa caricare il corpo sull'autoambulanza e se ne va. Anche Dimitriou si allontana, per completare la raccolta degli elementi. Noi ci mettiamo alla ricerca della macchina di Demertzìs.

8

La macchina di Ieràsimos Demertzìs era il problema minore. L'abbiamo individuata in un parcheggio sulla Faèthontos, vicino a una scuola elementare. Una Mercedes cabrio grigia che non ci ha rivelato nulla. Nel portaoggetti del cruscotto abbiamo trovato i documenti dell'auto, la patente di Demertzìs e un paio di guanti; sul sedile posteriore erano gettate alla rinfusa una serie di buste. Ho ordinato a Vlasòpoulos di spedire la Mercedes al Reparto Investigazioni Scientifiche per completare i rilievi. Non che mi aspetti nulla di particolare. In questi casi, di solito, si trovano un sacco di impronte digitali che è difficile, se non impossibile, identificare.

I problemi sono cominciati con le domande lasciate aperte dall'omicidio Demertzìs. E la prima nasce dal messaggio che abbiamo ascoltato dal cellulare rinvenuto addosso alla vittima. Quello è il cellulare dell'assassino, perché il telefono di Demertzìs è stato ritrovato in un'altra tasca.

Perché l'assassino ha lasciato un cellulare con il messaggio della stazione-radio del Politecnico 1973? Demertzìs aveva detto al figlio che non era un reazionario e che aveva partecipato alle lotte contro la giunta militare. Ammettiamo che si trovasse all'interno del Politecnico ai tempi dell'irruzione dei carri armati: il fatto che l'omicidio sia collegato a qualche contrasto o conflitto risalente a quegli anni mi pare comunque improbabile. È possibile che, dopo quarant'anni, l'assassino se ne sia ricordato proprio ora? No, è un'ipotesi tirata per i capelli; eppure perché fare riferimento proprio a quell'episodio storico? Di certo, non è un caso. Il messaggio si rivolgeva a noi e voleva dirci qualcosa.

L'altra domanda riguarda l'omicidio in sé. Se si dovesse appurare che Demertzìs è stato colpito da una certa distanza, allora dovremmo pensare a un killer professionista. Quest'ipotesi appare rafforzata anche dalla faccenda che qualcuno ha seguito i nostri movimenti sul luogo del delitto e ha fatto partire il messaggio telefonando proprio nel momento in cui stavamo perquisendo la salma, in modo che fosse udito da tutti. Di conseguenza, se l'omicida ha sparato a distanza, come sospetta Stavròpoulos, allora ad agire devono essere stati almeno in due. È impossibile che l'assassino prima abbia infilato il cellulare nella tasca della vittima e poi si sia allontanato per spararagli. Come, per altro, non avrà corso il rischio di avvicinarsi alla vittima dopo l'omicidio, per metterle il telefono in tasca.

Tutti gli elementi ci indirizzano verso un professionista, o almeno verso un individuo ben addestrato, in grado di pianificare un omicidio in modo razionale. Se il colpevole è un uomo addestrato, allora non si può escludere la matrice terroristica. Ecco perché sarà meglio discutere di questa eventualità con Gonatàs dell'Antiterrorismo. Naturalmente, nel caso di un attentato terroristico, la cosa più probabile è che arrivi una rivendicazione, ma di solito questo accade dopo alcuni giorni.

Ho questi pensieri in testa mentre, a bordo di un'autopattuglia guidata da Vlasòpoulos, mi dirigo verso via Monemvasias, a Polydroso, dove si trovano gli uffici della Domotechnikì, la ditta di Demertzìs. Ho lasciato Dermitzakis al Faliro per un primo giro di ispezione, con la consegna di cercare qualcuno che abbia visto qualcosa. Saranno necessarie indagini molto accurate, ma talvolta capita che venga fuori qualcosa quando la faccenda è ancora calda.

Ho discusso con Vlasòpoulos se fosse il caso di cominciare a indagare dalla moglie di Demertzìs oppure dalla sua attività, e abbiamo deciso di lasciare alla donna un po' di tempo per riprendersi, prima di rispondere alle nostre domande.

Entriamo dalla Iasemiòn sulla Akakion e parcheggiamo all'angolo con la Monemvasias. Gli uffici della Domotechnikì si trovano in un centro direzionale che risale al tempo della *grandeur* dell'euro e occupano il terzo e il quarto piano dell'edificio.

Suoniamo al terzo e ci aprono. Saliamo e accediamo a un'anticamera vuota. In un angolo, quattro impiegati parlottano fra loro a bassa voce. Una ragazza sui venticinque anni, con gli occhi gonfi di lacrime, si avvicina a noi.

"Oggi siamo chiusi," ci spiega. "È successo un fatto molto grave."

Quando ci presentiamo, risponde solo con un imbarazzato "Certo, capisco".

"Con chi possiamo parlare?"

Non vuole assumersi alcuna responsabilità. "Attenda un attimo," mi risponde, poi si dirige verso un uomo del gruppo per chiedergli consiglio. Questi, che avrà una quarantina d'anni, viene verso di noi.

"Potete parlare sia con il signor Nikiforidis, che è il direttore dei lavori, sia con il signor Petrakos, il responsabile dell'amministrazione," ci dice. "Sono loro a rappresentare l'azienda quando il signor Demertzìs è assente."

Prima di dire "assente", l'uomo ha fatto una breve pausa, come se stesse cercando la parola adatta. Dopodiché si rivolge alla ragazza: "Ànghela, conduci i signori nell'ufficio del signor Nikiforidis."

Dico a Vlasòpoulos di farsi un giro, con la speranza che trovi qualcosa di interessante parlando con il personale di livello più basso, mentre io seguo la ragazza in ascensore.

Ànghela mi affida a una donna solida, vestita *à la Merkel*, anche lei con gli occhi rossi. Dev'essere stata già informata del mio arrivo perché mi fa accomodare nell'ufficio del suo capo senza neanche rivolgermi la parola.

Nikiforidis è un uomo dall'età indefinibile, tra i quaranta e i cinquantacinque anni. Indossa un completo, senza cravatta, e si alza per accogliermi con un'espressione molto mesta.

"So che non è il momento, ma vogliamo cominciare subito le indagini," chiarisco, per introdurre l'argomento.

"Capisco. Del resto, anche noi non vogliamo altro: che l'assassino del signor Demertzìs sia trovato al più presto."

"Cominciamo, allora, dalle cose basilari. Sa, per caso, se il signor Demertzìs aveva dei nemici?"

Nikiforidis fa spallucce e risponde subito:

"Concorrenti, sì. Avversari anche, e molti. Ma persone che potessero volere addirittura la sua morte non ce n'erano di certo. Magari per ottenere un appalto ci scanniamo – specialmente ora, che i bandi vengono pubblicati una volta all'anno –, ma non al punto di volerci far fuori a vicenda."

"Non parlo solo di rivali sul lavoro. Da quel che sappiamo, Ieràsimos Demertzìs ha svolto in passato una notevole attività di resistenza contro la dittatura militare. Stiamo prendendo in considerazione anche l'eventualità che l'omicidio si possa collegare a un conto ancora aperto risalente a quegli anni."

"Conosco quest'aspetto della vita del signor Demertzìs solo a grandi linee, e perlopiù da quanto ci raccontava lui stesso di tanto in tanto, perché in effetti di quel periodo ci parlava molto spesso. So che è stato studente di ingegneria edile al Politecnico Metsovio e che ha partecipato all'occupazione dell'ateneo. In seguito all'irruzione dell'esercito, è stato arrestato e torturato dall'ESA, la polizia militare. Questo è tutto quel che so sull'argomento." Fa una breve pausa, poi aggiunge: "Personalmente, però, ritengo improbabile che qualcuno abbia voluto chiudere i conti con Demertzìs a distanza di quarant'anni."

Poiché sono anch'io della stessa opinione, cerco di battere un'altra pista, anche se Nikiforidis, indirettamente, ha rafforzato l'ipotesi dell'atto terroristico.

"Sa se Demertzìs aveva contrasti con il personale?"

"Abbiamo un solo cantiere aperto. Chi oserebbe creare problemi con il rischio di rimanere senza lavoro? Quanto al personale amministrativo, abbiamo dovuto licenziare un terzo degli impiegati. Se anche solo il dieci per cento del milione e mezzo di disoccupati greci decidesse di far fuori il principale perché l'ha licenziato, nel paese non rimarrebbe neppure un solo imprenditore!"

I ragionamenti di Nikiforidis non fanno una piega e quindi non mi rimane che un'ultima domanda.

"Conosce il figlio di Demertzìs?"

Nikiforidis fa di nuovo spallucce. "L'ho visto solo una volta, quando il padre l'ha portato qui per presentarlo al personale. Coltivava la speranza di convincerlo a entrare in azienda. Ma si vede che il giovanotto aveva altro per la testa..."

"Sappiamo che non erano in buoni rapporti."

"Ascolti, signor commissario. Io sono il direttore dei lavori della Domotechnikì. Di conseguenza, m'interesso solo alle opere commissionate all'azienda: le questioni personali o famigliari del signor Demertzìs non mi riguardano."

La sua risposta è lapidaria e chiude ogni spiraglio. Non mi resta che andarmene.

"Dove posso trovare il signor Petrakos?"

"La mia segretaria la condurrà da lui."

La donna si limita a instradarmi in un corridoio e a indicarmi l'ufficio di Petrakos.

"È la terza porta a destra," mi spiega, asciutta; poi fa ritorno alla sua scrivania.

Entro e mi trovo in una grande stanza. Sul fondo distinguo un tale all'interno di una specie di acquario che gli permette di controllare i suoi sottoposti. Forse è questa la ragione per cui, contrariamente a quel che accade negli altri reparti dell'azienda, l'amministrazione funziona bene.

Immagino che debba trattarsi di Petrakos, ed entro nell'acquario. A prima vista, sembra più anziano di Demertzìs: dev'essere intorno alla settantina; ha i capelli e i baffi bianchi. Quando si alza per salutarmi, mi rendo conto che è alto, ben dritto e in ottima forma.

Comincio con la domanda classica: cioè se il suo principale aveva dei nemici. La risposta è sulla stessa linea di quella di Nikiforidis.

"Un imprenditore ha degli avversari, non dei nemici, signor commissario. Ieràsimos Demertzìs era un imprenditore edile di grande successo per quanto riguarda gli appalti pubblici, si aggiudicava facilmente le commesse, e questo non gli creava molte simpatie tra i suoi antagonisti. Ma un conto è cercare di danneggiare economicamente il tuo concorrente, cosa che può far parte del gioco, un altro è volerne l'eliminazione fisica."

"Stiamo valutando l'eventualità che l'omicidio vada ricollegato a qualche contrasto del passato. Sappiamo che Demertzìs ha partecipato alla lotta contro la dittatura e che è stato torturato dalla polizia militare."

Si lascia sfuggire un sorriso timido, per non contravvenire ai dettami del lutto.

"Che cosa vuol dire? Che qualche vecchio ufficiale dell'ESA gliel'avesse giurata e lo abbia ammazzato dopo quarant'anni? Non so quanto bene conosceva la polizia militare, signor commissario, ma non torturavano gli studenti per avere informazioni: avrebbero potuto ottenerle anche da altri. Piuttosto, li torturavano per terrorizzare gli oppositori."

"Quali erano i rapporti di Demertzìs con il figlio?"

L'uomo trae un sospiro. "Questa faccenda dell'arresto di Kyriakos per spaccio di droga è stata decisamente un brutto colpo."

Mi accorgo che vado a sbattere sempre sullo stesso muro e decido di svelare un po' le mie carte.

"Le parlerò chiaro, signor Petrakos. Ho assistito casualmente all'incontro tra il signor Demertzìs e il figlio alla Centrale di polizia. Mi ha davvero colpito l'atteggiamento di ostilità del giovane nei confronti del padre."

Petrakos riflette sulle mie parole, ed evita di rispondere subito.

"Anch'io le parlerò francamente. È una vecchia storia. Per quanti tentativi abbia fatto Ieràsimos per stemperare il dissidio, non ci è mai riuscito." L'uomo fa una pausa. "Quello che sto per dirle ora deve rimanere tra noi. Ieràsimos ha avuto una relazione per diversi anni. Per un certo periodo, tra l'altro, se n'è anche andato di casa. In seguito si è rappacificato con la moglie ed è tornato in famiglia. Kyriakos è molto legato alla madre: ha vissuto con lei tutto il dramma della separazione, e non è mai riuscito a perdonare il padre. Non sono uno psicologo, ma credo che sia questa la ragione fondamentale dei contrasti tra padre e figlio."

"Si ricorda a quando risale questa storia?"

Petrakos fa due conti. "Mi pare che Kyriakos facesse la seconda liceo. Quindi sono passati sette, forse otto anni."

"Non è che, per caso, ricorda il nome della ragazza che stava con Demertzìs?"

Mi risponde dopo una breve esitazione.

"Non ne ho idea."

Il fatto che Ieràsimos Demertzìs avesse una relazione extraconiugale è l'unico elemento nuovo che sono riuscito a recuperare, anche se non sono sicuro che potrà essermi utile. Non si è certo trattato di un delitto passionale. Ma più domande faccio, più mi convinco che si tratta di un caso che interessa l'Antiterrorismo e non la Squadra Omicidi.

Comunque, prima di passare definitivamente il caso all'Antiterrorismo, decido di parlare con la moglie di Demertzìs e di fare una visita a Kyriakos, in carcere. Con il ministro che ci ritroviamo e con Ghikas nell'angolo, non mi pare proprio il caso di accollarmi delle responsabilità che non mi riguardano.

"Hai trovato qualcosa?" chiedo a Vlasòpoulos, quando ci incontriamo all'ingresso.

Analizziamo le informazioni che abbiamo raccolto e ci rendiamo conto che si sovrappongono. Quando gli parlo della relazione extraconiugale di Demertzìs, Vlasòpoulos mi guarda perplesso.

"Ah, allora capisco," mormora.

"Che cosa?"

"Una ragazza mi ha parlato di una certa Athinà. Probabilmente non avrebbe dovuto dirmi niente, perché ha cercato di metterci una pezza non appena gli altri si sono voltati a guardarla."

"E che cosa ti ha detto?"

"Che era una collega e che ha lasciato l'azienda tempo fa."

Bene, bene. Abbiamo scoperto qualcosa in più sulla relazione di Demertzìs, oltre al nome della sua amante. Siamo partiti per indagare su un omicidio e ci troviamo tra le mani una storia di sesso.

9

Come al solito, il primo a telefonarmi è Dimitriou, sempre il più rapido ed efficiente.

"Abbiamo analizzato il cellulare, ma è pulito, signor commissario. Il messaggio di Radio Politecnico l'hanno scaricato da Internet, poi l'hanno rielaborato aggiungendoci la frase 'Pane non ne abbiamo', e alla fine l'hanno impostato come suoneria del telefono. Ma non abbiamo trovato chiamate, né in entrata né in uscita."

"E il cellulare di Demertzìs?"

"Lo stiamo analizzando. La chiamo appena abbiamo finito."

Quelle informazioni non mi stupiscono né mi deludono, perché non mi aspettavo niente di meglio. Chiamo Ghikas per informarlo, ma Stella, la sua segretaria, mi riferisce che è in riunione e che mi avvertirà appena si sarà liberato. Nel frattempo convoco Papadakis. Gli altri devono averlo avvertito perché si precipita subito da me e ha l'aria del cane bastonato.

"Quando ti hanno spedito in questo posto, si sono dimenticati di comunicarmi che presti servizio con orari speciali e che ti presenti in ufficio più o meno quando ti pare," gli dico.

“Cosa vuole che faccia, signor commissario? Lo stato non mi paga. Devo pur far qualcosa per tirare avanti,” mi risponde subito. È chiaro che si era preparato da un pezzo quella risposta.

“E questo che cosa significa? Pensi forse che noi continuiamo a venire al lavoro in orario perché abbiamo altre entrate per far fronte alle nostre necessità?”

“Non ho detto questo, signor commissario. È solo che... ho trovato un lavoretto.”

“Che lavoretto?”

“Faccio il vigilante in un'azienda. Entro in servizio quando esco da qui, ma ogni tanto capita qualche emergenza di mattina, e devo star lì per due o tre ore.” Trae un gran sospiro, per scaricare la tensione, e poi continua: “Non sono sposato, signor commissario. Ed entrambi i miei genitori sono malati. Mia madre è costretta a letto. La pensione di mio padre, a furia di tagli, non serve quasi più a niente. E a noi prima hanno tolto le indennità, poi le gratifiche, e adesso hanno smesso di pagarci e basta. I miei vecchi hanno bisogno di medicine. Le farmacie a volte le distribuiscono gratuitamente e a volte no, a seconda se il ministero della Salute le ha pagate o no. Cosa dovrei fare? Lasciarli morire?”

“Perché queste cose non me le hai raccontate prima, Papadakis? Avremmo trovato una soluzione.” Lui mi guarda in silenzio. “Perché non me l'hai detto?” continuo.

La sua risposta mi giunge con un sussurro: “Mi vergognavo, signor commissario.”

Cerca di sfuggire al mio sguardo, e tiene gli occhi fissi sulla punta delle scarpe.

“Non hai motivo di vergognarti. Meglio fare un secondo lavoro che prendere mazzette o offrire protezione ai negozianti. Bastava che me ne parlassi e avremmo trovato una soluzione insieme."

"D'accordo, signor commissario."

Ci interrompe una telefonata. È Stella, che mi annuncia che Ghikas si è liberato. Le dico che sarò da lui tra cinque minuti e chiedo a Papadakis di andare a chiamare Koula. Le riferisco la conversazione appena avvenuta, e lei si fa il segno della croce.

"Ma... santo cielo, perché non ci ha detto niente? Se ne sta zitto tutto il giorno, non dice mai una parola. Se gli dài un compito, lo svolge in silenzio, e poi, sempre muto, torna a sedersi al suo posto."

"Forse si sente ancora un estraneo nella squadra. Forse si vergogna della sua situazione. L'animo umano è un abisso insondabile."

"Solo l'animo umano? Qui ogni cosa è diventata un abisso. Lasci che ne parli con i ragazzi e vediamo come dargli una mano." Si alza per andarsene, ma si ferma sulla soglia. "Non le ho detto niente su Demertzìs perché non ho trovato nulla di interessante. Deve aver guadagnato molti soldi con le opere per i Giochi Olimpici. Il resto, cioè il suo ruolo ai tempi del Politecnico, lo sa già, come mi ha detto Vlasòpoulos."

Il fatto che si è arricchito con i lavori per i Giochi potrebbe collegarsi alla sua uccisione proprio al Centro Olimpico del Faliro.

Ghikas mi accoglie in piedi.

"L'omicidio di questo Demertzìs sta scatenando un vespaio. Temono che si tratti di un atto terroristico."

"Non è escluso," gli dico, e gli fornisco tutte le informazioni che ho raccolto. "Se davvero gli hanno sparato da lontano, allora si tratta di un'autentica esecuzione. Dalle prime indagini non risulta che Demertzìs avesse contatti con la malavita organizzata, perciò l'atto terroristico diventa un'opzione possibile. Dobbiamo informare Gonatàs per ogni evenienza."

"Lo informerai in ogni caso. Tra un'ora c'è una riunione nell'ufficio del capo. Ordine del ministro." Si ferma per osservare la mia reazione. Poiché non ne arriva nessuna, continua: "Questi sono i nuovi sistemi. Ora non si viene più convocati a una riunione nell'ufficio del ministro. Il ministro dà ordine al capo della polizia di indirne una, e poi sarà quest'ultimo a relazionare il ministro. La nostra opinione conta come uno sputacchio."

A Ghikas non piace la prassi del ministro, io però l'apprezzo perché in questo modo saremo in pochi: il capo della polizia, Ghikas, Gonatàs e io. Il capo entra subito in argomento e mi chiede quali sono gli elementi che abbiamo raccolto fino a quel momento.

Comincio dal luogo del delitto, proseguo con le prime valutazioni di Stavròpoulos, passo ai colloqui che abbiamo avuto nell'impresa edile di Demertzìs e concludo con il messaggio di Radio Politecnico sul cellulare che gli abbiamo trovato in tasca.

"Per me, non c'è alcun dubbio," dichiara il capo. "Si tratta di un'azione terroristica. Dovrà occuparsene l'Antiterrorismo."

Incrocio lo sguardo con Ghikas, per confermargli che anche noi eravamo arrivati alle stesse conclusioni. L'unico che sembra avere qualche dubbio è Gonatàs.

"Potrebbe essere, ma potrebbe anche non essere," replica al capo.

"Cosa non ti convince in questa ipotesi?"

"Quali sono gli elementi che possono far pensare a un'azione terroristica? Che l'hanno ucciso da lontano. A parte che questa eventualità non è ancora confermata, ma ammettiamo che lo sia, diremmo la stessa cosa se gli avessero messo una bomba in macchina e l'avessero fatto saltare in aria. Entrambe le tecniche, però, vengono utilizzate anche dalle organizzazioni criminali. E sappiamo bene che i confini tra terrorismo e criminalità organizzata sono diventati sempre più labili..."

"Esattamente. Proprio per questo non è da escludere la possibilità che i terroristi abbiano collaborato con dei malavitosi," lo interrompe il capo.

"Non posso escluderlo, certo, ma c'è qualcos'altro che non mi torna in questo momento," replica Gonatàs.

"E sarebbe?"

"Chi ha infilato il cellulare nella tasca della vittima? Poteva essere un complice dell'assassino: qualcuno che si è mosso insieme a lui e poi ha piazzato il cellulare nei vestiti di Demertzìs dopo l'omicidio."

"È la cosa più probabile," concorda il capo.

"Io non ne sono certo. Perché Demertzìs va di sua sponte al Centro Olimpico del Faliro? Forse l'assassino gli aveva dato appuntamento lì proprio per ucciderlo? La cosa più probabile è che l'incontro gli è stato proposto da una persona che conosceva e che gli ha teso una trappola. Ma se le cose sono davvero andate così, allora la probabilità di un atto terroristico si indebolisce notevolmente, per non dire che si annulla del tutto."

A quel punto, intervengo io: "E poi c'è un'altra cosa..."

"E sarebbe?" chiede il capo.

"Il fatto che la Domotechnikì, l'impresa edile di Demertzìs, si è aggiudicata diversi appalti nella costruzione delle opere per i Giochi Olimpici – i maggiori guadagni sono venuti da lì. Di conseguenza, non dev'essere stato difficile convocare Demertzìs nel luogo in cui sorge una struttura realizzata per i Giochi, anche se non l'aveva costruita la sua ditta."

"E qual è la conclusione?" chiede il capo, mentre vede collassare la sua teoria.

"Non c'è una conclusione, signore," dice Ghikas, che interviene per la prima volta. "Innanzitutto dobbiamo aspettare i risultati dell'autopsia e la perizia balistica. Nel frattempo, stiamo setacciando la zona circostante, caso mai spunti un testimone che possa aver visto qualcuno nel Centro Olimpico. Solo allora, forse, potremo avere qualche elemento interessante."

"Potrebbe darsi che uno dei criminali si sia recato con Demertzìs sul luogo dell'omicidio?" mi chiede il capo.

"Se ci è andato, è possibile che abbia lasciato qualche traccia nell'auto, anche se personalmente lo ritengo improbabile. L'autore dell'omicidio non avrebbe corso il rischio di farsi vedere in macchina con Demertzìs."

"Manca anche la rivendicazione. Ma potrebbe saltar fuori tra qualche giorno," commenta Ghikas.

"Dipende. Se ritengono che il messaggio del Politecnico sia già una rivendicazione di per sé, non ne faranno altre," chiosa Gonatàs.

"Questo significa che i terroristi e il crimine organizzato si sono associati," mi dice Gonatàs, ridendo, mentre usciamo dalla riunione. Diversamente dal suo predecessore, è un poliziotto con la testa sulle spalle ed è facile trovarlo simpatico.

"Manderò i miei uomini a setacciare la zona porta a porta, insieme ai poliziotti del Vecchio Faliro: magari troveranno qualcosa. Ti tengo informato."

Dico a Vlasòpoulos di contattare la stazione di polizia del Vecchio Faliro e di prendere con sé Dermitzakis e Papadakis, per fare una ricerca *in loco*. Quindi chiamo Koula.

"Trovami l'indirizzo di casa di Demertzìs e avverti la moglie che domani passerò da lei per parlarle."

Koula torna dopo cinque minuti con la faccia scura.

"Purtroppo temo che non potrà parlarle. È in ospedale."

"Quale clinica?"

"All'Yghìa. La famiglia Demertzìs abita a Marousi."

"Trovami il medico che la segue."

Il medico è la dottoressa Fokidou.

"Temo che non potrà vederla per un po', signor commissario. Ha avuto un crollo psicofisico e la teniamo sotto osservazione. In questo momento, mi è impossibile dirle quando si riprenderà del tutto."

Poiché non posso interrogare la moglie di Demertzìs, decido di fare un salto allo studio di Caterina e di Mània, prima di andare a parlare con Demertzìs junior. Voglio farmi un'idea delle conseguenze che può aver avuto su di lui la relazione extraconiugale del padre. Mània, che è una psicologa di ottimo livello, potrebbe essermi d'aiuto.

10

Lo studio di Caterina e Mània si trova sulla Grigoriou Theologou, a Pankrati. Salgo al terzo piano e suono il campanello. Mi apre Caterina: il pulsante apriporta è sulla sua scrivania, dato che per un avvocato è più facile interrompere un istante il proprio lavoro di quanto non lo sia per una psicologa.

La sede è composta di tre locali più un piccolo ingresso. Una porta scorrevole separa la sala d'aspetto dallo studio di Caterina, mentre quello di Mània dà sul corridoio, accanto alla cucina – ha scelto la stanza in fondo all'appartamento perché è più tranquilla: un elemento importante per il suo lavoro.

Nella sala d'aspetto siede un giovanotto con la barba. Tiene stretto in mano il cellulare e lo tormenta con i due pollici. Sono sicuro che non ha sentito il campanello e non si è neanche accorto che sono entrato. Si capisce a prima vista che è un tossicodipendente, ma non so dire se necessita di un sostegno psicologico, e quindi si rivolgerà a Mània, oppure ha bisogno di assistenza legale, nel qual caso andrà da Caterina.

Viene ad accogliermi Mània. Si stupisce di vedermi perché, in effetti, non vengo spesso nell'ufficio di mia figlia.

"Com'è che si è ricordato di noi, signor Charitos?"

"Ho bisogno del tuo aiuto."

Scoppia a ridere. "E perché mai? Sotto la scure dei tagli sono finiti anche gli psicologi della polizia?"

"No, ma si tratta di un caso che, probabilmente, già conosci."

"Capisco," mi risponde pronta. "Mi dia un po' di tempo, prima devo parlare con Iannis. Vieni, Iannis," dice al giovanotto e lo precede nel suo studio.

Il giovane la segue con lo sguardo incollato al cellulare; i suoi pollici continuano a danzare sulla tastiera.

Resto da solo, ma non per molto. Dopo un momento si apre la porta dello studio di Caterina e lei compare insieme a una donna sulla cinquantina.

"Farò un tentativo per ottenere la scarcerazione, signora Loukopoulou," le dice quando sono ormai davanti alla porta d'ingresso. "In questo periodo stanno cercando di svuotare un po' le carceri, e potremmo anche farcela. Ci aiuta il fatto che è solo un utilizzatore. Se accettasse di entrare in un centro di recupero, tutto sarebbe ancora più facile..."

"Non riesce a convincerlo, signora Charitou?" domanda la donna.

"Cosa vuole che le dica? Ci proverò. Lo farà anche la signora Laganà."

"Ma come ha fatto a cacciarsi in questo guaio? È un bravo ragazzo. Come ha fatto a finire in questo pasticcio?"

"Sono proprio i bravi ragazzi a mettersi nei guai, signora. Quelli cattivi, fanno affari."

"Kyriakos Demertzìs è un cattivo ragazzo?" chiedo a Caterina appena ha chiuso la porta.

“Sei venuto qui per lui? Entra che ne parliamo.”

Il suo studio è semplice e austero, proprio come lei, del resto. Ci sono una scrivania con un computer e una poltrona girevole, due sedie dalla linea essenziale davanti alla scrivania e una libreria con i testi giuridici. Tutti prodotti IKEA: salvo i libri e il computer, ovviamente.

“Hai parlato con il tuo cliente dopo l’omicidio di suo padre?”

“Gli ho parlato al telefono. Era calmo. Mi ha detto che, prima o poi, doveva capitare.”

“Che cosa intendeva dire?”

“Non lo so. Non ha voluto approfondire. Ha cambiato subito argomento e mi ha chiesto come sta sua madre.”

Le racconto della relazione extraconiugale di Demertzìs padre. Caterina mi sta ad ascoltare con un’espressione pensosa.

“Credi che il suo odio dipenda da questo?”

“Non lo so. Sono un poliziotto, non uno psicologo. Per questo sono venuto qui: per sentire l’opinione di Mània. Domani devo andare al carcere di Korydallòs per interrogare Kyriakos. Credi che potrebbe esserci qualche problema se fossi presente anche tu in qualità di suo avvocato?”

“Poiché lo interroghi solo come testimone non c’è alcun problema.”

In quel momento, Mània entra nella stanza: espansiva e dinamica come sempre, mi abbraccia e mi bacia su entrambe le guance.

“Quando ero in polizia, ci vedevamo più spesso. Sua figlia la vede ogni sera, alla tavola di famiglia, ma di me si è proprio dimenticato...”

“Non essere ingiusta. Ti abbiamo invitato per la cena di Capodanno, ma non ti sei degnata di venire!”

“Ero in Germania,” risponde, tenendosi sul vago. Poi cambia subito argomento. “È qui per l’omicidio Demertzìs o sbaglio?”

“No, non sbagli,” le risponde Caterina, e stavolta è lei a fare il riassunto degli ultimi sviluppi.

“Bene. Ammettiamo pure che possa essere questa la ragione dell’odio di Kyriakos Demertzìs per il padre,” chiosa Mània. “Il suo interesse per le condizioni della madre durante l’ultima telefonata conferma quest’ipotesi. Ma questo in che modo può aiutarla, signor commissario? Da quanto mi ha raccontato Caterina, Kyriakos non è tipo né da delitto passionale né da vendetta premeditata. Il messaggio del Politecnico ci porta da un’altra parte...”

“E dove?”

“Non lo so. È ancora troppo presto per scoprirlo. Io, però, darei maggiore importanza a quello che ha detto a Caterina *en passant*, ossia che prima o poi doveva capitare. È lì che concentrerei la mia attenzione. Probabilmente ha protetto i suoi segreti con una serratura di sicurezza che vi darà molto filo da torcere prima di riuscire ad aprirla.”

“Vedo che non hai dimenticato la tua arte poliziesca,” la stuzzico.

Scoppia a ridere. “Non mi permettono di dimenticarla. La metà di quelli che si rivolgono a noi ha la fedina penale sporca e l’altra metà sta facendo di tutto per sporcarsela. Sta a noi cercare in ogni modo di fargli cambiare rotta.”

La conversazione finisce. Caterina e io ci prepariamo a tornare a casa per cena.

“Vieni a mangiare da noi?” chiedo a Mània.

"Purtroppo non posso, signor Charitos. C'è qui Uli."

Lei e Caterina si scambiano uno sguardo d'intesa, poi sogghignano con aria furba. Non chiedo nulla, per discrezione, anche perché il facile collegamento tra il nome tedesco e il viaggio di Capodanno in Germania mi ha già fornito la risposta.

La distanza tra la Grigoriou Theologou e casa nostra, che è sulla Aristokleous, non è molta e potremmo coprirla anche a piedi, ma non voglio lasciare la macchina sulla Theologou, quindi prendo la Formìonos e da lì svolto sulla Filolaou per uscire sulla Timotheou.

"Chi è questo Uli?" chiedo a Caterina.

"Il suo nuovo amore. L'ha conosciuto in vacanza ad Astypàlea, ma non mi ha detto niente di più." Si mette a ridere. "Nel momento in cui l'Europa intera, e noi per primi, ce l'ha con la Germania, Mània va a innamorarsi proprio di un tedesco... Non ho ancora capito se le piace nuotare controcorrente, oppure se si butta di proposito nella corrente contraria per vedere dove verrà trascinata. In ogni caso, è una persona eccezionale e una psicologa preparatissima, ed è questo che conta."

A casa troviamo Adriana e Fanis, seduti fianco a fianco sul divano, di fronte al televisore.

"Il governo ha dato le dimissioni. Si andrà a votare," ci annuncia Adriana appena entriamo in soggiorno.

"Capisci che cosa vuol dire?" osserva Fanis. "Hanno detto che rimandavano il pagamento degli stipendi di tre mesi. Ora, mettici tre settimane di fase preelettorale più una settimana per le elezioni. Poi, prima che si formi il nuovo governo, che ottenga il voto di fiducia, che i nuovi ministri si insedino, e che vengano informati sulle varie situazioni, i tre mesi di blocco diventeranno almeno sei. E questo se saremo fortunati. Perché se non si riesce a fare il governo, i sei mesi diventeranno sette o otto come minimo... Per adesso, tiriamo la cinghia. Tra sei mesi, non avremo neanche più il sangue nelle vene..."

"Quando vi ho proposto di riunirci a cena per risparmiare, mia figlia mi ha preso per pazza!" Adriana non risparmia una stoccata a Caterina.

"Che vuoi farci, mamma? Sono anch'io una figlia del benessere e del cattivo gusto," replica Caterina.

"Ma quale benessere, quale cattivo gusto!" esclama Fanis. "Qui si tratta di una sollevazione popolare!"

"Di quale sollevazione parli?" chiede Caterina, perplessa.

"Tutti i soldi che abbiamo preso in questi anni, i finanziamenti, i programmi economici per il Mediterraneo, i quadri comunitari di sostegno, sono andati ad arricchire il ceto medio. Niente nuove costruzioni, niente investimenti, niente sviluppo. Niente di niente. L'unica differenza con gli anni cinquanta consiste nel fatto che la nostra è la sollevazione dell'euro."

"Oggi tu parli di sollevazione, ma allora si parlava di sopraelevazione. Erano le case a venir sopraelevate. Solo che i nostri nonni e i nostri padri sapevano che era possibile la sopraelevazione di un solo piano," aggiungo. "Noi abbiamo dato a ogni famiglia tre macchine, case al mare, piscine e canotti. Le fondamenta non hanno retto e la casa è crollata, insieme alla sopraelevazione. Non stavamo meglio. Semplicemente ci eravamo sopraelevati. E dalla sopraelevazione nasce la sollevazione."

"Pazienza. Tanto in Grecia, la sventura è cugina di tutti," commenta con calma filosofica Adriana. "Ci abbiamo sempre convissuto. Solo perché, per qualche anno non si è presentata, ci siamo illusi che ci avesse dimenticato. Ma ecco che si è ricordata di noi."

Ci sediamo anche noi davanti alla televisione, per goderci la doccia fredda in compagnia. Sullo schermo, la conduttrice e il commentatore conversano con un rappresentante del governo dimissionario.

"Le sembra il momento opportuno per andare alle elezioni?" chiede la conduttrice.

"La Grecia sta entrando in una nuova fase della sua storia, signora Karalidou," risponde il ministro. "Di conseguenza, è giusto affidarci alla volontà del popolo, in modo che la nuova fase cominci con un governo che possa trarre la sua forza dalla fiducia dei cittadini."

"Lei crede veramente che in Grecia ci siano ancora cittadini che si fidano dei politici, signor ministro?" interviene il commentatore, senza nascondere l'ironia.

"Voglio crederlo," risponde il ministro, con orgoglio.

Persino Adriana, che di solito guarda il telegiornale solo per poter commentare le varie notizie, in questo caso non ha voglia di dire nulla. Si limita a spegnere il televisore.

"Andiamo a mangiare," dice. Ma poi si ferma sulla soglia della cucina. "Abbiamo eliminato la carne, abbiamo eliminato i dolci e da oggi eliminiamo anche la televisione."

"Vuoi dire che smetterai di guardare la televisione? Un miracolo, per essere tale, deve durare almeno tre giorni, come dice mia madre," la stuzzica Fanis.

"Ascolta, Fanis, queste belle parole sulla nuova fase del paese sono solo idiozie. Stiamo tornando indietro agli anni cinquanta. E negli anni cinquanta non avevamo la televisione, ascoltavamo la radio, quindi...” replica Adriana, seccata.

Ha preparato il riso con i porri, con l’accompagnamento indispensabile di feta, e un contorno di peperoni rossi sott’olio. Persino nella quaresima della crisi economica riesce a imbandire una tavola ottima.

Mangio con appetito; poi arriva una telefonata di Ghikas che me lo fa passare.

“Hai sentito?” mi chiede.

“Ho sentito, sì. Però c’è una cosa buona: perlomeno ci liberiamo del ministro.”

“Sì, ma rimarremo senza referenti politici proprio nei giorni peggiori. Come sai bene, il pesce comincia a puzzare dalla testa. E ora che siamo senza testa, saremo noialtri a puzzare. E tutto comincia stasera.”

“Che succede?” gli chiedo inquieto.

“Vieni a Monastiraki e lo vedrai con i tuoi occhi. Ma non prendere la tua macchina, ti mando un’autopattuglia.”

Spiego ad Adriana e ai ragazzi che ci sono disordini in piazza Omònia e che devo uscire.

“Chi è il responsabile dei disordini?” chiede Caterina.

Adriana afferra il telecomando e accende il televisore.

“Vedi,” dico a Fanis. “Altro che tre giorni, il miracolo non è durato neanche tre ore...”

“Non si conteggiano le edizioni straordinarie dei telegiornali,” replica Adriana, serafica.

E ci azzecca, perché in alto a destra sullo schermo compare la scritta “Edizione straordinaria”. Al centro si vede la conduttrice di prima che parla con un inviato dentro un riquadro. Alle spalle dell’inviato si vedono dei giovani con mazze e manganelli che corrono per la strada.

"Com'è la situazione in questo momento, Kostas?" chiede la conduttrice.

Corro in camera da letto per indossare l'uniforme senza attendere la risposta dell'inviato. Faccio appena in tempo a vestirmi che suonano al campanello. Scendo le scale verso l'autopattuglia con la cravatta in mano.

11

Seduto al volante c'è un ragazzone intorno ai venticinque anni. "Mi hanno detto di portarla all'angolo della Ermoù, a Monastiraki, signor commissario. Ma sarà dura arrivare fin là... Si faccia un bel segno della croce e partiamo."

"Che cosa succede laggiù?"

"Un gran putiferio... Abbia soltanto un po' di pazienza, prima o poi riusciremo ad arrivare, così potrà vedere tutto *laiv.*"

Aziona la sirena e schiaccia sull'acceleratore. Segue l'itinerario classico, dalla Righillis verso la Vasilissis Sofias. Nonostante l'ora tarda, il traffico è bloccato: le macchine sono in cerca di una via d'uscita perché tutta la zona, da Sìntagma a Omònia, è chiusa. Anche se abbiamo la sirena, ci mettiamo quasi un quarto d'ora per arrivare in piazza Sìntagma. Da lì scendiamo per la Mitropòleos, che è deserta, e arriviamo facilmente a Monastiraki.

Riconosco subito, nonostante la distanza, un reparto dei Nuclei Antisommossa schierato all'incrocio tra la Evripidou e la Athinàs, mentre un altro chiude la Aghion Asomaton in direzione della Pireòs. Una squadra di poliziotti, inoltre, è posizionata all'incrocio tra la Leokoriou e la Navarchou Apostoli.

Dalle strade che si trovano oltre la zona presidiata dalle forze dell'ordine arrivano urla, fragore, rumori di vetri infranti. In mezzo alla piazza, di fronte alla chiesetta detta dei Santi Incorporei, cioè l'angelo Michele e l'arcangelo Gabriele, vedo Ghikas che conversa con Espèroglou, il capo dei Nuclei Antisommossa. Mi avvicino per sapere che cosa sta succedendo e come posso essere utile.

"Chi sono questi? Teppisti?" chiedo.

"I semplici teppisti sono già passati," mi risponde Espèroglou. "Questi sono i reparti d'assalto. Tirano fuori gli extracomunitari dalle loro abitazioni, li massacrano di botte e poi gettano le loro cose in strada. Inoltre, stanno spaccando le vetrine di tutti i negozi in cui lavorano degli immigrati."

"Hanno un elenco di tutte le case e di tutti i negozi dove vivono e lavorano gli extracomunitari," continua Ghikas. "Hanno fatto un censimento sistematico, una cosa che l'amministrazione statale non è mai stata in grado di fare. Se ci dovessero servire dati del genere, almeno da oggi sappiamo a chi rivolgerci," conclude con amara ironia.

"Di certo, non mi avrete chiamato per aiutarvi a raccogliere i dati..."

"No. Stiamo cercando di delimitare la zona degli scontri, e poi giochiamo a rimpiattino tra i vicoli," mi risponde Espèroglou.

"Che ti dicevo? Se non ha la testa, il pesce puzza tutto," mi fa Ghikas.

"Stiamo cercando un giudice per farci firmare le autorizzazioni necessarie, ma non se ne trovano. E quelli che riusciamo a rintracciare, non vogliono prendersi la responsabilità."

"Non è facile spiegare ai ragazzi come respingerli," constata Espèroglou. "E se ci scappa il morto, sarà impossibile dimostrare che non è stata opera nostra!"

"Pensi di usare i lacrimogeni?" gli chiede Ghikas.

"E come faccio? Ci sono dei feriti in strada: morirebbero asfissiati. Almeno sono arrivate le ambulanze," aggiunge, e indica due autolettighe appena giunte di fronte alla stazione della metropolitana del Theseion.

Uno dei conducenti scende e si avvicina rapidamente a Espèroglou.

"Dove sono i feriti, signore?"

"Sparsi nelle strade. Non riuscirete a occuparvi di loro prima della fine dei disordini. Se andate ora, sarete attaccati dai rivoltosi, e questo significherebbe guai peggiori," risponde Espèroglou.

"Io cosa posso fare?" gli chiedo.

"Occupati della squadra di poliziotti," mi dice, indicando gli agenti appostati all'incrocio tra le vie Leokoriou e Navarchou Apostoli. "Assicurati soprattutto che nessuno perda la calma."

Mi avvicino alla Leokoriou mentre all'orecchio mi giunge un insieme indistinto di rumori: voci, porte fracassate, vetrine infrante, bestemmie, minacce e grida di dolore. I poliziotti assistono in silenzio. Non parlano neppure tra loro. Il nervosismo è tangibile.

"E questo è solo l'inizio," dice qualcuno al mio fianco. È Sotiròpoulos, la massima autorità tra i giornalisti di cronaca giudiziaria. "Oggi se la prendono con gli immigrati. Domani toccherà a noi."

"Non esagerare, Sotiròpoulos," replico, più che altro per prevenire l'agitazione nei miei uomini.

"È successo così anche in Germania. Prima se la sono presa con gli ebrei, poi sono passati ai dissidenti, cioè a tutti quelli che non stavano con loro. Alla fine, con Hitler, hanno preso il potere. Qui sta succedendo la stessa cosa: con la metà dei greci che li applaude e l'altra metà che dice: 'Non c'è da preoccuparsi, sono solo dei teppisti.' Io sono riuscito a svicolare, altrimenti sarei stato una delle loro prime vittime."

"Cosa intendi dire?"

"Sono andato in pensione."

Mi volto a guardarlo stupefatto. "Sei andato in pensione?"

Non riesco proprio a pensare a Sotiròpoulos pensionato.

"Sì. Ce l'ho fatta, giusto un attimo prima che lo stato dichiarasse che non c'era spazio per altri pensionati, che erano al completo! Mi sono ritirato prima che questi nazisti da operetta mi facessero fuori. Sono anni che mi hanno preso di mira." Fa una pausa; poi, senza guardarmi, mi dice: "Ho saputo che ti occupi dell'omicidio Demertzìs."

"Vedo che i tuoi contatti ti passano sempre informazioni di prima mano," replico, mentre attendo il seguito.

"Sai che Demertzìs era amico intimo di Lakodimos?"

"Il nome mi dice qualcosa ..."

"Lakodimos era un viceministro, il responsabile dei lavori per i Giochi Olimpici..."

La conversazione viene interrotta bruscamente da Espèroglou, che mi chiede di avvicinarmi a lui.

"Kostas, hanno incendiato un magazzino abbandonato sulla Lepeniotou dove dormivano gli immigrati. Abbiamo inviato i vigili del fuoco, ma devono andarci anche i tuoi uomini. Calma, però: cerchiamo di non ficcarci in guai peggiori."

"Va bene, staremo dietro un'autopompa dei vigili del fuoco, per avere copertura," chiarisco.

Vado dagli agenti e spiego loro la situazione. Mi guardano senza replicare, ma nei loro occhi si legge la paura.

"Perché non ci mandano i Nuclei Antisommossa, signor commissario?" mi chiede un giovane.

"Perché stanno presidiando la piazza. Se li muoviamo da lì, i rivoltosi sfondano e spaccano tutto," gli spiego.

I mezzi dei pompieri ci precedono, noi ci muoviamo lentamente. Le fiamme sono visibili sulla Lepeniotou. Davanti al magazzino si sono riuniti una ventina di teppisti palestrati che festeggiano l'impresa. Il fuoco ha attaccato la porta e si sta estendendo all'interno del locale. Se c'è qualcuno dentro, brucerà vivo. In alternativa, morirà asfissiato.

I camion dei vigili del fuoco scatenano la collera dei teppisti palestrati con i crani rasati e gli orecchini.

"Siete venuti a spegnere l'immondizia?" grida uno di loro, sarcastico.

"Quando d'estate bruciano i nostri boschi non siete così veloci," incalza un altro.

Sono pronti ad attaccare i mezzi dei vigili del fuoco per impedirgli di intervenire. Faccio schierare i miei uomini davanti alle autopompe, mentre penso a cosa ci aspetterebbe se queste bestie feroci decidessero di scagliarsi contro di noi. Per fortuna non muovono neanche un passo e si limitano a osservarci in silenzio.

"Noi non abbiamo nulla contro di voi," mi dice quello che sembra il loro capo, dopo qualche istante. "I poliziotti sono nostri fratelli. Chi non ci ostacolerà, domani verrà ricompensato."

"Se questo stato del cazzo arrestasse quelli che fanno lavorare gli immigrati e non pagano né le tasse né la previdenza, ora non avreste bisogno di noi per tirarvi fuori dalla merda," urla un altro.

Il capo si rivolge nuovamente a me.

"I colpevoli la pagheranno cara, sappilo, commissario. Specialmente quelli che hanno delle figlie con un debole per questa spazzatura."

Mi sento addosso gli occhi dei miei uomini. Sono inquieti, non sanno come potrei reagire.

Getto uno sguardo ai vigili del fuoco. Aspettano l'esito della trattativa e non intervengono per non fornire il pretesto a un'aggressione. Le fiamme nel magazzino si estendono, ma non si sentono voci. Evidentemente, dentro non c'è più nessuno. Guardo i miei uomini, che sono pronti ad accogliere la proposta del capo dei teppisti e ad andarsene. Devo prendere una decisione – e in fretta.

Mi rivolgo al mio interlocutore.

"Sta' a sentire. Di queste cose non discuteremo io e te, perché non ne abbiamo l'autorità. Vai a dirle a qualcun altro. Noi vogliamo che tutto finisca tranquillamente: per questo ti propongo di andare via tutti, voi e noi, e di lasciare che i pompieri facciano il loro lavoro. Se secondo voi il magazzino è un bidone di immondizia, allora non permetteremo che tutto il quartiere vada a fuoco perché voi volevate bruciare la spazzatura. Se ostacolerete i vigili del fuoco non avrete a che fare con noi, ma con i Nuclei Antisommossa. E chi verrà arrestato, sarà processato per attentato, che è un reato molto, molto grave."

Il tipo ci pensa su e poi risponde: "D'accordo. Ma non mi scorderò di te," aggiunge minacciosamente. Poi, rivolgendosi ai suoi ordina secco: "Andiamocene" – senza muoversi, però. Vuole che ci muoviamo prima noi.

I vigili del fuoco hanno cominciato a intervenire: faccio cenno ai miei uomini di ritirarsi, mentre mi chiedo quanti dei nostri cambierebbero volentieri schieramento.

Sono ormai quasi le due del mattino quando la situazione si calma e possono intervenire le autoambulanze per occuparsi delle vittime. Le prime stime parlano di un morto e venti feriti.

Alle tre sono a casa. Caterina e Fanis se ne sono andati, Adriana è a letto. Prorompe in un borbottio di protesta quando mi sdraio al suo fianco: l'ho disturbata. Resto sdraiato così, supino, con il pensiero inchiodato alle parole del capo dei rivoltosi: si riferiva a Caterina, è chiaro.

Non chiudo occhio per tutta la notte.

12

Terrorismo, s.m., la prevalenza, l'imposizione della propria volontà attraverso il terrore || Il governo esercitato attraverso l'uso di mezzi violenti e crudeli, l'imposizione del potere da parte di una classe sociale o un gruppo di individui attraverso mezzi di violenza estrema; *Terrorismo rosso*, quello esercitato dai rivoluzionari contro la classe borghese; *Terrorismo bianco*, quello esercitato dalla classe borghese dominante attraverso l'organizzazione statale.

Ancora una volta Dimitrios Dimitrakos mi delude. In parte, certo, è giustificato. Ai suoi tempi non c'era il Gruppo 17 Novembre, e neppure Lotta Rivoluzionaria. E forse ora non esiste più neanche il terrorismo bianco. L'unica definizione che può andar bene è: "Il governo esercitato attraverso l'uso di mezzi violenti e crudeli" – ecco cos'era la giunta militare del 21 aprile 1967! A meno che non vogliamo collegare il terrorismo bianco alla continua minaccia che ci taglieranno ancora una volta gli stipendi, le pensioni, le indennità. Questo è il nostro terrorismo bianco, "esercitato dalla classe borghese dominante attraverso l'organizzazione statale".

Con questi pensieri entro in cucina per un caffè casalingo, il primo della giornata – il secondo lo prendo sempre al bar della Centrale. Trovo Adriana vestita di tutto punto, pronta per uscire, e la cosa mi stupisce, perché non esce mai all'alba.

"Com'è che vai fuori così presto?"

"Vado al mercato del pesce per prendere un po' di alici o di sardine da fare al forno con il limone."

Ecco, già questo mi stupisce meno, perché so che ha tagliato i ponti con il pescivendolo del quartiere: innanzitutto perché, secondo lei, è caro come il fuoco, e poi perché il suo pesce non è fresco, ma lo bagna in continuazione per farlo sembrare tale.

"E ci vai all'alba?" le chiedo.

Mi trafigge con uno di quegli sguardi dall'alto in basso che sfodera quando vuole umiliarmi.

"Kostas, ascoltami bene. L'ultima volta che hai fatto la spesa frequentavi ancora la scuola di polizia. Al mercato, il pesce buono si compra di mattina: più tardi arrivi, meno pesce di qualità trovi."

Decido di non continuare la conversazione perché rischio di beccarmi qualche altra stoccata. Le propongo di uscire con me: le dico che posso lasciarla in viale Vasilissis Sofias e poi può prendere il filobus per piazza Omònia.

"A che ora hai smontato ieri sera?" mi chiede, mentre attraversiamo la Spirou Merkouri.

"Verso le due. Tu quando sei andata a letto?"

"Non appena sono andati via i ragazzi. Dovevo star sveglia a guardare la tv, Kostas? Ormai non si vede che odio: siamo arrivati al punto che tutti odiano tutti."

"Be', adesso non esagerare. La situazione non è così tragica."

"Ma scherzi? Noi odiamo i tedeschi. I tedeschi, insieme a qualcun altro, odiano noi. Noi odiamo gli immigrati e vogliamo mandarli via. Ma loro non sono venuti qui per rimanere da noi. Vogliono andare in qualche altro paese europeo. Noi li abbiamo bloccati in Grecia e, di conseguenza, loro ci odiano. L'unica cosa che sopravvive a tutto quest'odio è la famiglia."

Mi trattengo a stento dal raccontarle delle vicende dei Demertzìs, perché non intendo abbattere anche la sua ultima certezza. Dalla Spirou Merkouri sbuco sulla Vasilissis Sofias e mi fermo davanti all'Hilton per farle prendere il filobus dall'altra parte del viale.

"Alla fine, non ti sarebbe poi così difficile andare in ufficio con i mezzi pubblici," dice.

"No. Dovrei solo cambiare davanti all'ospedale dell'Evanghelismòs e prendere il filobus."

"E perché, allora, non usi i mezzi? I membri della polizia non pagano il biglietto. Ti sembra il caso di sprecare soldi in benzina, di questi tempi?"

Detto ciò, scende dalla vecchia Seat per far sì che questa idea mi roda fino all'arrivo in Centrale. La verità è che non ha tutti i torti. Quando non sai il giorno in cui riceverai il prossimo stipendio, non puoi concederti il lusso di andare al lavoro con la tua "autovettura a uso privato". D'altro canto, però, non è facile troncare di netto certe abitudini. Per anni sono andato a lavorare con la Mirafiori. L'avevo comprata usata, ma mi ha scarrozzato avanti e indietro per trent'anni. La mia "sopraelevazione", come direbbe Fanis, è avvenuta quando sono passato alla Seat. Ora, anche se le fondamenta dell'edificio della mia vita non stanno cedendo, Adriana mi suggerisce di dichiararlo comunque inagibile.

Entro in ufficio e telefono a Dimitriou, sia per sapere se ci sono novità dalle indagini della Scientifica, sia per sfuggire al senso di colpa ansiogeno che Adriana è riuscita a insinuare in me.

"Abbiamo trovato qualcosa, signor commissario, ma non sappiamo dove potrebbe condurci," mi comunica Dimitriou.

"Nella macchina di Demertzìs?"

"No. La macchina non ha fornito nessun elemento. Si tratta del suo cellulare. C'è una chiamata in entrata, a cui non ha risposto, proveniente da un numero che compare nell'elenco solo in quell'occasione. Tutte le altre chiamate, in entrata e in uscita, sono di lavoro o di membri della famiglia. Abbiamo chiesto al gestore di controllare e, appena avremo qualche elemento, la informerò."

Lascio Dimitriou alla sua ricerca e vado nell'ufficio dei miei collaboratori. Koula è attaccata al monitor del computer e Papadakis sta sistemando delle carte; Vlasòpoulos e Dermitzakis sono assenti.

"Dove sono Vlasòpoulos e Dermitzakis," chiedo a Koula.

"Sono andati al Vecchio Faliro per continuare le ricerche. Ieri non hanno cavato un ragno dal buco."

È come cercare un ago in un pagliaio. Di solito, la zona intorno al Centro Olimpico è trafficatissima. Il tipo che ha fatto la telefonata poteva essere seduto in qualche caffè, o magari era rimasto in macchina e ha telefonato quando ha visto che ci riunivamo intorno al cadavere. Impossibile individuarlo.

"Avvertite il carcere di Korydallòs che passerò a interrogare Kyriakos Demertzìs. Papadakis, fa' in modo che ci mettano a disposizione un'autopattuglia e preparati: vieni con me."

Mi guarda incredulo. "Con lei?"

"Sì, perché? Non avrai mica la pretesa che mi mettano a disposizione un autista."

Il telefono squilla esattamente nel momento in cui rientro nel mio ufficio.

"Demertzìs è stato colpito da una distanza approssimativa di tre metri," mi informa Stavròpoulos. "L'assassino era alle spalle della vittima, perché il proiettile è penetrato dalla scapola sinistra e ha perforato il cuore. La morte è stata istantanea."

"Pensi che possa essere l'opera di un professionista?"

Riflette un momento prima di rispondere.

"Se l'avesse colpito dall'alto – per esempio, dal tetto della palestra –, ti avrei detto di sì senza esitazione. Ma l'assassino era in linea con la vittima e a media distanza. Se vuoi la mia opinione, penso che fosse nascosto nella palestra e seguisse i movimenti di Demertzìs. Quando gli ha voltato le spalle, gli ha sparato. Potrebbe essere un professionista, ma potrebbe anche non esserlo."

"Sai che pistola ha utilizzato?"

"La prossima volta, affida l'autopsia all'esperto balistico e a me passa l'arma che te l'analizzo," mi risponde, secco, e riattacca.

13

L'itinerario più rapido per arrivare alla prigione di Korydallòs consiste nell'uscire sulla Petrou Ralli dalla Konstantinoupòleos, e da lì prendere la Grigoriou Lampraki, che conduce esattamente davanti all'ingresso del carcere. A parole sembra semplice, ma non è un viaggio da niente, perché dipende dal traffico, dai lavori che bloccano le strade da un giorno all'altro e dalla chiusura di alcune aree a causa di cortei, manifestazioni e proteste varie.

Papadakis evita i colpi di genio e prende il percorso più sicuro. La strada è sgombra, la circolazione tranquilla, e non siamo costretti ad azionare la sirena – che costituisce un vero e proprio attentato alle fibre del mio sistema nervoso.

Questa circolazione così regolare oggi mi provoca sentimenti contrastanti, e non so se rallegrarmene o dispiacermi. Le persone della mia classe sociale hanno trasformato l'auto in un bene immobile: io sono uno dei pochi che può ancora permettersi di utilizzarla per muovermi. Tra poco cominceranno a spulciare la mia dichiarazione dei redditi per controllare se ho qualche rendita nascosta, dato che riesco tuttora a fare il pieno alla macchina.

"Ho sentito che ieri notte è stato superlativo. C'erano dei colleghi stamattina al bar che dicevano che se non ci fosse stato lei li avrebbero fatti a pezzi."

"Non penso di essere stato io a spaventarli. I Nuclei Antisommossa, piuttosto..."

"In ogni caso, ve la siete cavata tutti senza un graffio." Poi fa una pausa, come se esitasse a continuare. "Stavolta. Per la prossima, non ci metterei la firma."

"Perché?"

"Perché ce ne sarà un'altra, e poi un'altra ancora... E ogni volta i rivoltosi saranno più aggressivi. Io vengo da una famiglia democratica di Creta, signor commissario. Mio nonno e suo fratello hanno combattuto contro i tedeschi. Il mio prozio, poi, ha fatto la guerra civile dalla parte dell'Esercito Democratico ed è rimasto nascosto in montagna per cinque anni, con il rischio che lo prendessero e lo spedissero al confino. Mio nonno, invece, non ha avuto a che fare con la guerra civile, così io sono riuscito, con una spintarella da parte del deputato locale, a entrare nella scuola di polizia. Non dia retta a quel che dicono, alla storia che i poliziotti sono come fratelli. Molti si sentiranno così uno per l'altro, ma io a loro farò sempre l'effetto che fa un panno rosso a un toro."

Impieghiamo circa tre quarti d'ora per arrivare a Korydallòs. All'ingresso declino le mie generalità a un agente della polizia penitenziaria, il quale mi conduce nell'ufficio del direttore. Penso per un istante a portare con me anche Papadakis, ma poi temo che Kyriakos, vedendolo, chiuda una seconda serratura di sicurezza, per dirla con Mània.

"Faccio portare qui Demertzìs, così lo può interrogare con calma," mi comunica il direttore; poi mi lascia solo.

L'attesa è breve perché, poco dopo, la porta si apre ed entra Kyriakos. Indossa gli stessi abiti che aveva nell'ufficio di Peresiadis.

"Buongiorno, signor commissario," mi saluta cortese.

"Buongiorno, Kyriakos. Siediti."

Gli indico una sedia davanti alla scrivania del direttore e mi siedo di fronte a lui.

A prima vista non sembra che la permanenza in carcere lo abbia segnato in qualche modo. Non presenta quelle tracce di depressione o di nervosismo di solito visibili in tutti i detenuti, specialmente nel primo periodo di permanenza dietro le sbarre. Mi guarda tranquillo, con un sorriso quasi amichevole.

"Sono venuto a parlare della morte di tuo padre," gli dico, e mi attacco al suo atteggiamento amichevole. "Come puoi immaginare, ci interessa innanzitutto parlare con i famigliari più stretti, nella speranza che emergano degli elementi che possano aiutarci."

"Quel che sapevo, l'ho già detto a sua figlia," mi dice, tranquillo.

"Gli avvocati difensori non riportano ai poliziotti le conversazioni con i propri clienti, anche se, in questo caso, il poliziotto è il padre del legale. Però, credo di aver dimenticato una cosa. Devo farti le condoglianze per la morte di tuo padre?"

Non si aspettava quella domanda: l'ho colto di sorpresa.

"Perché me lo chiede?"

"Perché durante il vostro incontro in Centrale, ho avuto l'impressione, per dirla in modo neutro, che ti fosse perlomeno antipatico. Come mai provi un sentimento del genere per tuo padre?"

“Perché non ho mai sopportato la sua ipocrisia,” mi risponde senza alcuna esitazione.

“Ti è sembrato che recitasse? E se sì, lo faceva solo con te, o anche con gli altri?”

“Mi stia a sentire. Mio padre era un imprenditore di notevole successo. Ha cominciato dal nulla e si è creato un patrimonio immenso. Gli imprenditori di successo non fanno i soldi con l’acquasanta. Hanno collegamenti, scambi riservati; devono ungere, finanziare i partiti e i politici... Tutto questo è necessario per raggiungere il successo. Mio padre, però, non parlava mai dei suoi rapporti di affari né dei suoi successi. Raccontava sempre e soltanto della sua lotta contro la dittatura. Quando provavo a parlargli del lavoro e dell’azienda, rigirava la frittata e tornava a parlare della Resistenza e del Politecnico. La Resistenza era per lui una specie di spugna con la quale cancellava tutto il resto.”

“D’accordo, però nonostante tutto avrebbe voluto che tu entrassi nell’impresa.”

Il giovane Demertzìs scoppia a ridere.

“Prima voleva affiancarmi a Petrakos per farmi fare esperienza nel settore amministrativo e finanziario, che non conosco. Poi sarei passato al reparto tecnico e, dopo aver terminato il *training*, sarei diventato direttore generale, mentre mio padre sarebbe stato il consulente esecutivo. Ha conosciuto Christos Petrakos, signor commissario?”

“Sì. Abbiamo iniziato gli interrogatori proprio dalla Domotechnikì.”

“Nella ditta, Petrakos era gli occhi e le orecchie di mio padre. Sa dove si sono conosciuti?”

“No.”

"Alla polizia militare, signor commissario."
"Alla polizia militare?" ripeto, perché mi sembra incredibile.
"Sì, quando lo torturavano. L'aveva conosciuto per vie traverse. Mio padre diceva sempre che lo aveva aiutato molto. E questo forse è vero, non voglio essere ingiusto con Petrakos: non era un torturatore, lavorava in ufficio."
"Come hanno fatto a ritrovarsi? Non penso che tuo padre bazzicasse negli uffici dell'ESA."
"Petrakos è andato a trovarlo quando sono cominciati i lavori per i Giochi Olimpici. Papà l'ha assunto perché aveva bisogno di qualcuno che sorvegliasse il cantiere. È cominciata così la loro collaborazione." Si ferma, poi ricomincia a ridere. "Uno sbirro della polizia militare e un esponente della Resistenza erano una delle due colonne dell'impresa di mio padre, signor commissario."
"E qual era la seconda colonna?"
"Thanasis Lakodimos."
"Il viceministro?"
Fingo di essere sorpreso e penso che, come al solito, l'informazione di Sotiròpoulos si è rivelata esatta.
"Il viceministro responsabile dei lavori per i Giochi Olimpici. Lui aveva il controllo su tutti gli appalti. È un ingegnere edile, come mio padre. Erano insieme al Politecnico, insieme nell'occupazione e insieme anche nelle prigioni della polizia militare. La loro amicizia risale a quei tempi, ed è durata fino alla fine."
"Sai se, oltre ai lavori per i Giochi, avevano avuto rapporti riguardo ad altre opere?" gli chiedo.
"Lo ignoro," mi risponde senza esitazione. "Quando Lakodimos e la moglie venivano a casa nostra, parlavano solo

del passato. Il resto non era materia di conversazione in compagnia."

È ora di indirizzare il colloquio verso la relazione extraconiugale di Demertzìs senior, ma devo muovermi con cautela, per evitare che Kyriakos si chiuda a riccio in difesa della madre.

"Abbiamo saputo che tuo padre aveva una relazione extraconiugale," butto lì, nel modo più neutro possibile.

Se temevo che si chiudesse a riccio, mi sbagliavo.

"Athinà," dice, e scuote malinconicamente la testa. "Lei è stata la vittima delle Olimpiadi."

"Perché dici così?"

"Perché nel bel mezzo della festa per i Giochi Olimpici, mio padre ha pensato che, oltre a essere un bravo imprenditore, potesse diventare anche un buon amante, e quindi si è messo insieme alla sua segretaria. Quando la festa è finita, e siamo tornati tutti alla vita di sempre, lui l'ha mollata ed è ritornato a casa. E ha contagiato anche mia madre con la sua ipocrisia. Insieme interpretavano la parte della coppia felice. Per me, questa è stata la ciliegina sulla torta. Ho fatto in modo di entrare all'università di Creta e sono andato via di casa. Da quel momento, non ci sono più tornato."

"Conosci il cognome di questa Athinà?"

"No. Le uniche volte che abbiamo scambiato due parole è stato per telefono, oppure quando mi capitava di passare in ufficio da mio padre. Non c'è ragione di metterla in agitazione, signor commissario. Sono sicuro che non ha niente a che fare con la morte di mio padre. Magari si è sistemata, nel frattempo: perché riportarla a quei vecchi dolori?"

"Vorresti vedere tua madre?"
"È ancora in osservazione."
"Intendevo quando si riprenderà..."
Tace qualche istante per riflettere.
"Se chiedessi un permesso, me lo concederebbero. Però non vorrei entrare nella sua stanza d'ospedale accompagnato da un poliziotto. Non voglio che si agiti."
"Il poliziotto potrebbe rimanere fuori e tu entreresti da solo. Informati su questo punto: se ti dicono che il poliziotto deve accompagnarti in camera, rivolgiti a Caterina, e io vedrò di sistemare le cose."
"La ringrazio," replica semplicemente.
"Bene, Kyriakos. Non ho altro da chiederti."
"Porti i miei saluti a Caterina," dice, e si alza.
Quando apre la porta, vedo la guardia penitenziaria che lo aspetta nel corridoio per ricondurlo in cella.
Resto nell'ufficio per salutare il direttore, che arriva poco dopo.
"Com'è andata, se posso chiedere?" mi domanda.
"Non riesco a capire per quale motivo un bravo ragazzo come Kyriakos si è messo a fare lo spacciatore."
"Anch'io me lo sono chiesto... Sa che fa lezione ai detenuti che vogliono prepararsi per frequentare il liceo serale?"
Mentre esco dalla prigione penso che questa storia dello spaccio di droga nasconda un segreto che non riesco a comprendere. Comunque, è stata smentita l'affermazione di Petrakos secondo cui l'atteggiamento ostile di Kyriakos nei confronti del padre è dovuto alla sua relazione extraconiugale.
Papadakis mi aspetta in macchina.

"Torniamo in ufficio, signor commissario?"

"Sì, ma prima passiamo a prendere Vlasòpoulos. Magari ha qualche novità da comunicarci."

"*Nada*, signor commissario," mi disillude Vlasòpoulos. "Nessuno ha visto niente di strano, né gente né movimenti sospetti. Non ha senso continuare le ricerche: stiamo solo perdendo tempo."

Gli dico di tornare in Centrale, poi aggiorno Papadakis sul perché ho deciso di farlo partecipare all'indagine: da un lato mi preme che non si senta escluso dalla squadra, e dall'altro la situazione ad Atene è fuori controllo e quindi avrò bisogno di tutti.

"Posso dirle quel che penso, signor commissario?" mi chiede con qualche esitazione.

"Dimmi."

"Se dico una scemenza, non la segnali nel mio fascicolo," aggiunge tra il serio e il faceto.

"Nella squadra in cui lavori, a tutti capita di dire una scemenza ogni tanto. È l'unico modo per far progredire le indagini."

"È possibile che l'assassino e il suo complice siano arrivati dal mare?"

"Dal mare?"

"Sì, dalla baia del Faliro. Guardi, siamo a gennaio e ci sono i giorni dell'Alcione, in cui il mare è tranquillo. Inoltre, poiché è inverno e non navigano molti battelli nel golfo, se fossero venuti dal mare non se ne sarebbe accorto nessuno."

"Papadakis, questa non è una scemenza: dobbiamo controllare subito," gli dico. "Svolta che andiamo subito al Centro Olimpico del Faliro."

Chiamo al cellulare Vlasòpoulos e gli dico di farsi trovare all'ingresso del Centro. Papadakis entra dalla Ellispontou sulla Ikosioktò Oktovriou, per uscire al Pireo. Sulla Ikosioktò Oktovriou troviamo un gran traffico di camion e autoarticolati. Appena ci allontaniamo dal Pireo il traffico diminuisce ma, quando arriviamo a destinazione, è ormai mezzogiorno.

Vlasòpoulos e Dermitzakis ci aspettano all'ingresso. Hanno preso le chiavi e ci aprono. Ci dirigiamo direttamente verso la parte del complesso che si affaccia sul mare. Non sono esperto di azioni di questo tipo, ma capisco che non sarebbe difficile arrampicarsi fino al Centro venendo dal mare, a patto di non avere con sé armi troppo pesanti.

Anche Vlasòpoulos conferma la mia opinione.

"Un giovane riuscirebbe facilmente a raggiungere la struttura dal mare."

"Ma come ti è venuto in mente? Bravo, Papadakis!" esclama Dermitzakis con ammirazione.

Papadakis non replica, ma un ampio sorriso gli illumina il viso.

"Purtroppo non ci abbiamo pensato subito: se anche fossero rimaste delle impronte ormai saranno cancellate," gli dico. "Ciononostante, informiamo Dimitriou e incrociamo le dita: non si sa mai."

Sono pronto a rientrare in macchina quando squilla il mio cellulare.

"Ho l'indirizzo di casa di Lakodimos, signor commissario," mi dice Koula. "Per quello del suo ufficio politico non c'è stato niente da fare."

"Dov'è?"

"A Glyfada."

"Invia l'indirizzo a Dermitzakis con un sms. Poi informa Ghikas che voglio avere un colloquio con Lakodimos riguardo all'omicidio Demertzìs."

Rispedisco Papadakis con Vlasòpoulos in Centrale e continuo con Dermitzakis, per non mettere a rischio gli equilibri della squadra. Dopo un po' arriva anche il messaggio di Koula: l'abitazione di Lakodimos è sulla Làzari, una parallela della Posidonos.

14

Dermitzakis esce dalla Posidonos sulla Zerva per immettersi sulla Làzari. La casa di Thanasis Lakodimos si erge come un fortino sulla strada. È circondata da alte mura che la rendono invisibile dall'esterno. L'unico accesso è costituito da un portone di sicurezza in ferro, con una finestrella degna della prigione di Korydallòs.

Dermitzakis suona il campanello, e alla finestrella compaiono due occhi che ci passano in rassegna.

"Sono il commissario Charitos e questi è il vicecommissario Dermitzakis. Abbiamo un appuntamento con il signor Lakodimos," spiego ai due occhi quando si soffermano su di me. Il portone si socchiude giusto lo spazio necessario per farci passare. Il proprietario del paio d'occhi – un incrocio tra un sollevatore di pesi e un domatore di leoni – richiude l'uscio appena abbiamo oltrepassato la soglia.

"Devo perquisirvi," mi comunica con un'aria che non ammette dissenso.

"Non ti abbiamo forse detto che siamo poliziotti?" dico, mentre cerco di mantenere la calma.

"Ho ordine di perquisire chiunque deve accedere alla casa. Chi mi assicura che non siate terroristi travestiti da poliziotti?"

"Puoi vedere i nostri tesserini."

"Niente tesserini. Devo perquisirvi," replica seccamente.

"Apri il portone: ce ne andiamo," gli dico, con l'aria dello sbirro che non intende ricevere ordini. L'omone resta a guardarmi. "Domani mattina farò recapitare un mandato di comparizione urgente al tuo capo perché si presenti nel mio ufficio alla Centrale di polizia per essere interrogato. Vigilantes, picchiatori e guardie del corpo non sono ammessi in Centrale. Tu e i tuoi colleghi rimarrete fuori."

"Un momento. Ora chiedo," replica, e corre al telefono. È la prima volta che il suo cervello funziona rapidamente.

È la *grandeur* cafona dei greci, penso. Muri, portoni di ferro e personale di sicurezza, ma nessuno ha pensato di avvertire chi difende l'entrata della pseudofortezza che sta arrivando la polizia. È come nei ministeri: è tutto informatizzato, ma poi non riescono a consegnarti neanche un certificato.

"Salite le scale. Qualcuno vi accoglierà all'ingresso," ci annuncia l'omone.

Se mi aspettavo che dietro le mura ci fosse un castello medievale, mi sbagliavo. Davanti a me si erge una villa bianchissima a due piani, completamente circondata da un parco che dev'essere stato disegnato da un architetto, con la consegna che "al giardino non deve mancare nulla": roseti bianchi e rossi, girasoli, piante esotiche che devono essere state spedite qui da qualche parte dell'Africa. Poi distinguo aranci amari, meli e peri, come se li avessero piantati a guardia dei fiori. Di fianco alla scalinata dell'ingresso c'è persino una vite, anche se di dimensioni contenute.

Saliamo la scalinata, attraversiamo un'ampia veranda con poltrone in midollino e tavolini da giardino e infine entriamo nella residenza. Davanti a noi si apre un'ampia sala con pochi mobili, disposti perlopiù agli angoli. Il resto dello spazio è vuoto e sembra preparato per una *soirée* danzante.

Ci accoglie una donna asiatica dall'età indefinibile.

"Pleggo. Signol Lakkoddimos aspetta voi," ci comunica, e ci invita con un gesto a seguirla.

Saliamo una scala a chiocciola che dà accesso a una grande stanza: è lo studio di Lakodimos. Lui ci accoglie in piedi, dietro la scrivania. Dalla finestra alle sue spalle si vede il mare.

"Scusatemi per il malinteso riguardo alla perquisizione," dice dopo le presentazioni. "Avevo dato istruzioni diverse, ma il personale ha trascurato di avvertire all'ingresso."

Mi sembra di stare in una caserma o nella Centrale di polizia di una qualche città a me sconosciuta.

"Vedo che ha adottato misure di sicurezza molto rigide, signor Lakodimos," gli dico.

"La domanda è: sono sufficienti?" mi risponde.

"Perché se lo chiede?"

"Perché ho paura, signor commissario. Ho paura a mettere il naso fuori di casa. Ho paura di camminare per strada. Ho paura di andare a mangiare in una taverna. Un pomeriggio, all'uscita del Parlamento, alcuni manifestanti mi hanno rovesciato addosso litri di yogurt. Durante una manifestazione sono stato aggredito: quegli scalmanati mi hanno mandato all'ospedale, anche se ci sono rimasto solo per qualche ora. E in un ristorante sono stato insultato dagli altri avventori. E pensi che tutto questo è accaduto quando c'era ancora l'euro. S'immagini che cosa potrebbe capitarmi adesso con la dracma. Così mi sono asserragliato in casa e ho piazzato guardie dappertutto, per sentirmi tranquillo e sicuro."

Aspetta una mia reazione, che non arriva. Le aggressioni o gli sberleffi ai danni di un parlamentare o di un ministro non toccano minimamente un poliziotto quando non svolge un servizio di scorta, per di più se sa che non verrà pagato nei mesi successivi.

Poiché non gli rispondo, continua:

"E... la vuole sapere una cosa? È ingiusto, signor commissario. Possiamo aver fatto degli errori – e ne abbiamo fatti, non dico di no –, ma abbiamo dato molto a questo paese. Molto. E ora ci accusano di averlo affondato. Sì, ma prima di averlo affondato, l'abbiamo resuscitato. Abbiamo aumentato gli stipendi, le pensioni; abbiamo creato posti di lavoro. E ora ci dicono che siamo degli ipocriti, perché gli aumenti riguardavano solo il settore pubblico. Ma i posti pubblici, non sono forse posti di lavoro come tutti gli altri? Tutti i soldi che sono entrati nelle casse dello stato li abbiamo ridistribuiti ai cittadini. Ora, se i cittadini hanno fatto un cattivo uso del loro denaro, che colpa ne abbiamo noi? Noi abbiamo solo distribuito il denaro: non abbiamo responsabilità per il modo in cui hanno deciso di spenderlo. E ora che i soldi sono finiti, è di nuovo colpa nostra, perché non abbiamo altro denaro da dare al popolo."

A un tratto si rende conto che non siamo lì per ascoltare la sua sacra collera, e quindi torna al presente.

"Ma lei non è qui per condividere il mio dolore..." mi dice, rabbuiandosi.

"Sono venuto per parlare dell'omicidio di Ieràsimos Demertzìs."

Lakodimos scuote la testa, sconsolato.

"Povero Makis. Sa da quando eravamo amici? Dall'occupazione del Politecnico. Insieme al Politecnico, insieme nelle stanze della polizia militare, signor commissario." A questo punto gli torna in mente la solita litania: "Non venivamo da famiglie agiate, signor commissario. Abbiamo lottato per cambiare la Grecia e siamo stati i primi a pagare per questo."

Cerco di farlo tornare tra noi.

"Le parlerò apertamente, signor Lakodimos. In questo momento, abbiamo due ipotesi per l'omicidio di Demertzìs. La prima è che si tratti di un atto terroristico. La seconda è che ci sia qualcuno che aveva una ragione per ucciderlo."

"Se vuole la mia opinione, è più probabile l'atto terroristico. Ma questo non vuol dire necessariamente che sia rimasto vittima dell'azione di un gruppo armato. Siamo arrivati al punto che chiunque può ammazzarti perché pensa che così farà scoppiare la rivoluzione, oppure perché, nello stesso modo, farà tornare la dittatura. Dipende da come la pensa."

"Sono venuto da lei perché ho immaginato che avrebbe potuto fornirci qualche elemento ulteriore... So che ha avuto dei rapporti con lui anche in occasione della realizzazione delle opere per i Giochi Olimpici."

"Non ho avuto rapporti specifici con lui," mi risponde piccato. "L'impresa edile di Ieràsimos ha ottenuto gli appalti attraverso gare regolari. La gente dice certe cose perché tutti ci conosciamo, in un modo o nell'altro: siamo cresciuti tutti insieme, apparteniamo alla generazione che ha cambiato la Grecia, ed è naturale che ci si conosca. Ma parliamo di conoscenze, di amicizie, certo non di favoritismi, signor commissario."

"Immagino che conoscesse anche il signor Petrakos."

"Certo che lo conoscevo. Dai tempi della polizia militare... Comunque, ho capito dove vuole andare a parare." Scoppia a ridere. "Petrakos non ha avuto nulla a che fare con le torture, signor commissario. Era un funzionario amministrativo e lavorava in una struttura dell'ESA che si occupava dell'approvvigionamento e dei rifornimenti. Era l'unico a fornire informazioni attendibili alle nostre famiglie e l'unico a darci dei consigli. E ci aiutava infischiandosene del rischio di finire in carcere insieme a noi per tradimento."

Tace, in attesa della domanda successiva, ma io non ho nient'altro da chiedergli. Se non fosse che a Demertzìs hanno sparato alla schiena, sarei quasi sicuro che si tratti di un suicidio.

Lakodimos coglie il mio imbarazzo e riprende la solfa.

"Non sono un poliziotto, ma le consiglierei di seguire la pista dell'atto terroristico. Le parlo molto sinceramente: non riesco a pensare a nessuno che odiasse Makis a tal punto da volerlo uccidere." Fa una pausa, come al solito, e poi aggiunge: "Ma le dirò di più. Se si è trattato veramente di un atto terroristico, allora è molto probabile che dobbiamo attenderci qualche altra azione: direi che non è sbagliato affermare che Makis è solo la prima vittima."

Penso che, in fondo, non ha tutti i torti. Devo chiedere a Gonatàs di interessarsi più a fondo al caso. Rinuncio a domandargli di Demertzìs junior e mi alzo.

“La ringrazio molto per il tempo che mi ha gentilmente dedicato, signor Lakodimos,” gli dico.

“Spero che catturiate l’assassino di Makis, signor commissario. La sua morte è una grande perdita.”

Ai piedi della scala troviamo la cameriera asiatica che ci aspetta per accompagnarci all’ingresso. Il sorvegliante al portone ci apre e ci lascia passare senza neanche una parola di saluto.

“Cosa ne pensi?” chiedo a Dermitzakis, quando siamo in macchina.

“Quest’uomo vive barricato in casa perché ha paura. L’ha detto lui.”

“E quindi?”

“Chi ha paura, ha sempre qualcosa da nascondere, signor commissario,” risponde, illustrandomi la sua semplice deduzione.

Io penso che finora, dopo aver parlato con il personale dell’impresa di Demertzìs, con il figlio, che mi ha svelato alcuni particolari oscuri della vita del padre, e con Lakodimos, che si è sprecato in elogi, le indagini non hanno compiuto neanche un passo avanti.

Forse, se provassi a seguire la semplice logica di Dermitzakis, potrei anche arrivare a qualche conclusione. Ma non voglio continuare con Lakodimos, piuttosto intendo andare a ripescare Petrakos: l’impeccabile ex membro della polizia militare non me la conta giusta per niente.

Telefono a Spyridakis del Nucleo Crimini Finanziari, con cui ho già collaborato in passato, e gli chiedo se ha il tempo per incontrarmi. Fissiamo un appuntamento per l’indomani mattina nel mio ufficio.

15

Prima di uscire dalla Centrale ho la brillante idea di portare a casa il computer. Poiché Adriana ha posto l'embargo sulla televisione e io, in ufficio, non trovo neanche il tempo per andare a pisciare, colgo l'occasione per fare un po' di compiti a casa. Naturalmente, questa mia decisione creerà una rottura nelle relazioni con il Dimitrakos, il mio amato dizionario, ma è giusto che riceva anche lui una sorta di embargo temporaneo.

Appena metto in moto, squilla il mio cellulare.

"Papà, riesci a passare dallo studio?" mi chiede Caterina.

"Qualcosa non va?"

"No, no. Vorrei solo fare due chiacchiere."

Ecco una cosa che non mi tranquillizza affatto, perché al giorno d'oggi dietro un semplice "Vorrei fare due chiacchiere" può celarsi una carezza, una sberla o persino un cazzotto nello stomaco. Sia come sia, cambio rotta e metto la prua della mia Seat verso la Grigoriou Theologou. Faccio l'errore di passare dalla Ymittoù e mi impantano in una manifestazione preelettorale in piazza Aghiou Nikolaou. Mi ero scordato delle nuove elezioni perché non sono ancora cominciati i comizi in centro, e quindi neanche le mobilitazioni della polizia. Per ora io e le elezioni siamo su due lunghezze d'onda diverse.

Alla manifestazione devono essere presenti soltanto tre attivisti, perché gli applausi che interrompono il comizio del candidato al Parlamento sembrano piuttosto il battito di mani dei ballerini di uno *zeibèkiko*. Ciononostante, la piazza è chiusa, e sono costretto a svoltare sulla Formionos per entrare sulla Grigoriou Theologou dalla Ièronos.

Nell'ufficio di Caterina trovo tre immigrati: devono essere arrivati dritti dalla guerra civile in Siria perché uno ha un braccio ingessato, mentre un altro ha la testa fasciata fino alle orecchie. Il volto del terzo è quasi completamente nascosto dai cerotti.

"Questi chi sono?" chiedo al giovanotto dall'aria nordica che mi apre la porta.

"*Victims*," mi risponde, in inglese. "Vittime", e scuote la testa sconsolato.

Non faccio in tempo a chiedere altro perché Caterina esce dal suo studio, e quindi è a lei che rivolgo nuovamente la domanda.

"Sono vecchi clienti di quando lavoravo da Seimenis," mi spiega. "Vieni che ti spiego."

Nello studio di Caterina c'è Pavlos, che si alza per salutarmi.

"Non ti occupi più del benessere dei senzatetto?" gli domando per stuzzicarlo.

"Non ce n'è più bisogno. Il suo amico ha sistemato tutto. Ha affidato un compito a ciascuno degli ospiti e ora il centro di accoglienza brilla come uno specchio. Sono tutti strafelici e brindano – con l'acqua, ovviamente – alla sua salute."

"Eh, lo sapevo che avrei fatto bene a portarlo," commenta Caterina, ridendo. Poi all'improvviso si fa seria e si volta verso di me. "I ragazzi che hai visto qui fuori sono tre vittime dei disordini dell'altroieri," mi spiega. "Non so tu che cosa hai visto, ma sono molti, molti di più."

"Nella mia zona non ci sono stati troppi problemi," replico, senza entrare nei dettagli.

"Questi tre mi conoscevano perché mi ero già interessata per fargli avere i documenti quando lavoravo da Seimenis. Uno se l'è cavata con un braccio rotto, un altro ha ferite alla testa e una lieve commozione cerebrale e il terzo si è buttato dalla finestra per salvarsi dalle fiamme. Sporgerò denuncia a nome di tutti e tre. Pavlos e i suoi amici sono disposti a sostenere le spese legali."

"E che cosa otterrete da una denuncia contro ignoti?"

"Non è contro ignoti. Pavlos e due dei suoi amici sono riusciti a intrufolarsi nella calca e a scattare alcune foto. Mi mancano immagini che testimonino il gesto del ragazzo che si è dovuto buttare dalla finestra, e così ho pensato di chiederti se la polizia dispone di materiale fotografico sui disordini."

Nelle orecchie mi risuona la minaccia del capo dei rivoltosi: vedo mia figlia che si avvia dritta nelle fauci del lupo. Per un istante penso di cercare di dissuaderla, ma poi lo escludo immediatamente: non farà marcia indietro solo perché qualcuno mi ha minacciato. Anzi: la cosa la indurrebbe a impegnarsi ancora di più.

"Se nella zona ci sono telecamere, potrebbe esserci del materiale, altrimenti credo di no. Posso dirtelo domani." Faccio una pausa, alla ricerca di un'altra strada per dissuaderla. "Però sai meglio di me che un processo del genere, ammesso che ci siano degli elementi di prova, può durare anni. I tuoi clienti reggeranno?" le chiedo.

Caterina non mi risponde. Si alza e apre la porta del suo studio.

"Reza!" urla nel corridoio.

Si presenta il ragazzo con la testa fasciata.

"Reza, di' al signore perché vuoi che andiamo in *court,*" gli domanda mia figlia.

"Perché voglio prendere soldi, comprare *ticket* e tornare mio paese, Bangladesh," risponde Reza, rivolgendosi a me. "Qui no lavoro, no soldi. No euro, no *drachmas*. Voglio tornare mio paese, ma no soldi per *ticket*," mi spiega.

"Ti ringrazio, Reza," gli dice Caterina.

Reza china la testa fasciata per salutarmi e si ritira.

"Capisci, papà? Se Reza fosse stato un clandestino, l'avrebbero rinchiuso in una struttura per immigrati irregolari e ora sarebbe in attesa dei soldi dell'Unione Europea in modo che l'amministrazione pubblica greca gli comprasse un biglietto per rimpatriarlo. Dato, però, che è un immigrato regolare, nessuno gli darà niente. In ogni caso, è in custodia cautelare qui. Che cos'ha da perdere se resta ad aspettare il processo, come tutti i detenuti in custodia cautelare?"

Il ragionamento non fa una grinza, quindi taccio.

"Vedo che non ti occupi solo del centro di accoglienza: fai anche il fotografo," dico a Pavlos, per allentare un po' la tensione.

"E non è ancora tutto," mi risponde, ridendo.

"Cos'altro c'è?"

"Stiamo provando a organizzare dei centri per offrire ripetizioni gratuite ai ragazzi dei quartieri più disagiati che rischiano di non riuscire a superare gli esami di ammissione all'università. I loro genitori non hanno i soldi per mandarli nelle scuole private che preparano per gli esami." Dopo una breve pausa, continua: "Non che l'università sia un modo per trovare lavoro più facilmente. Perlomeno avranno un obiettivo da raggiungere e forse, in questo modo, non si perderanno per strada. Stavo parlando proprio di questo con Caterina e Mània."

"Sì, ma ora dobbiamo interrompere perché devo andare con il mio papà alla mensa serale famigliare," gli dice Caterina, ridendo.

"Perché non inviti anche Mània?" le chiedo, quando siamo pronti per uscire.

"Glielo dico, ma dovremo invitare anche Uli."

"Ah! Sarebbe quel ragazzone dall'aspetto nordico che mi ha aperto?"

"Già."

"Bene! E allora che venga anche Uli: mangerà pure lui sardine o alici al limone."

Quando Caterina la invita, Mània è molto felice.

"Veniamo volentieri. Ci sarà da divertirsi, con Uli."

"Perché ci sarà da divertirsi?" le chiedo.

"Perché vedrà una vera famiglia greca per la prima volta... Non crederà ai suoi occhi: cercherà di adattarsi alla situazione, ma non credo proprio che ci riuscirà," conclude, con il suo solito cinismo.

L'invito a Mània e a Uli non è stato casuale. Non è giusto che io sia l'unico a conoscenza della minaccia: deve saperlo anche qualcun altro. Nella mia mente comincia a delinearsi un piano.

16

Adriana apre la porta e resta di stucco. Non tanto perché ho portato degli ospiti – questo non è mai stato un problema. La sorpresa è Uli, che sta dietro Mània e sorride imbarazzato.

"Signora Charitou, le presento Uli Köhler," dice subito Mània, che poi, rivolgendosi a Uli, aggiunge: "*Uli, this is Mrs. Haritou, Mr. Haritos' wife, and Katerina's mother.*"

Uli stringe la mano di Adriana con un ampio sorriso e la gratifica anche con un "*Hairo polù*", "Molto piacere", con la sua perfetta pronuncia tedesca del greco antico.

"Uli, noi non utilizziamo la pronuncia erasmiana," gli spiega Mània in greco. "Diciamo '*Hero polì*', e non '*Hairo polù*'. I dittonghi li pronunciamo uniti. '*Hairo*' per noi è collegato alla parola αχαΐρευτος."

"*Acha... What?*" chiede Uli.

"'*Achaìreftos*'," ripete Mània. "*Good for nothing*, 'Buono a nulla'."

Uli scoppia a ridere, ripete "*Hero polì*" ad Adriana, stavolta con la pronuncia iotacista, e ci dirigiamo tutti insieme verso il soggiorno.

"Chi sarebbe questo tipo?" mi chiede Adriana, che non è aggiornata sui recenti sviluppi della situazione.

"Il nuovo fidanzato di Mània. È tedesco..."

"Tedesco? Si è innamorata di un tedesco?" chiede, sbalordita.

"Sì. Perché?"

"Ma le sembra questo il momento storico giusto per innamorarsi di un tedesco?" E poi butta lì la sua sentenza: "Annata storta, di tredici lune."

Quando siamo finalmente giunti in soggiorno, le presentazioni si sono ormai completate, e Fanis sta parlando con Uli. Ho ancora in mano la borsa con il computer e cerco un posto sicuro dove appoggiarla. Alla fine, la lascio sul mobile del televisore."

"Hai portato il computer a casa?" mi chiede Caterina.

"Sì, perché in ufficio non ho mai un momento di tempo per esercitarmi. E poiché tua madre ha bandito la televisione, ho pensato di approfittarne e di cominciare a impratichirmi a casa."

"Non deve fare pratica da solo, signor Charitos," interviene Mània. "Uli le darà una mano. Sa, lui ci campa con il computer. In sole tre lezioni, andrà come un treno, vedrà. Eh, Uli, che ne dici?"

"*Sure!*" risponde Uli. "*Any time*," che poi vuol dire "Quando vuole".

"Parla un po' di greco?" chiede Adriana.

"Sta prendendo delle lezioni, ma non è ancora in grado di esprimersi. Però capisce quasi tutto."

"Pensa di rimanere in Grecia?"

"Non c'è fretta, signora Adriana... È ancora presto per parlarne," risponde Mània.

"Mi sembra logico. Qui ci sei tu, oltre alle enormi prospettive di lavoro che il paese assicura..."

Non è chiaro se stia parlando seriamente o scherzando, ma a tutti vien da ridere. Uli capisce che stiamo riferendoci a lui, ma non ha colto il commento di Adriana. Quando Mània glielo spiega, si mette a ridere anche lui.

"Uli, posso raccontargli come ci siamo conosciuti?" gli chiede Mània. "*Shall I tell them how we met?*"

"*Sure*," risponde Uli, come al solito.

"Ero andata in vacanza ad Astypàlea, con un tipo che poi si è rivelato un perfetto coglione. Finché eravamo ad Atene era tutto un 'Amore mio... Sono qui per te... Non hai che da chiedere', ma quando siamo arrivati ad Astypàlea, ha cominciato a lagnarsi. Prima non gli piaceva la spiaggia, poi la stanza non andava bene. Mi ha fatto una testa così per convincermi ad andare a Santorini. Io, invece, non avevo alcuna intenzione di muovermi da Astypàlea. Per cui bisticciavamo tutto il giorno. Anche a letto, invece di farci le coccole, ci mangiavamo vivi. Nel frattempo, ogni mattina vedevo un tale che veniva in spiaggia da solo, con un paio di libri sotto il braccio: stendeva l'asciugamano e si metteva a studiare. Ogni tanto faceva un bagno in mare e poi ritornava ai suoi libri. Ci sentiva che litigavamo, non c'era molta gente che urlava sulla spiaggia, ma per buona educazione non si voltava mai per guardare. Il terzo giorno mi infastidiva anche lui, ma solo perché lo invidiavo. Perché cavolo non me ne ero venuta da sola?, continuavo a domandarmi. Insomma, per farla breve, un giorno, dopo l'ennesima litigata, dico al coglione di raccattare le sue carabattole e di smammare, perché io sarei rimasta ad Astypàlea e basta. E in quel momento: miracolo! Lui se n'è andato. Il giorno dopo sono scesa in spiaggia, anch'io con un bel libro. Dopo due giorni, quando Uli è stato sicuro che ero davvero sola, è venuto da me, con la scusa di chiedermi che libro stavo leggendo. Gli ho risposto che sono una psicologa e che stavo rileggendo la *Psicologia dell'inconscio* di Jung. Lui mi ha detto che era tedesco, che faceva il programmatore informatico e che lavorava con aziende di medie dimensioni, perlopiù da casa. Ma il suo grande amore era la storia, e in vacanza leggeva solo libri di storia. Un'ora dopo avevamo avvicinato gli asciugamani e leggevamo insieme. Poi dalla lettura siamo passati alla conversazione, dalla conversazione alle risatine, dalle risatine ai bacini e, in capo a una settimana, siamo finiti a letto insieme."

Si ferma, per voltarsi verso Adriana.

"Cosa vuole, signora Adriana, prima abbiamo unito i nostri cervelli e poi i nostri corpi," le dice ridendo, per scandalizzarla, e ci riesce. Poi, rivolta a Uli, aggiunge ridendo: "Uli, *I told them everything.*"

"*It's the story of a stupid German falling in love with a Greek gorgona*," commenta. Le parole di Uli suscitano l'ilarità generale.

"Che cosa ha detto?" chiede Adriana.

"Che è la storia di un tedesco stupido che si è innamorato di una sirena greca," traduce Caterina, mentre Mània si avvicina a Uli.

"Per questo ti amo," gli dice, schioccandogli un bacio sulla guancia. Poi, mentre ritorna al suo posto, si ferma davanti ad Adriana. "Mi sa che stavolta... Mi sa che ci sono cascata in pieno, signora Adriana..."

"E allora vedi di tenertelo stretto... Secondo me, non gli manca proprio nulla."

Adriana si alza per preparare la cena, mentre Caterina e Mània si occupano di apparecchiare la tavola. Noi tre uomini restiamo in soggiorno.

"*So, when shall we begin*?" chiede Uli, che vuol sapere quando inizieremo le lezioni di computer.

Gli rispondo che sono a sua completa disposizione, però dovremo fare lezione solo di sera perché in questo periodo è impossibile prevedere a che ora uscirò dal lavoro.

"*It will take only a few hours.*"

Credi che basteranno solo poche ore, mi dico, perché le misuri con le tue capacità, e non consideri il mio livello di principiante assoluto. Gli sorrido, perché non voglio deluderlo troppo bruscamente.

La tavola è imbandita, e Adriana e Caterina servono la cena. Come contorno per le alici, Adriana ha preparato verdure cotte e un'insalata. È lei a servire tutti, e il primo muggito di soddisfazione viene da Uli.

"*Delicious!*" esclama, aggiungendo in greco: "*Polì oreo*", cioè "Molto buono".

"Ti ringrazio, Uli," gli risponde Adriana. Il semplice "Ti ringrazio" è in aperto contrasto con la sua espressione che brilla di orgoglio, mentre io capisco che Uli ormai è stato ammesso alla mensa di famiglia e, da oggi, se la passerà bene a furia di minestre di legumi e alici al limone.

"Però sono dei ladri," si lamenta Adriana.

"Di chi parli?" chiede Caterina.

"Dei pescivendoli, al mercato. Sai a quanto vendono le alici? Tremilacinquecento dracme al chilo. Hanno preso il vecchio prezzo di sette euro e l'hanno moltiplicato per cinquecento, così ora costano esattamente come quando c'era l'euro. Certo, io ho pagato qualcosa di meno," aggiunge.

"Le hanno fatto uno sconto?" chiede Mània.

"No, ragazza mia. Ma scherzi? Ho qualche euro da parte, che non sono andata a cambiare in banca, e ne converto pochi alla volta negli uffici che praticano un cambio più conveniente."

Fanis lancia un "Brava signora Adriana, tanto di cappello", mentre Mània si mette ad applaudire. Uli chiede che cosa sta succedendo e lei glielo spiega.

"*How do you say 'smart' in Greek?*" chiede Uli a Mània.

"*Èxipno.* 'Sveglio.'"

"Polì èxipno!" dice Uli ad Adriana.

"La necessità aguzza l'ingegno, Uli, figliolo mio," replica Adriana.

La cena è terminata, e le tre donne cominciano a sparecchiare, insieme a Uli.

"Uli, siediti, non abbiamo bisogno del tuo aiuto," dice Caterina.

"Ti prego, non incrinare le sue convinzioni teutoniche," interviene Mània. "Visto che passerà del tempo prima di sposarci, non voglio che nel frattempo si 'ellenizzi' completamente."

"Cos'è, una stoccatina a me?" chiede Fanis.

"E perché non anche al signor Charitos?"

"Il commissario non conta, appartiene a un'altra generazione."

"E in più, è anche imbranato," aggiunge Adriana. "Se solo muovesse un dito per sparecchiare, perlomeno romperebbe la metà dei piatti."

Approfitto del fatto che sono tutti impegnati con le stoviglie per mettere in pratica il mio piano e parlare a Fanis della minaccia che pende sul capo di Caterina. Fanis mi ascolta con un'espressione tesa, senza interrompermi.

"Non le ho ancora detto nulla," concludo.

"Penso che dovresti parlarle. Se sarò io a dirglielo, se la prenderà con te." Poi riflette per un momento e aggiunge: "E, fossi al tuo posto, farei anche un'altra cosa."

"Cioè?"

"Ne parlerei con Lambros. Primo, perché ha più esperienza, persino più di te, riguardo agli agitatori politici. Secondo, perché riesce sempre a trovare il modo per convincere Caterina a fare la cosa giusta."

"Hai ragione," gli dico, e mi stupisce il fatto che non ci abbia pensato da solo.

Sono indeciso se parlare subito con Caterina o se informare prima Zisis. Alla fine, scelgo questa seconda opzione, e mi sento subito sollevato.

17

Appena sbuco nel corridoio uscendo dall'ascensore, sento Vlasòpoulos che urla a pieni polmoni. Mi prende il panico, perché dev'essere successo qualcosa di grave: mi affretto a raggiungere l'ufficio dei miei assistenti, rovesciando mezzo caffè sul pavimento.

Vlasòpoulos è al telefono e strilla nella cornetta. "Non ho soldi e non ho un posto dove andare, lo capisci o no, accidenti!"

Koula, Dermitzakis e Papadakis seguono con preoccupazione il dialogo telefonico. Chiedo a Koula cosa sta succedendo con un cenno del capo e lei mi fa intendere, con un movimento degli occhi, di lasciar perdere. Non mi serve altro per capire che si tratta di un problema personale di Vlasòpoulos, così mi ritiro per non immischiarmi nelle sue faccende private. Appena finisco di deglutire il primo sorso del caffè rimasto, squilla il telefono. È Dimitriou.

"Abbiamo individuato chi ha chiamato il cellulare di Demertzìs, signor commissario. È un certo Chronis Kelèsoglou."

"Ha telefonato da un cellulare con scheda ricaricabile?"

"No, da un telefono con un regolare contratto. L'indirizzo che ha fornito al gestore è via Eoleon 14, Ano Petralona."

Riattacco con l'intenzione di chiamare Koula per farle controllare l'indirizzo di Kelèsoglou, ma Vlasòpoulos mi anticipa: entra nel mio ufficio e mi osserva, muto come un pesce. Non è in condizioni di spiccicare parola.

"Che ti è successo?" gli chiedo.

"Sono venuto a chiederle una settimana di ferie, signor commissario," dice a fatica.

"Concessa. Ma che succede?"

"La mia ex moglie, quella strega..." mi risponde, prima di ripiombare nel mutismo. Poi ritrova la voce, ma è evidente lo sforzo che sta compiendo per pronunciare quelle parole. "Per due mesi non sono riuscito a versarle i soldi per i ragazzi. Con tutti i tagli, la sospensione dei pagamenti, dove li trovavo? Stamattina mi ha chiamato prima ancora che mettessi piede in ufficio. Mi ha detto che Lambis, il tipo con cui ha una relazione, sta lavorando poco e non ce la fa a pagare le spese per i miei figli. Quindi, se non posso darle i soldi, che me li prenda io a casa mia: questo mi ha detto." Si ferma, come se si aspettasse una mia parola di solidarietà. Ma non so cosa dirgli. "Come faccio a prendere i ragazzi, signor commissario?" mi chiede, vedendomi tacere. "Vivo da solo e non ho i soldi per pagare una persona che li segua. Se fossimo all'inizio dell'anno scolastico, li avrei potuti portare dai miei genitori a Èvia. Ma ora è quasi impossibile fargli cambiare scuola. Gliel'ho spiegato, ma lei se ne frega. 'Non mi interessa quel che fai,' mi ha detto, 'ma se non mi versi l'assegno di mantenimento, io non posso tenere i ragazzi. Neanche noi abbiamo soldi.'"

"E cosa conti di fare?" gli chiedo.

"Ho pensato di portare i ragazzi dai miei genitori per il fine-settimana. Spero che il posto gli piaccia e che accettino l'idea di cambiare scuola. In questo caso, il problema sarebbe risolto. Rimarrò qualche giorno con loro a Èvia, per rendere il passaggio meno brusco, e poi sarò di ritorno. Se, invece, mi dicono che vogliono stare ad Atene, allora sono nei guai. Dove trovo i soldi da dare alla loro madre? Ai vecchi tempi, avrei chiesto un prestito per le ferie e le avrei dato i soldi, ma adesso..." Fa un attimo di pausa e poi aggiunge, a denti stretti: "Per questo motivo, la settimana potrebbe diventare anche una decina di giorni, signor commissario. So che qui la situazione non è semplice, ma che cosa posso fare?"

"Portami la domanda e ti firmo un permesso per dieci giorni, così puoi sistemare i ragazzi. Posso fare qualcos'altro per te, Kostas?"

"Niente. E neanch'io, d'altronde." Si ferma sulla soglia e si volta. "La ringrazio, signor commissario."

"Mandami Koula."

Esce dal mio ufficio a capo chino, chiaramente sollevato per il permesso. Sa che la cosa mi creerà dei problemi perché è il più esperto tra i miei collaboratori, anche se non è il più sveglio – Koula occupa quella posizione.

"Che cosa succede al povero Kostas, signor commissario?" mi chiede, appena entra nel mio ufficio. "Mi piange il cuore a vederlo così."

"Gli ho concesso un permesso di dieci giorni. Ora, che cosa riuscirà a combinare in dieci giorni lo sanno solo Dio e la sua anima."

"E se facessimo una colletta per pagare una donna che si occupi dei figli, finché non riceveremo gli stipendi?"

"Quanto potranno dare i colleghi? E se, con il secondo mese, anche loro finissero i soldi? Che farà, a quel punto,

Vlasòpoulos? A volte, per far del bene, si rischia di aggravare la situazione."

"Ha ragione, signor commissario."

Cambio argomento anche perché, se continuassimo su questi toni, finiremmo per sprofondare in una depressione tremenda. Comunico a Koula l'indirizzo di Kelèsoglou.

"Manda qualcuno della stazione di polizia locale a sincerarsi che abiti proprio lì. Se invece le cose non stanno così, dobbiamo scoprire dove vive."

"Lasci, vado io stessa. Il lavoro è la cura migliore," mi annuncia con un sorriso.

Mentre arrivavo in ufficio, un pensiero mi è balenato nella mente. Potrà pure rivelarsi utile parlare con Zisis, ma devo anche organizzare qualcosa per affrontare la minaccia che pende sul capo di Caterina. Le parole fanno bene, ma in questo caso un po' d'azione non guasta.

"Ascolta, Koula, visto che hai mantenuto i contatti dal tempo in cui eri la segretaria di Ghikas, conosci per caso il dirigente della stazione di polizia di Vìronas?"

"È Paleologos," mi risponde subito. "Si ricorda di lui? Era il vicecomandante dell'Antiterrorismo, e Stathakos era riuscito a liberarsene perché gli stava – chiedo scusa – sulle scatole. Alla fine, ha trovato posto alla stazione di Vìronas, e lì è rimasto."

"Stai parlando di Thìmios Paleologos?"

"Esatto, proprio lui."

"Grazie Koula. Non mi serve altro," le dico, senza entrare nei particolari.

Ricordo molto bene Thìmios Paleologos. Era un ufficiale intelligente, che correva a mettere una pezza ai disastri combinati da Stathakos; quest'ultimo non lo sopportava perché si sentiva messo alla berlina, e così, grazie ai suoi buoni appoggi, è riuscito a toglierlo di mezzo.

"Buongiorno, Thìmios, sono Kostas Charitos," dico a Paleologos quando mi risponde al telefono.

"Kostas! Com'è che ti sei ricordato di noi, sepolti nel dimenticatoio?" mi chiede, con sincera sorpresa, prima di scoppiare a ridere. "Anche se, a dire la verità, in fondo non mi dispiace di essere stato spedito qui, quando vedo i guai che state passando voialtri."

"Ti chiamo per chiederti un favore," gli annuncio. Poi gli spiego dettagliatamente l'episodio riguardo a Caterina.

Lui ci pensa su un po'.

"Quel che posso fare è ordinare a un'autopattuglia di passare di tanto in tanto a dare un'occhiata. Se dovessero riferirmi qualcosa di sospetto, ti informo e vediamo come affrontare la situazione."

"Ti ringrazio molto, Thìmios."

Nel momento in cui finisco di parlare, entra Koula e mi porta la relazione balistica. La pistola che ha sparato a Demertzìs è una calibro 9. Non si riscontra l'uso della stessa arma in precedenti atti terroristici.

Telefono a Gonatàs per i dettagli.

"Non è stato un atto terroristico," dice subito. "L'arma non ha precedenti, non c'è alcuna rivendicazione, nessuna organizzazione terroristica si è assunta la responsabilità del fatto. Si tratta di un delitto comune, e quindi ricade sotto la tua giurisdizione."

"D'accordo, ma se l'assassino è venuto dal mare, si tratta del lavoro di un professionista," ribatto.

"Non è che tutti i professionisti sono terroristi. C'è anche la malavita organizzata..."

La sua risposta mi zittisce, e allora gli chiedo solo di informare Ghikas. Riattacco e mi ritrovo un caso di omicidio tra le mani, e non so neanche da quale parte affrontarlo. Demertzìs non faceva affari loschi, non ripuliva denaro sporco, e non abbiamo trovato nessun tipo di relazione con la malavita. Aveva un'impresa edile di successo e, se ungeva qualche ingranaggio per ottenere gli appalti, non sarà stato né il primo né l'ultimo.

In quel mentre compare Spyridakis e, dentro di me, affido a lui le mie ultime speranze di riuscire a sbrogliare la matassa. Ci siamo conosciuti durante un'indagine qualche tempo fa: è un ricercatore instancabile e non trascura nessuna pista. Dopo aver completato la fase dei cordialissimi saluti, gli fornisco un quadro generale delle attività imprenditoriali di Demertzìs.

"E, in particolare, che cosa vuole da me?" mi chiede, quando finisco il resoconto.

"Voglio un'analisi dettagliata della situazione economica di Demertzìs. Qualcosa mi dice che il movente del delitto si cela in un risvolto delle sue attività. Principalmente, però, voglio indagare sul suo direttore amministrativo, che è un ex membro della polizia militare. La relazione tra i due non mi convince: c'è qualcosa che non riesco proprio a inquadrare. Perché assumere come direttore amministrativo un ex aguzzino quando il mercato pullula di dirigenti con titoli di studio e ottima esperienza? Deve sicuramente ricoprire qualche altro ruolo nella ditta, e voglio che tu lo scopra."

Mi promette di mettersi subito al lavoro e ci salutiamo. Poiché non mi resta nulla di urgente di cui occuparmi, decido di fare una visitina a Zisis, per discutere del problema di Caterina.

Da viale Alexandras alla Tenedou è una passeggiata, e in dieci minuti mi ritrovo davanti all'ex albergo, oggi centro di accoglienza per i senzatetto.

Appena entro nell'edificio, me lo trovo davanti. Ha sistemato un tavolino e una seggiola dove c'era la reception e se ne sta lì seduto. Si stupisce di vedermi.

"Come mai da queste parti, commissario? Sei venuto per un'ispezione?" mi chiede, con un sorriso.

"Sono venuto ad ammirare i miracoli che compi: mi hanno detto che hai rivoltato questo posto come un calzino."

"Non ho fatto nessun miracolo. Ho solo applicato il modello di Makronisos, e ha funzionato. Vieni, ti faccio fare un giro turistico."

Al pianterreno, la sala dove viene servita la colazione è vuota, ma su alcuni tavoli ci sono dei giochi in scatola.

"Hai trovato un modo per fargli passare il tempo," gli dico.

"Sì, ma solo al pomeriggio. Alla mattina ci sono altri lavori da fare. E comunque sono permessi soltanto i giochi di società: le carte sono proibite."

"E perché?" gli chiedo sorpreso.

"Perché le carte li riportano indietro al caffè. Carte uguale caffè, e caffè uguale ozio. E l'ozio qui non è tollerato: questa è casa loro e devono averne cura."

Comincia a salire per le scale. Mentre lo seguo, penso che quando avrà finito la sua missione qui dovrò mandarlo da Mània come suo braccio destro. Conosco Zisis da più di quarant'anni, ma continua a stupirmi.

Il primo piano appare davvero trasformato. Le stanze sono in ordine, nessuno è seduto sui letti, che invece erano tutti occupati durante la mia visita precedente. Non c'è più traccia di sporcizia. I pavimenti delle stanze e dei corridoi brillano, ma ciononostante tre donne stanno lavando per terra. Altre tre puliscono i vetri, mentre due anziani stanno sigillando gli infissi con nastro isolante.

"Purtroppo non abbiamo abbastanza soldi per il riscaldamento," mi spiega Zisis. "Dobbiamo trovare un altro modo per combattere il freddo. Abbiamo delle stufe, ma le accendiamo solo in caso di estrema necessità."

Altri tre uomini stanno imbiancando i muri del corridoio. Tra di loro c'è il vecchietto che l'altra volta si era spaventato quando mi aveva visto, perché era convinto che fossi venuto a mandarli via.

"Buongiorno, signor commissario," mi saluta, sorridendo. "Dio ti benedica per averci mandato qui questo sant'uomo," continua, indicando Zisis.

"Ho visto di tutto nella vita," commento, mentre scendiamo a pianterreno. "Ma un comunista santo è la prima volta che lo vedo." Zisis ride, con quella sua risata sorda che ho imparato ad apprezzare. "Devo parlarti," aggiungo subito, con aria seria.

Mi conduce nella sala della colazione. Siamo soli, e attacco a raccontargli la storia dall'inizio: i disordini, la minaccia dei rivoltosi e la denuncia che Caterina intende presentare contro di loro.

Mi ascolta senza interrompermi. Quando ho finito, resta pensoso.

"Se fosse solo per la minaccia, non mi preoccuperei. La denuncia, però, cambia le carte in tavola."

A quel punto gli comunico che ho parlato con il dirigente della stazione di polizia di Vìronas.

"Hai fatto bene, ma non è sufficiente, perché certamente non proveranno ad aggredirla nel suo studio. Tu comunque dille che non deve mai uscire sola dall'ufficio, e che deve sempre muoversi in compagnia. E chiedile anche di passare di qua: le voglio parlare."

"Non farà un solo passo indietro," gli dico, in tono rassegnato.

"Non deve farlo. Ma noi abbiamo il dovere di proteggerla." Poi, dopo una pausa, trae un sospiro. "Il passato ritorna da un'altra strada, Kostas. Questa è una nuova Makronisos. E fuori ci sono i preparativi per la nascita di una nuova dittatura."

Quando entro nella vecchia Seat per tornare in Centrale, squilla il mio telefono. È Koula.

"L'indirizzo di Chronis Kelèsoglou è corretto. Lui lavora in un bar, sulla Dimofontos, qui vicino. Il locale si chiama Gothic, durante il giorno lo trova lì. Io sono in zona, cosa devo fare?"

Cerco di valutare se è meglio convocarlo ufficialmente alla Centrale per interrogarlo, oppure passare da lui, nel suo ambiente, per parlare in maniera amichevole. Preferisco la seconda soluzione.

"Rimani sulla Dimofontos e controlla che non si allontani dal bar. Sto arrivando."

18

Dalla Kypselis sbuco sulla Patision e mi immetto nel flusso del traffico diretto a piazza Omònia senza particolari problemi. Svolto dalla Pireòs sulla Hamosternas per entrare sulla Thessalonikis e imboccare la Dimofontos dall'inizio, a metà della quale è parcheggiata l'autopattuglia con Koula alla guida. Il bar è circa trenta metri dopo.

Nel *déhor* del bar, tre uomini siedono sotto una stufa per esterni "a fungo". Li oltrepassiamo ed entriamo nel locale. Una ragazza sta servendo gli unici due tavoli occupati. Gli altri sono vuoti. Dietro il bancone c'è un giovanotto dell'età di Kyriakos Demertzìs che prepara una bevanda nerastra con un po' di schiuma e la cannuccia d'ordinanza per due ragazze che aspettano di fronte. Il ragazzo, evidentemente, ci scambia per clienti, perché ci lancia uno sguardo indifferente, continuando a fare il suo lavoro.

Poiché non vedo nessun altro giovanotto nel caffè, deduco che il barista debba essere Chronis Kelèsoglou. Le due ragazze ritirano le loro ordinazioni, mentre la cameriera chiacchiera fitto con i tre tipi che siedono sotto il fungo.

"Sei Chronis Kelèsoglou?" gli chiedo, quando rimane solo.

"Sì, perché?"

"Commissario Charitos. Vorrei farti alcune domande. Possiamo parlare qui?"

"Sì, però dovrò interrompermi se arriva qualche cliente."

Il ragazzo è calmo e non sembra preoccupato per il fatto che un poliziotto voglia parlargli.

"Non importa. Del resto, non sarà una cosa lunga. Conosci l'imprenditore edile Ieràsimos Demertzìs, il proprietario della Domotechnikì?"

"No," risponde secco, senza esitazione.

"Però gli hai telefonato con il tuo cellulare un giorno prima che venisse assassinato. Sai che è stato ammazzato?"

"L'ho sentito al telegiornale."

"Se, come dici, non lo conoscevi, come mai eri in possesso del suo numero di cellulare?"

"Me l'ha dato suo figlio. Siamo amici, io e Kyriakos. Vede, io faccio il barista, ma sono un ingegnere civile," chiarisce, con amarezza. "Questo lavoro lo faccio per campare. Sto cercando un impiego adatto ai miei studi e ho pregato Kyriakos di parlare con suo padre. Lui mi ha risposto che al padre non chiede mai nulla, neanche per se stesso. Alla fine mi ha passato il numero del suo cellulare, ma a patto di non dirgli che era stato lui a darmelo. Ho chiamato Demertzìs e mi ha detto ciò che mi aspettavo: che non ci sono cantieri operativi, e quindi non ha bisogno di personale. Quella è stata anche l'unica volta in cui gli ho parlato." Fa una breve pausa, poi aggiunge: "Dal momento che avete analizzato il traffico del mio cellulare, avrete sicuramente trovato la ventina di telefonate che ho fatto ad altrettante imprese edili. L'ho fatto più che altro per non rimproverarmi di non averci provato. Ma, quanto a offerte di lavoro... Be', lasciamo perdere! Le imprese edili sono morte insieme alle banche!"

La cameriera arriva per un'ordinazione, e siamo costretti a interromperci. Quando riprendiamo il discorso, gli chiedo se conosce bene Kyriakos Demertzìs.

"Gliel'ho detto. Lo conosco dai tempi dell'università, ma continuiamo a frequentarci tuttora."

"Ti sembra possibile che faccia lo spacciatore?" gli chiedo a bruciapelo, più che altro per valutare la sua reazione.

Non so se si aspettava quella domanda, ma risponde prontamente.

"Mi ascolti: io lavoro da anni nei bar e nelle caffetterie. Tossici o spacciatori che non bevono e non fumano, non ne ho mai visti. Kyriakos non si è mai messo in bocca una sigaretta e berrà, al massimo, un paio di bicchieri di vino bianco ogni tanto. D'altro canto, è fatto così: se si mette qualcosa in testa va fino in fondo, a qualunque costo. Se ha cominciato a fare lo spacciatore, dev'esserci un motivo particolare."

"Ti riferisci forse all'albergo occupato?"

Il ragazzo scoppia a ridere.

"Certo, ma non solo. Sa cosa faccio io, quando non lavoro al bar? Insegno matematica in un doposcuola che offre lezioni gratuite agli studenti dei quartieri più disagiati. Tutto è partito da un'idea di Kyriakos. Ha organizzato tutto dalla prigione. Lo schema è sempre lo stesso: abbiamo trovato uno stabile abbandonato sulla via Attica, e l'abbiamo occupato. Naturalmente non abbiamo soldi per i banchi, ma siamo riusciti a recuperare delle lavagne. I ragazzi si siedono sul pavimento, sui cuscini che si portano da casa. Se dovesse presentarsi il proprietario dell'immobile, ci accorderemo per una forma di affitto e chiederemo un piccolo finanziamento ai ragazzi." Ride di gusto. "Siamo al punto in cui, grazie al mio lavoro di barista, posso permettermi di dare ripetizioni gratuite, signor commissario."

Non c'è traccia di amarezza nella sua voce, adesso. È come se ammettesse che gli studi che ha compiuto non gli serviranno a trovare un lavoro: così ha accettato un'altra occupazione, di livello inferiore, per avere la possibilità di offrire la sua competenza in forma di volontariato.

Non ho più domande, e quindi mi ritiro, insieme a Koula. Da un lato, mi fa piacere constatare che non è emerso nulla a suo carico, perché mi sta simpatico, come tutti i suoi amici, compreso Demertzìs; dall'altro, sono davvero in crisi, perché le mie indagini non portano a nulla.

"Non è che, alla fine, si tratta davvero di un delitto passionale, signor commissario?" mi chiede Koula, quando usciamo sulla Dimofontos. "Personalmente non vedo altra soluzione."

"Tutto è possibile, quindi non possiamo escludere neanche il movente sentimentale, anche se a me sembra improbabile. Se fosse esistita una passione così intensa da spingere all'omicidio, qualcuno se ne sarebbe accorto e ce l'avrebbe detto. Il fatto è che non siamo riusciti a parlare con sua moglie: forse da lei avremmo potuto trarre qualche spunto."

"Telefono ogni giorno in ospedale, ma è sempre in coma farmacologico. Hanno provato a risvegliarla per due volte, ma hanno dovuto rinunciare. So che anche il figlio ha chiesto di vederla, tuttavia i medici glielo hanno impedito."

Sono le cinque del pomeriggio e mi pare di non avere altro da fare in ufficio. Non devo aggiornare neanche Ghikas: i risultati della perizia balistica li avrà già avuti da Gonatàs, e altri sviluppi non ce ne sono.

È l'occasione giusta per parlare con Caterina.

19

Mi faccio accompagnare con l'autopattuglia fino in piazza Omònia, perché l'unico modo per arrivare in centro è attraverso via Pireòs. Le nostre strade si dividono in via Stadiou. Koula svolta per risalire sul viale Alexandras, mentre io proseguo verso piazza Sìntagma. A quest'ora il traffico in centro è notevole, e mi ci vuole una mezz'ora per arrivare sulla Filolaou e, da lì, sulla Grigoriou Theologou.

Caterina apre la porta e, appena mi vede, si mette subito a ridere.

"Ma guarda, che coincidenza! Sei arrivato proprio al momento giusto," dice.

"Che succede?"

"Vieni nel mio studio."

Mi fa sedere al suo posto. Il computer sulla scrivania è acceso. Sul lato è collegato un paio di cuffiette. Caterina si china e, con il mouse, mi mostra un'icona.

"Ti ricordi l'icona sul tuo computer?"

"Sì, ricordo un'icona, ma non so dirti com'era fatta."

"Bene. Metti le cuffie."

Mi infilo le cuffie, e Caterina clicca sull'icona.

Compare un'immagine con un megafono, la scritta "Radio Speranza" e una freccetta. Caterina clicca sulla freccia.

"'Le recenti aggressioni contro gli immigrati nel centro di Atene aprono una nuova ferita nel tessuto sociale della città.'"

Mi sembra di riconoscere la voce di Mània, ma non ne sono certo.

"È Mània?"

Caterina annuisce con un sorriso.

"'La polizia e le autorità comunali sono pessimiste e ritengono che questa ferita non sarà sanata facilmente. Anzi, c'è il rischio che continui a crescere, diventando sempre più profonda. È con noi oggi Aliki Ferentinou, della Rete Protezione e Assistenza Immigrati. Aliki, anche tu sei dell'opinione che gli attacchi continueranno finché gli immigrati non saranno costretti ad andarsene dalla Grecia?'"

"'Sì, purtroppo credo che continueranno,'" risponde l'interlocutrice di Mània. "'Ora, riguardo al fatto che in questo modo gli immigrati saranno costretti ad andarsene, posso darti due risposte. La prima è che molti di loro *vogliono* andarsene. La Grecia è tornata alla dracma, lavoro non ce n'è neanche per i greci, e questa gente è ridotta a rovistare nell'immondizia in cerca di cibo. A casa loro non se la passeranno certo peggio.'"

"'Ma, allora, perché non vanno via?'" chiede Mània.

"'Perché la maggior parte di loro non ha i documenti. E chi ce li ha, non può pagarsi il viaggio, Mània. I vostri ascoltatori possono rendersene conto anche da soli. Basta che vadano su Internet a verificare quanto costa un biglietto da Atene a Karachi. Dove vuoi che trovino i soldi per partire? Tanto più che, in maggioranza, non sono soli, ma hanno la famiglia al seguito. E nel caso di Karachi va bene se si tratta di pakistani. Ma se parliamo di afghani? Devono continuare il viaggio. Un gran numero di immigrati, insomma, sono letteralmente prigionieri qui da noi. E ora ti fornisco l'altra risposta.'"

"'Prego, continua pure...'" interloquisce Mània.

"'Non credo che coloro che li stanno terrorizzando vogliano veramente cacciarli dalla Grecia.'"

"'Che cosa intendi dire? Che non vogliono mandarli via?'"

"'Mània, questi razzisti guadagnano consensi e voti perché dicono che vogliono mandar via gli immigrati. Ma se ci riuscissero davvero, non avrebbero più ragione d'esistere, e nessuno li voterebbe più. Se veramente volessero cacciarli, non dovrebbero fare altro che raccogliere del denaro, comprargli un biglietto, e gli immigrati partirebbero subito. E, come dicevo prima, sarebbero molti a partire. Ma non lo fanno: preferiscono aggredirli, distruggere le loro case e i loro negozi. Per questo motivo abbiamo fondato la Rete Protezione e Assistenza Immigrati. Tra qualche giorno apriremo un conto bancario e, con il denaro che riusciremo a raccogliere, cominceremo a pagare il viaggio a coloro che hanno i documenti e vogliono rimpatriare. Perché temiamo che questa gente non rimarrà a lungo con le mani in mano. Verrà il momento in cui cominceranno a difendersi. E allora, mezza Grecia potrebbe trasformarsi in un campo di battaglia.'"

"'Grazie, Aliki,'" riprende Mània. "'Era Aliki Ferentinou, della Rete Protezione e Assistenza Immigrati. Siete all'ascolto di Radio Speranza. Perché *c'è* speranza.'"

Caterina abbassa l'audio e mi guarda, sorridente.

"E questa che roba è?" le chiedo.

"Una radio in streaming. È un progetto nato qualche mese fa. Non l'abbiamo fatto per aggiungere la nostra voce al coro delle lamentazioni generali, ma per mostrare, principalmente ai giovani, che una speranza esiste. Per questo ti abbiamo regalato il computer e installato il programma con quell'icona: è un collegamento alla radio. Così potrai ascoltarla. E sentirai anche me," mi spiega Caterina, sorridente. "Be', che te ne pare?"

"Se riusciranno davvero a comprare i biglietti per mandarli via, la polizia greca gli farà un monumento. Perché la ragazza ha ragione: tra poco il paese diventerà un enorme campo di battaglia."

"Continua ad ascoltare..."

Ascolto, va bene, ma momento dopo momento Caterina aggrava la sua posizione, anche se non se ne rende conto. Tra poco l'autopattuglia non servirà a nulla e saranno necessarie delle guardie del corpo. Comunque, decido di rimandare la nostra conversazione perché non voglio rovinarle l'entusiasmo con cattive notizie.

"'Al doposcuola insegnano giovani laureati, alcuni dei quali hanno anche conseguito un master,'" riprende la voce di Mània. "'L'indirizzo è Ierosolimon 27. Le lezioni sono gratuite per chi presenta il certificato di disoccupazione di almeno uno dei genitori. Per tutti gli altri, il costo delle lezioni è molto basso. E ora una proposta di collaborazione. Stavros ha ereditato da suo nonno un terreno in Arcadia, vicino a Dimitsanà, e vuole impiantare delle coltivazioni biologiche. Chi è interessato può telefonare al 6977744323.'" Mània ripete il numero e aggiunge: "'Siete all'ascolto di Radio Speranza. Perché *c'è* speranza.'"

Segue un intervallo musicale. Caterina approfitta dello stacco per dirmi: "Ora sentirai qualcosa che probabilmente dirà molto più a te che a me."

Riecco la voce di Mània.

"'Abbiamo parlato poco fa con Aliki Ferentinou. Ora è con noi Dimitris Statidis, meglio conosciuto come «Barba-Mitsos», zio Mitsos. Barba-Mitsos ci racconterà una storia il cui inizio risale a circa cinquant'anni fa, in un paese sui monti Rodopi. Buonasera, Barba-Mitsos.'"

Barba-Mitsos non ricambia il saluto, ma chiede:

"'Senti, figliola, è qui che devo parlare?'"

"'Sì, Barba-Mitsos, devi parlare nel microfono. Ora racconta la tua storia ai nostri ascoltatori.'"

"'Che vuoi che dica? Ero al paese. Erano gli inizi degli anni sessanta. Lavoro non ce n'era. Pane non ce n'era. Mia mamma raccoglieva la cicoria e la lessava, ed era tutto ciò che mangiavamo quasi tutti i giorni. Passavamo il tempo al caffè, a piangere sulla nostra sorte. Un giorno è venuto un tale e ci ha detto che i tedeschi cercavano degli operai per le loro fabbriche in Germania. Son corsi tutti, e allora sono andato anch'io. Però non mi hanno preso.'"

"'Che cosa ti hanno detto?'" chiede Mània.

"'Niente. Quando sono usciti i nomi, il mio non c'era. E mi sono detto: «Basta, è finita. Anche l'ultima porta si è chiusa.» Vedevo i miei compaesani che si abbracciavano e salutavano le famiglie prima di partire, mentre io avevo dentro di me una grande tristezza. Dopo qualche mese è arrivato in paese un altro uomo, avrà avuto cinquant'anni, e ci ha chiesto se c'era qualcuno che voleva andare a lavorare in Germania: lui poteva condurre lassù i volenterosi. Ancora una volta, tutti siamo corsi. Ci ha spiegato che documenti gli servivano per farci avere i passaporti, e noi glieli abbiamo consegnati. Due settimane più tardi, ci ha caricati su un camion coperto e siamo partiti per la Germania. Saremo stati una cinquantina: abbiamo attraversato la Jugoslavia e siamo arrivati nella città di Wuppertal. Lì l'uomo ci ha detto di sistemarci in un magazzino vuoto, dove c'erano solo dei materassi sparsi sul pavimento. Non c'era neanche un armadietto per sistemare le nostre cose: niente di niente. Ma non ci importava molto, perché eravamo impazienti di cominciare a lavorare. Il giorno dopo ci ha portati in una fabbrica e abbiamo iniziato il lavoro. Non venivamo pagati dalla fabbrica, ma dall'uomo che ci aveva condotti laggiù. Alla fine della settimana arrivava con una borsa piena di soldi e ci pagava. Abbiamo lavorato in questo modo per due mesi. All'inizio del terzo mese, una mattina siamo arrivati in fabbrica e abbiamo trovato i cancelli chiusi. Abbiamo cercato di capire che cosa stava succedendo, ma noi non sapevamo il tedesco, il custode non sapeva il greco, e così non abbiamo avuto modo di parlare. Ci diceva solo: «*Nein, nein!*» Allora siamo tornati al magazzino e ci siamo messi a cercare l'uomo che ci aveva portati lì, ma ovviamente era scomparso. In seguito, abbiamo saputo da un greco che eravamo immigrati clandestini e che l'ispettorato del lavoro aveva fatto chiudere la fabbrica. Dopo qualche giorno è arrivato anche il proprietario del magazzino e ci ha sbattuti fuori. Così siamo finiti alla stazione di Wuppertal a chiedere un'elemosina di qualche marco ai nostri connazionali più fortunati per raccattare i soldi sufficienti per pagarci il viaggio di ritorno. Ma loro mettevano da parte i risparmi per spedirli alle famiglie, quindi a noi non avrebbero dato nulla. Per farla breve, ci ho messo diversi mesi per raccogliere i soldi per tornare a casa. Nel frattempo dormivo alla stazione, insieme ad alcuni dei miei compagni. Ogni tanto un compatriota mi offriva un lavoretto per tirar su qualche marco e non morire di fame. Ecco, questa è la mia storia.'"

"'Grazie, Barba-Mitsos,'" riprende Mània. "'Tutti coloro che vogliono mandar via gli immigrati con la forza, e non capiscono che molti di loro sono prigionieri in Grecia, come diceva Aliki Ferentinou, riflettano sul fatto che anche i loro nonni e i nostri padri si sono trovati nella stessa situazione in Germania negli anni sessanta. Siete sintonizzati su Radio Speranza. Perché *c'è* speranza. Saremo di nuovo con voi domani dalle sette di sera. Buona serata a tutti.'"

La trasmissione finisce, ma io non penso più al problema di Caterina. Penso a chi è andato a cercare lavoro in Germania ed è tornato umiliato, come Barba-Mitsos. Mi viene in mente un cugino di mio padre che, una volta ritornato a casa, si vergognava di farsi vedere in giro.

"Che te ne pare?" mi chiede Caterina, distogliendomi dai miei pensieri.

"Bellissimo!" le dico, commosso. "Mi dài un'altra ragione per essere orgoglioso di te."

"Ecco una cosa che non avrei fatto se fossi andata in Africa a lavorare per l'Alto Commissariato per i Rifugiati. Per fortuna, mi avete trattenuto."

"È stato Lambros, non noi. E di Lambros avrai ancora bisogno."

"Perché?"

Allora inizio a spiegarle la faccenda delle minacce che ho ricevuto la sera dei disordini.

"Nel frattempo, la situazione sta diventando sempre più tesa: *in primis*, per le istanze legali che prepari per gli immigrati e, poi, per la radio. Non voglio spaventarti, ma non sottovalutare questa storia, Caterina."

"Non la sottovaluto affatto," replica. "Anzi, la prendo molto sul serio. Capisco bene che devo stare attenta e in guardia."

"Di tanto in tanto, il capo della stazione di polizia di Vìronas manderà qui un'autopattuglia a dare un'occhiata. Ma questo potrebbe non bastare. È piuttosto improbabile che corrano il rischio di aggredirti qui in studio. Però potrebbero farlo mentre sei in strada, e questo ovviamente vale anche per Mània. Ne ho discusso con Lambros, e mi ha detto che vuole parlarti."

"D'accordo, ci andrò. Ma lui che cosa può dirmi?"

"Lambros ci è già passato. Prima durante la guerra civile, poi con la persecuzione contro i comunisti e infine con la giunta militare. Ha esperienza riguardo a questo tipo di minacce, può esserti di grande aiuto."

"Va bene," conclude Caterina, dandomi un bacio. "Ma tu non preoccuparti. Ti prometto che farò sempre molta attenzione."

Usciamo nell'anticamera, dove Mània sta parlando con Barba-Mitsos della trasmissione appena conclusa. Uli è lì accanto e sorride soddisfatto.

"Vuoi un passaggio?" chiede Mània a Barba-Mitsos.

"Figlia mia, sono riuscito a tornare in Grecia dalla Germania, vuoi che non riesca a prendere un autobus?" risponde.

Caterina e Mània lo salutano sulla soglia.

"Ma dove l'avete pescato?" domando.

"Al centro di accoglienza," mi risponde Caterina. "Ce l'ha mandato Pavlos, quando gli abbiamo detto che ci serviva qualcuno che fosse stato un *Gastarbeiter*. In Germania dormiva alla stazione e ora dorme nel nostro centro di accoglienza."

"Radio Speranza l'ha impiantata Uli," mi informa Mània.

"*Congratulations!*" gli faccio.

"*Thanks, but it still needs work*," mi risponde. Sì, c'è ancora del lavoro da fare.

"Uli, se fossi greco, ti direi: 'Non star lì a cesellare, altrimenti lo rovini', ma sei tedesco e quindi taccio."

"*What?*" chiede Uli, che ovviamente non ha capito.

Non faccio in tempo a sentire la traduzione di Mània, perché squilla il mio cellulare.

"È il centro operativo, signor commissario. Abbiamo appena ricevuto una telefonata. Una voce maschile ci ha detto: 'Nikos Theologhis è alla Città del Politecnico, davanti ai palazzi nuovi, che vi aspetta.'"

"Solo questo?"

"Sì. Poi ha riattaccato."

Una telefonata anonima ci ha appena informati dell'esistenza di un'altra vittima.

"Date istruzioni per isolare la zona e dite ai miei assistenti di recarsi nel punto specificato nella telefonata. Informate anche il medico legale e la Scientifica."

Proprio ora doveva andare in ferie Vlasòpoulos, mi dico.

Caterina, Mània e Uli rimangono a guardarmi. Neanche le due donne devono aver capito cosa è successo, dando per scontato che Uli non abbia compreso neppure una delle mie parole.

"Temo che sia stato commesso un altro omicidio," spiego a mia figlia e alla sua collega.

"Come fai a saperlo?" mi chiede Caterina.

"Siamo appena stati avvisati da una telefonata anonima, del tutto simile alla prima. Una voce maschile ci ha detto che qualcuno ci aspetta alla Città del Politecnico."

"Ha fatto un nome?" chiede Mània, che sfodera i suoi trascorsi da poliziotta.

"Un certo Theologhis, se non ricordo male."

"Nikos Theologhis? E perché al Politecnico?" mi chiede Caterina.

"Lo conosci?"

"Non personalmente. So che è un docente di Diritto Penale dell'università di Atene."

"Cos'altro sai?"

"Appartiene alla generazione del Politecnico, e ha partecipato all'occupazione del '73. Nient'altro."

Se quanto dice Caterina corrisponde al vero, l'appartenenza alla generazione del Politecnico è l'unico filo rosso che lega le due vittime. Esco senza salutare e scendo gli scalini a due a due.

20

Sono anni che non uso il navigatore sulla mia Seat. Lo faccio ora, perché non sono mai stato nella Città del Politecnico e ho la testa altrove. Potrei sbagliare strada, che equivarrebbe a perdere tempo. La melodiosa voce femminile dell'apparecchio mi intima di prendere la Ethnikìs Antistàseos e mi conduce all'ingresso della Città Universitaria. Da lì mi guida passo dopo passo fino al viale Katechaki Alimou, poi mi indica di svoltare a sinistra e mi fa immettere in via Kokkinopoulou. Anche se seguire l'itinerario alla cieca mi fa venire il nervoso, il fatto di obbedire tacitamente agli ordini del navigatore ha i suoi pregi, perché mi distrae dai miei pensieri.

Anche Theologhis era un ragazzo del Politecnico e, a quanto pare, ha condiviso con Demertzìs un tragico destino. Il collegamento tra i due casi è rafforzato dalle due telefonate al centro operativo, del tutto simili tra loro. Se però sul corpo di Theologhis non dovessimo trovare in qualche modo il messaggio di Radio Politecnico, oppure se l'arma non fosse la stessa, allora non si potrebbe escludere che qualcuno lo abbia ucciso e poi abbia fatto la telefonata anonima allo scopo di depistarci. La chiamata è, del resto, l'unico elemento riportato nel dettaglio dai mezzi di informazione riguardo al precedente omicidio. Poiché siamo riusciti a tener nascosto il messaggio del Politecnico, tutto il resto è stato vagliato scrupolosamente dai media.

Se, al contrario, dovessimo ritrovare il messaggio di Radio Politecnico, e se l'arma usata fosse la stessa, allora avremmo a che fare con un maniaco che probabilmente si è posto l'obiettivo di sterminare la generazione del Politecnico; in alternativa, potrebbe trattarsi di un'azione terroristica, con buona pace di Gonatàs. Nel primo caso, avrebbe fatto bene Thanasis Lakodimos a barricarsi in casa, protetto da un sistema di sicurezza inespugnabile.

"'Tra cinquanta metri, svoltare a sinistra. Arrivo,'" mi comunica la voce suadente del navigatore.

Il luogo che sto cercando è ben visibile, perché i colleghi hanno recintato la zona, che risulta illuminata dai fari delle autopattuglie.

Arrivo davanti a una serie di scalini che danno accesso a un grande edificio scarsamente illuminato. Il nastro che delimita la zona delle indagini parte proprio dagli scalini. La strada dalla quale sono arrivato è deserta e si perde in una fitta boscaglia. Sull'altro lato, distinguo un secondo edificio, più piccolo, e una chiesetta.

Da entrambe le parti dell'area delimitata, quella del grande edificio e quella della strada, si è raccolto un capannello di curiosi che osservano lo spettacolo. Si tratta, in gran parte, di studenti.

"Che ci fanno gli sbirri nella Città del Politecnico?" protesta qualcuno del gruppo.

"L'università è zona franca," aggiunge un altro.

"Sono stato io a chiamare la polizia," spiega un cinquantenne in giacca e cravatta. "Il professor Theologhis è morto, e non è escluso che sia stato assassinato. Ho dovuto chiamare le forze dell'ordine: in un caso simile non c'è violazione della zona franca universitaria."

Capisco dall'abbigliamento e dalle sue parole che deve trattarsi del rettore e mi avvicino.

"Lei è il rettore?" gli chiedo.

"Sì. Iannis Fokianòs."

"Commissario Charitos," dico. "Chi l'ha informata?"

"Mi hanno telefonato dalla polizia, avvertendomi di aver ricevuto una chiamata anonima secondo la quale c'era un morto nell'area del Politecnico. Hanno chiesto il permesso di venire a controllare. Mi hanno anche comunicato la posizione esatta. Io sono venuto qui di corsa per accertarmene di persona." Fa una breve pausa e trae un gran sospiro. "Uno spettacolo tragico... Tragico... Ho subito telefonato ai suoi uomini per autorizzarli a intervenire."

"La prego di rimanere in zona. Avrò bisogno di rivolgerle alcune domande."

"Mi troverà nel mio ufficio."

"Potrebbe rimanere nei paraggi, se non la disturba troppo? Non vorrei avere problemi con gli studenti."

"D'accordo. L'attendo nella mia macchina. È quella," dice, e mi indica una BMW color amaranto.

Dermitzakis e Papadakis mi aspettano poco oltre il nastro che delimita la zona.

"Chi ha avvertito il rettore?" chiedo.

"Noi," risponde Dermitzakis. "Avevamo bisogno di un permesso per entrare nella Città del Politecnico. Ci siamo fatti dare il numero del rettorato dalla stazione di polizia di Kesarianì e abbiamo telefonato. Per fortuna il rettore era ancora in ufficio."

"Bravi, io non ci avrei pensato," dico, e oltrepasso il nastro.

Mentre salgo gli scalini, noto alla mia sinistra una stradicciola lungo la quale sono parcheggiate due automobili. La vittima è a terra, prona, di fianco a un'Alfa Romeo di colore nero, con la portiera del conducente semiaperta. Si tratta di un uomo bruno, intorno ai sessant'anni. Indossa un soprabito che si è aperto nella caduta. L'assassino deve avergli sparato a bruciapelo, mentre l'uomo si accingeva a entrare in auto. Il cranio è completamente spappolato.

La zona è molto tranquilla, quindi qualcuno deve aver sentito lo sparo.

"Fatti un giro tra i ragazzi che si sono concentrati qui e chiedi se qualcuno ha udito il colpo," dico a Papadakis. "Almeno faranno qualcosa di utile, invece di star lì impalati a guardare."

Poco dopo arriva il furgone della Scientifica.

"Siamo alle solite?" mi chiede Dimitriou, che è il primo a scendere.

"Sembrerebbe, almeno a prima vista..."

Si avvicina al cadavere di Theologhis e gli dà una prima occhiata.

"Gli hanno sparato a bruciapelo."

"Esatto. Stavròpoulos non dovrà far altro che stabilire l'ora del decesso."

"E noi che facciamo?"

"Innanzitutto dobbiamo trovare il proiettile. Poi dovremo accertarci se l'omicidio è avvenuto con la stessa arma che ha ucciso l'imprenditore edile."

Dimitriou mi lascia e si mette al lavoro. I curiosi si sono radunati in diversi gruppetti e chiacchierano tra di loro.

Il rettore è seduto sulla sua BMW e ha lo sguardo perso oltre il parabrezza, nel vuoto che termina in via Kokkinopoulou. Apro la portiera del passeggero e mi siedo al suo fianco.

"Non so che cosa dire," mormora. "Davvero non so cosa pensare. Che genere di contrasti si possono avere con un giurista, con un professore universitario, per arrivare a ucciderlo, e per di più all'interno della Città del Politecnico?"

Evito di spiegargli che questo è un luogo ideale per un omicidio, poiché è molto vasto e deserto, e attacco con le prime domande.

"Che cos'è quell'edificio lassù?" gli chiedo.

"È un complesso di diverse costruzioni, conosciuto con il nome di 'Palazzi Nuovi'. Vi si trovano le sedi di alcuni dipartimenti e una serie di aule."

"E l'edificio bianco, dall'altra parte della strada?"

"Lì ci sono altre aule."

"Sa per caso in quale dei due edifici faceva lezione Nikos Theologhis?"

"Se aveva parcheggiato nel vicolo, probabilmente insegnava ai Palazzi Nuovi. Ma non posso dirglielo con sicurezza. Non mi occupo in prima persona della distribuzione dei corsi nelle varie aule."

Mi chiedo perché non ha lasciato la macchina sul piazzale davanti ai Palazzi Nuovi, anziché parcheggiare nel vicolo. Forse doveva incontrarsi con qualcuno e non voleva essere visto dalle persone che entravano e uscivano.

"La spiegazione è semplice," mi dice il rettore quando gli rivolgo la domanda. "Nel primo pomeriggio ci sono molte lezioni, e i parcheggi davanti ai Palazzi Nuovi risultano tutti occupati. Chi arriva tardi può lasciare l'auto solo nel vicolo."

"Nikos Theologhis insegnava Diritto Penale, se non mi sbaglio. Mi scusi, ma cosa ci fa un professore di Diritto Penale al Politecnico?"

"In alcuni dipartimenti si insegna anche quella materia. Ma il professor Theologhis, se non ricordo male, teneva dei seminari sulle responsabilità penali nel campo delle costruzioni edili."

"Aveva uno studio legale?"

"Certo. Era un penalista molto quotato."

"Sa dirmi se si è mai occupato di casi di riciclaggio o, più in generale, di crimine organizzato?"

"Su questo, non sono in grado di aiutarla. Le conviene informarsi presso il suo studio."

"Mi faccia un quadro della persona. Che tipo era?"

"Era il classico accademico, dedito alla sua disciplina e all'insegnamento, con un cospicuo lavoro scientifico all'attivo," dice il rettore, concludendo il suo panegirico.

Se continuiamo così, alla fine mi resterà in mano un'agiografia che potrò consegnare direttamente ad Adriana per metterla sull'iconostasi, insieme agli altri santini.

"Che relazioni aveva con il personale dell'università? Sa dirmi se aveva contrasti o divergenze con alcuni colleghi o con il personale amministrativo?"

"Guardi, signor commissario. Io sono il rettore del Politecnico, di conseguenza non posso conoscere il genere di relazioni che aveva un collega appartenente all'università. In linea generale, posso dirle che la comunità accademica è molto grande e ha molti organi: ci sono il senato accademico, i dipartimenti, il personale docente e amministrativo, i programmi, i corsi. È piuttosto naturale che nascano divergenze, incomprensioni, scontri, rivalità... Posso garantirle, però, che da quando appartengo alla comunità accademica non ho mai incontrato soggetti con tendenze omicide e neppure, diciamo, con una predisposizione a menar le mani. Di conseguenza, mi sento di escludere che l'omicidio di Theologhis dipenda da una qualche lite nata in seno all'accademia."

"Il professor Theologhis apparteneva alla generazione del Politecnico?"

"Sì, e aveva anche partecipato all'occupazione. Se non ricordo male, tutto accadde quando stava per laurearsi. L'occupazione gli ha ritardato la laurea, ma dopo la caduta del regime ha terminato il suo corso di studi e ha proseguito immediatamente con il dottorato."

"Era sposato?"

"Sì. E aveva una figlia."

Non ho altro da chiedergli. Lo saluto e ritorno sul luogo del delitto.

Stavròpoulos, nel frattempo, è arrivato, e lo trovo chino sul cadavere. Solleva la testa e mi guarda.

"Non credo che tu abbia dubbi," dice.

"Riguardo all'omicidio, no. Mi interessa solo l'ora del delitto, anche approssimativamente."

"Non più di tre ore fa. Il *rigor mortis* è appena iniziato."

Questo significa che hanno telefonato al centro operativo subito dopo averlo ucciso.

"Se vuoi perquisire il corpo, fallo ora, così potrò trasferirlo: non avrei intenzione di passare la notte qui," osserva Stavròpoulos, iniziando a lagnarsi come al solito.

"Nessuno ha sentito niente," mi riferiscono Papadakis e Dermitzakis di ritorno dalla loro indagine sul campo.

Se con tutto questo silenzio nessuno ha udito il colpo, ciò può solo significare che la pistola era munita di silenziatore. La deduzione la tengo per me, almeno fino a domani, quando saremo in possesso di un maggior numero di elementi.

Stavolta preferisco perquisire il corpo per conto mio, forse anche per sottolineare la serietà della situazione. Prima ancora di toccare il cadavere, il cellulare all'interno del soprabito inizia a riprodurre il messaggio.

"Qui Politecnico, qui Politecnico. Vi parla la stazione radio dei liberi studenti in lotta e dei liberi greci in lotta."

Segue una piccola pausa, come nel caso di Demertzìs, poi arriva un'altra voce a completare il messaggio:

"Pane. Istruzione. Libertà. Istruzione non ne abbiamo."

Cerco di ricordare se la voce è la stessa del messaggio di Demertzìs. Non riesco a farmi un'opinione perché, alla fine del messaggio, dagli studenti che osservano la scena si alzano un mormorio e poi un lungo applauso.

"Siamo con te!" grida un giovane. "Vogliamo un nuovo Politecnico!"

"La giunta di Ioannidis non è finita!" rincara la dose un altro.

"La nostra dittatura è la Troika!" strilla una voce femminile.

"Abbasso la giunta del *memorandum*!" scandiscono gli altri ritmicamente.

All'improvviso, vengo colto da una specie di illuminazione: la persona che ha chiamato il cellulare del morto potrebbe essere in mezzo alla folla. Non ci sarebbe nascondiglio migliore! Comunque, è più probabile che abbia telefonato e poi se ne sia andata indisturbata.

La mia prima reazione è di ordinare la perquisizione di tutti i presenti per evitare che il nostro uomo ci sfugga. Conto i poliziotti di cui dispongo: sono otto. Se volessi fare una perquisizione personale a tutta questa gente con soli otto poliziotti, trasformerei il luogo del delitto in un caos totale con un cadavere al centro della scena. Potrei, naturalmente, chiamare dei rinforzi, tuttavia non sono in grado di fermare i presenti in attesa del loro arrivo. Comunque, mi pare molto improbabile che l'assassino si trovi ancora qui, e con tanto di pistola in tasca.

Riconsidero il luogo con attenzione: è sterminato, male illuminato, e caratterizzato da due strutture – il complesso dei Palazzi Nuovi, piuttosto distante, e un edificio più piccolo dall'altra parte della strada. Di fianco a quest'ultimo sorge una chiesa. Chi ha chiamato il cellulare di Theologhis avrebbe potuto trovarsi in uno qualsiasi dei tre edifici e sarebbe stato in grado di controllare i nostri movimenti. Poi, dopo essersi accertato che il messaggio era stato udito, avrebbe potuto andarsene tranquillamente. Decido che è meglio ordinare ai miei collaboratori di condurre un'indagine sistematica l'indomani.

I portantini caricano il cadavere sull'ambulanza. Insieme a loro se ne vanno anche gli ultimi spettatori. Sto per comunicare al rettore che può andarsene quando mi si avvicina Dimitriou con un sorriso sulle labbra.

"Abbiamo trovato il bossolo," mi annuncia, contento.

"Speditelo domani mattina in laboratorio per l'analisi balistica."

"Il cellulare con il messaggio del Politecnico è identico a quello della prima vittima. Quanto al resto, addosso aveva soltanto il portafogli con la carta di identità e il telefonino personale."

Se Theologhis teneva un seminario, è probabile che avesse con sé una borsa o una cartella portadocumenti. Mi avvicino all'Alfa Romeo e, infatti, vedo una borsa sul sedile del passeggero. Quindi la vittima ha aperto la portiera, ha poggiato la borsa sul sedile del passeggero e, mentre stava per entrare nell'abitacolo, è stata uccisa.

Decido di avvertire il rettore, ma mi accorgo che se n'è già andato. Non mi resta altro da fare, per il momento. Avverto i miei uomini che continueremo domani e mi dirigo verso la Seat. Aziono nuovamente il navigatore, perché non ho voglia di cercare la strada con il buio. In fondo, sono solo uno sbirro, mica un eccellente accademico.

21

Per tutto il tragitto verso l'ufficio, e persino in ascensore, non faccio che domandarmi se Demertzìs e Theologhis erano amici, o almeno conoscenti, ai tempi del Politecnico. Se lo erano, allora potrebbe esserci un movente comune per i due delitti. Se, invece, non si conoscevano, si torna al pazzo isolato oppure all'atto terroristico.

Ho deciso di parlarne con Ghikas e Gonatàs, ma appena esco dall'ascensore incappo in una masnada di giornalisti che sta assediando il mio ufficio, tra i quali riconosco diverse facce.

Dopo l'omicidio di Demertzìs si erano limitati a dare la notizia in breve: l'omicidio di un imprenditore edile non è un fatto da prima pagina, a meno di non poterlo collegare a tangenti e fondi neri, il cui colore richiama il nostro lutto nazionale. Ma adesso, invece, hanno puntato i riflettori sull'omicidio di Theologhis, perché da quando è scoppiata la crisi l'ambiente universitario è monitorato dalla stampa con grande attenzione.

"Com'è che vi siete ricordati di passare a salutarci, ragazzi?" gli chiedo, con un sorriso. "Sembra che l'omicidio di un imprenditore edile che si era aggiudicato una sfilza di appalti pubblici non era una notizia particolarmente interessante per voi. Doveva arrivare l'assassinio di un professore universitario per svegliarvi..."

"Sa bene com'è la situazione, signor commissario. C'è così tanta carne al fuoco che andiamo dove ci spediscono," mi spiega la giornalista piuttosto bassa che di solito indossa dei collant rosa – oggi, però, non riesco a capire, perché ha un paio di stivali.

"Non importa, vorrà dire che ci farà il riassunto delle puntate precedenti," mi dice il giovanotto che, estate o inverno, è sempre in maglietta.

"In ogni caso, vi avrei parlato di entrambi i casi, perché i due omicidi sono collegati."

"In che modo?" mi chiede Merikas, che ha preso il posto di Sotiròpoulos. È alto e secco, ha studiato criminologia, ma è finito a fare il cronista di nera ed è convinto di aver subito un'enorme ingiustizia da parte della società.

"Innanzitutto, in entrambi i casi l'assassino ci ha avvertito nello stesso modo. Inoltre, le vittime appartengono entrambe alla generazione del Politecnico, e hanno partecipato all'occupazione del 1973."

"Sospettate un attentato terroristico?" mi chiede una tipa secca, con un tono piuttosto irritante. Era la più magra della compagnia prima che Merikas facesse la sua comparsa.

"È più probabile che si tratti di un maniaco omicida che vuole colpire la generazione del Politecnico. Se fossero atti terroristici, ci sarebbero anche delle rivendicazioni, delle quali finora non c'è traccia.

"E cosa può dirci dei messaggi di Radio Politecnico lasciati nei cellulari nascosti tra i vestiti delle vittime?" domanda la tipa secca.

"Messaggi? Quali messaggi?" chiedono alcuni giornalisti, sorpresi.

Capisco che la tipa secca deve aver parlato con qualcuno dei curiosi che si erano radunati sul luogo del delitto. Non ha più senso negare i fatti.

"L'assassino, o un suo complice, ha lasciato un cellulare sui corpi delle due vittime. Poi ha chiamato quando noi eravamo sul posto e, come suoneria, è partito il messaggio di Radio Politecnico," spiego, senza entrare troppo nei dettagli.

"E tu come l'hai saputo?" chiede Merikas alla tipa secca.

"Chi chiede, apprende. È il nostro lavoro," gli risponde lei, fulminandolo con uno sguardo dall'alto in basso.

"Evidentemente, la vostra collega ha parlato con qualcuno che si trovava sul luogo del delitto e che ha ascoltato il messaggio," provo a spiegare, anche perché non voglio che si diffonda l'impressione che sia stata informata da uno di noi.

"E date importanza a questo messaggio?"

"Sì. È un messaggio preciso, ma non necessariamente una rivendicazione. La cosa più probabile è che, con esso, l'assassino intende informarci che sta uccidendo gli appartenenti alla generazione del Politecnico."

Esaurite le domande, alla fine mi lasciano entrare nel mio ufficio. Chiedo a Koula di trovare l'indirizzo dell'abitazione di Nikos Theologhis. Poi telefono a Stella, la segretaria di Ghikas, e le dico che voglio parlare con il suo capo insieme a Gonatàs. Prima di uscire, passo dall'ufficio dei miei assistenti e li spedisco alla Città del Politecnico per fare alcuni rilievi.

Ghikas si alza appena entro nel suo ufficio, non tanto per accogliermi, ma perché mi considera una sorta di ansiolitico in grado di calmare la sua angoscia.

"Questi omicidi capitano nel momento meno opportuno, con un governo dimissionario che si occupa solo dell'ordinaria amministrazione e un ministro provvisorio," sbotta. "Ciò significa che ci muoviamo sotto la pioggia senza ombrello."

L'ingresso di Gonatàs mi risparmia la fatica di rispondere. Ghikas intende dare un tono ufficiale alla sua preoccupazione, quindi ci fa accomodare al tavolo delle riunioni. Io esordisco con un riepilogo generale della situazione che comprende i due omicidi e i loro punti in comune.

"Che cosa ti aspetti dalla perizia balistica?" mi chiede Ghikas.

"Solo che mi confermi che i due omicidi sono stati commessi con la stessa arma," gli rispondo. "Poiché tutto è simile, dal modo in cui ci hanno avvertito al messaggio sui cellulari, non vedo perché l'arma dovrebbe essere differente."

"Tu che ne dici?" chiede a Gonatàs.

"Qualche giorno fa, ho detto a Kostas che il primo omicidio non era il frutto di un'azione terroristica. Ora, con quest'altro, comincio ad avere qualche dubbio. Ci sono troppi punti in comune tra i due delitti, e questo avvalora la pista terroristica. Se poi l'arma dovesse risultare la stessa, come ritiene Kostas, allora le probabilità che si tratti di terrorismo crescono notevolmente, secondo me."

"Credi che il messaggio sui cellulari possa essere considerato una sorta di rivendicazione?" chiede Ghikas a Gonatàs.

"A dire il vero, non è indispensabile che ci sia una rivendicazione. Di solito capita, ma non è certo una regola. Non è escluso che l'assassino consideri il messaggio come una rivendicazione. Del resto, la possibilità che si tratti di un maniaco omicida, come dice anche Kostas, non è affatto da escludere."

"E allora, che si fa?" domanda Ghikas.

"Seguiamo entrambe le piste, e collaboriamo," gli rispondo.

"Io farò una prima indagine con gli elementi di cui sono in possesso. Vediamo dove mi conduce," conclude Gonatàs.

"Agli *indignados* e ai dimostranti antisistema?" gli chiede Ghikas, sebbene la parola abbia perso il suo significato originario, dato che metà dei greci, ormai, si può considerare "antisistema".

"A rigor di logica, è proprio lì che dovremmo cercare. D'altro canto, l'attacco alla generazione del Politecnico farebbe pensare di più all'estrema destra. Sono i loro militanti ad avercela con gli ex oppositori della giunta militare, perché li hanno scalzati dal governo. Certo, finora non c'era stato un terrorismo di destra, in Grecia. Ma le cose possono cambiare..."

"E c'è un'altra cosa," aggiungo. "Tra il primo e il secondo omicidio, il messaggio è leggermente cambiato."

"Che cosa intendi dire?" mi chiede Gonatàs.

"La prima parte, ossia la trasmissione di Radio Politecnico, è identica. Ma la seconda cambia. In entrambi i messaggi, la voce originale conclude: 'Pane. Istruzione. Libertà.' Nel messaggio di Demertzìs, l'aggiunta recita: 'Pane non ne abbiamo.' In quello di Theologhis, invece, la chiusa è diversa: 'Istruzione non ne abbiamo.'"

“E che conclusione ne trai?” mi chiede Ghikas.

“Che all’appello manca la ‘libertà’. E questo fa presagire una terza vittima.”

Mi guardano ammutoliti.

“Spero proprio che ti sbagli” è il commento di Ghikas.

Torno nel mio ufficio con l’intenzione di chiamare Koula per conoscere l’indirizzo di casa di Theologhis, ma il telefono mi previene.

“Commissario, vuole sapere cos’ho scoperto?” mi domanda Spyridakis.

“E me lo chiedi?”

“Dunque, Petrakos, oltre a essere il direttore finanziario della Domotechnikì, è il titolare di un’azienda di trasporti, la Balkan Transports. Si chiama così perché il suo business si sviluppa specialmente in Albania e Bulgaria. Tra gli azionisti della società compare una certa Eleni Lefkaki, che tra l’altro è la ex moglie dell’ex viceministro Thanasis Lakodimos.”

Ecco finalmente il punto di contatto tra Lakodimos e Demertzìs: il fatto che passi per Petrakos lo rende ancora più interessante.

“E c’è dell’altro, signor commissario,” continua Spyridakis.

“Che cosa?”

“Nei due anni precedenti ai Giochi Olimpici, e in particolare nel corso dell’ultimo, l’azienda ha compiuto trasporti solo da e verso l’Albania.”

“Che cosa movimentavano? Materiali da costruzione?”

Spyridakis si mette a ridere.

“Me ne stupirei molto. La cosa più probabile è che trasportassero muratori e operai per i lavori di Demertzìs.

Ma su questo dovrei indagare ancora un po', prima di arrivare a una conclusione certa."

La mia considerazione sugli elementi forniti da Spyridakis è che Petrakos e Lakodimos non siano così puliti come vogliono apparire. La seconda è che la società di trasporti di Petrakos doveva essere il tramite anche per altri intrallazzi di Demertzìs, sempre relativi ai lavori per le Olimpiadi. Resto appeso alla speranza che Spyridakis riesca a trovare qualche altra informazione utile.

Chiamo Koula, che arriva da me con l'indirizzo che le ho chiesto.

"La casa di Theologhis si trova in via Kavaloti, vicino a via Dionisiou Aeropaghitou."

"Preparati, andiamo a fare una visita."

Mentre sto uscendo dall'ufficio, squilla il mio cellulare.

"Papà, sai chi è la figlia di Theologhis? Loukia. Te la ricordi?"

"No."

"La ragazza che era con noi quando siamo andati al centro di accoglienza."

"Ah sì. Bene, dille che voglio parlarle."

"Adesso è impossibile: si trova a Madrid per una manifestazione di protesta di tutti i giovani disoccupati. Mi farò dire da Pavlos quando torna, e poi ti avverto."

Quando hanno ucciso Demertzìs, suo figlio Kyriakos era in prigione. Ora che hanno ammazzato Theologhis, la figlia si trova in Spagna. Se non si tratta di una coincidenza – per altro possibile –, allora l'assassino sta seguendo un piano ben preciso.

22

Se devi arrivare nella zona intorno all'Acropoli, non ci sono molte alternative. Io preferisco l'itinerario dalla Vasileos Konstantinos allo Zappion, in modo da immettermi sulla Veikou dalla Singroù ed evitare così piazza Síntagma, perché non si sa mai quale manifestazione o corteo di protesta e quante maledizioni ci si troverà ad affrontare davanti al Parlamento. Ora, per quale motivo le manifestazioni e i cortei debbano costituire una cura per il nostro disastro nazionale, nessuno è in grado di spiegarlo. Chi manifesta probabilmente scende in piazza giusto per non restare a braccia conserte. "*Mater artium necessitas*", dicevano gli antichi: "La necessità è la madre delle arti", ma per i nostri tempi mi sembra più adatto un "*Mater querelarum necessitas*", cioè "La necessità è la madre delle manifestazioni".

Resto in silenzio per l'intero tragitto, immerso nei miei pensieri. Le prime informazioni che Spyridakis ha raccolto mostrano senza alcun dubbio il legame di Demertzìs con Petrakos e Lakodimos. D'altro canto, non è emerso molto altro dall'indagine, e queste cose non oltrepassano i normali limiti delle faccende tra amici che, in Grecia, riguardano sempre le relazioni tra gli imprenditori e lo stato.

Anche ipotizzando che ci sia stato qualche forte contrasto all'epoca in cui Demertzìs utilizzava immigrati nei cantieri per le Olimpiadi, chi avrebbe aspettato otto anni per regolare i conti e farlo fuori? Ci sarebbero sicuramente state infinite occasioni per vendicarsi prima. Seconda cosa, e ancora più importante: perché uccidere Demertzìs e non Petrakos? In fin dei conti, quest'ultimo era in prima fila; Demertzìs, invece, era tra gli intoccabili.

E inoltre, tutto questo non si collega in alcun modo con l'omicidio di Theologhis. Non ci sono né rapporti professionali, né interessi contrastanti e nemmeno relazioni di amicizia. Di conseguenza, si torna al principio: o abbiamo a che fare con un pazzo omicida, oppure con un'organizzazione terroristica.

"È una storia molto intricata," dice Koula, che è sveglia e capisce dove vagano i miei pensieri.

"Sì. Abbiamo due omicidi in fotocopia, ma nessuna relazione tra le vittime."

"È una vendetta, signor Charitos," deduce, con la sua logica lineare. "Qualcuno si sta vendicando."

"Se è una vendetta, allora si va nella direzione che ho pensato anch'io. Abbiamo a che fare con un pazzo omicida."

"Il pazzo omicida colpisce alla cieca. Il nostro, invece, non sta colpendo a casaccio: almeno non fino a questo momento. Sta eliminando individui che hanno partecipato all'occupazione del Politecnico. Poiché non c'è altra relazione tra queste persone, l'unico legame che li unisce è il Politecnico."

Penso che non abbia torto. Il pazzo omicida, in effetti, colpisce alla cieca, non ha né la capacità né il tempo per pianificare le sue azioni. Probabilmente Koula ha ragione, ma questo non rende la cattura del colpevole più semplice: scovare un uomo che vuole vendicarsi degli occupanti del Politecnico quarant'anni dopo è come cercare un ago – e per di più arrugginito – nel pagliaio.

Svolto dalla Veìkou sulla Misaraliotou ed esco sulla Kavaloti. L'abitazione di Theologhis è una palazzina ottocentesca a due piani, completamente rinnovata, una di quelle che si trovano nel centro storico di Atene, dal Theseion all'Acropoli.

Ci apre una donna asiatica.

"Pleggo. Signola aspetta," ci dice, dopo che ci siamo presentati.

Ci lascia in attesa in un salottino a pianterreno e ci chiede se desideriamo bere qualcosa. Noi la ringraziamo, e lei scompare. La stanza è piccola, come sono, in generale, i locali in queste case. Può giusto ospitare un divanetto e due poltrone di fronte a un televisore. Dietro il televisore, due scaffali bassi sono ingombri di soprammobili, vasetti, alzatine e piccole sculture

Dopo cinque minuti arriva la signora Theologhis, che assomiglia come una goccia d'acqua a Christine Lagarde: stessi capelli, stessa pettinatura, stesso naso. Solo che questa donna indossa l'abito nero e rivela il contegno del lutto.

"So che non è il momento giusto," esordisco, dopo aver fatto le presentazioni. "Ma dobbiamo chiarire alcuni punti con una certa urgenza, per poter portare avanti le indagini."

"Non ha importanza," replica, tranquilla e con la voce ferma. "Del resto, anch'io voglio che l'assassino di Nikos sia assicurato al più presto alla giustizia."

"L'omicidio di suo marito è stato perpetrato con le stesse modalità di quello dell'imprenditore edile Ieràsimos Demertzìs, avvenuto qualche giorno fa. Anche il modo in cui ne è stata informata la polizia è identico. Il messaggio che è stato fatto ritrovare sui cellulari è quasi lo stesso, e abbiamo ragione di ritenere che sia stata utilizzata la medesima arma. Sa per caso se suo marito conosceva Ieràsimos Demertzìs?"

"No, non lo conosceva."

"Glielo chiedo perché entrambi appartenevano alla generazione del Politecnico, e avevano partecipato all'occupazione."

"Mi ascolti, commissario. Sono un avvocato e avevo lo studio in comune con Nikos. Lui si occupava del penale e io del civile. Le posso assicurare che Demertzìs non era un nostro cliente, e non lo conoscevamo personalmente. A parte questo, non vedo comunque perché qualcuno dovrebbe voler uccidere delle persone che, in gioventù, si sono sollevate contro la giunta militare. Alcuni hanno pagato la loro lotta con le torture, altri hanno sacrificato i loro studi e hanno vissuto in clandestinità, come mio marito..."

Le sue spiegazioni sono chiare e pacate, e la sua perplessità condivisibile. Neanch'io ho una risposta adeguata alla sua domanda, e per questo cambio direzione all'interrogatorio.

"Sa se tra le questioni di cui suo marito si occupava ce n'era qualcuna che avrebbe potuto provocare una reazione violenta? Riciclaggio di denaro, fondi neri..."

Mi guarda con aria pensosa. "Se lei fosse un avvocato, signor commissario, saprebbe che i legali che si occupano di questo genere di affari sono ben noti," mi dice, per poi concludere: "Se qualcuno ha in ballo una causa di questo genere, si rivolge a quei legali, non viene da noi."

"Non fraintenda le mie domande, signora," replico gentilmente. "In questo momento brancoliamo nel buio: cerchiamo di trovare un qualche appiglio, per questo devo farle delle domande che possono risultare fastidiose."

"Non la fraintendo," replica tranquilla. "Del resto, sono al buio anch'io, non riesco a capire chi potesse avere interesse a uccidere Nikos."

A quel punto, ho esaurito le mie domande, tranne una.

"Sa per caso se sua figlia è già tornata dall'estero e dove posso trovarla? Vorrei parlare anche con lei."

"Che si trovi all'estero, lo apprendo ora dalle sue parole," mi risponde, come se fosse assolutamente naturale. "Mia figlia ha interrotto i rapporti con la sua famiglia, signor commissario. Ogni tanto telefona alla segretaria dello studio per comunicarci che sta bene. Questo è l'unico genere di contatto che abbiamo con lei. Posso darle il numero del suo cellulare: spero che a lei risponda, perché quando la chiamo io, non lo fa mai."

Non le domando per quale motivo la figlia ha rotto con i genitori perché è una questione personale che non mi riguarda. In fondo, mi sento di escludere che Loukia abbia ucciso suo padre. Annoto il numero di telefono e poi, insieme a Koula, la saluto.

"Le sembra una coincidenza?" mi chiede Koula, quando entriamo nella Seat.

"Cosa?"

"Che entrambi i figli delle vittime fossero assenti quando i padri sono stati uccisi: uno era in prigione, l'altra all'estero."

“Che cos’altro vuoi che sia, Koula, se non una coincidenza? Credi che abbiano organizzato l’omicidio dei genitori e poi abbiano fatto in modo di crearsi un alibi di ferro? Come avrebbero potuto organizzare l’omicidio? Servendosi di un killer professionista, oppure facendo comunella con un maniaco? Dài, lo sai bene anche tu che è impossibile!”

“D’accordo, è un’ipotesi tirata per i capelli, ma converrà anche lei che si tratta di una coincidenza stupefacente.”

“Sì, lo è, ma questo significa che devi augurarti che capiti qualcosa del genere anche a noi: una qualche coincidenza inaspettata che ci faccia trovare il bandolo di questa intricata matassa, perché io non vedo alcuna luce in fondo al tunnel.”

Chiamo il numero che mi ha dato la signora Theologhis e, per mia buona fortuna, Loukia risponde subito.

“Loukia, sono il commissario Charitos. Ho bisogno di parlare con te.”

“Sono al centro di accoglienza. Può raggiungermi qui, a meno che non voglia vedermi alla Centrale.”

“No, non ce n’è bisogno. Vengo io.”

“Bene, l’aspetto.”

Mi ha risposto come se dovessimo incontrarci per discutere di una faccenda legata al centro di accoglienza e non dell’omicidio del padre. Questa famiglia dovrebbe essere insignita del Premio Distanza dagli Eventi…

Un attimo prima di avviare il motore, squilla il mio cellulare. È Papadakis.

“Non so dove si trova, signor commissario, ma eviti piazza Sìntagma: l’hanno appena chiusa e rimarrà imbottigliato.”

"Grazie, Kostas," gli rispondo. La mia stima verso di lui cresce costantemente, perché si è preoccupato di avvertirmi: una gentilezza che in Grecia accade sempre più raramente, dato che l'indifferenza sembra essersi ormai affermata in tutti i campi.

Quindi, sbocco di nuovo sulla Veìkou, ma la prendo in direzione opposta, per uscire dalla Kallirois sulla Panaghì Tsaldari e da lì arrivare in piazza Omònia. L'operazione riesce senza particolari problemi. Da lì svolto sulla Tritis Semptemvriou per evitare la Patision – non si sa mai! – e sbucare all'altezza della Aghiou Meletiou.

Arrivo al centro di accoglienza, che mi appare tranquillo e in ordine, come sempre. Loukia mi aspetta nella sala al piano terra. Mi siedo di fronte a lei, e ci scrutiamo per qualche istante. Le presento Koula, che la saluta con un "Ciao!". Loukia risponde nello stesso modo, poi ricomincia a fissarmi. È evidente che ha fretta di sbrigarsela.

"Chi ti ha avvertito della morte di tuo padre?" le chiedo a bruciapelo.

"Mi hanno telefonato alcuni amici, e poi anche mia madre."

"Tua madre mi ha detto che non rispondi mai alle sue telefonate. Stavolta hai fatto un'eccezione?"

La domanda non la imbarazza, e non deve cercare le parole per rispondere; anzi, replica subito, con voce ferma:

"Ascolti, non è un segreto che ho tagliato i ponti con la mia famiglia. Lo sanno i miei amici, lo sanno anche gli amici dei miei. Quindi, mia madre non le ha rivelato nessun segreto."

"E perché hai rotto?" Mi sembra ancora una volta di entrare in un campo molto personale, e di doverle una spiegazione. “Ascolta, Loukia, tuo padre è stato ucciso, e noi cerchiamo l’assassino. La prima cosa che dobbiamo fare è raccogliere il maggior numero di informazioni possibile. Per questo devo rivolgerti anche alcune domande personali, che magari possono darti fastidio.”

“Non mi sembrano così personali, e non ho alcun problema a risponderle. Volevo costruirmi una vita per conto mio. Tutto qua.”

“Brava! Però avresti potuto farlo anche senza tagliare i ponti con i tuoi.”

Per la prima volta, Loukia alza la voce e mi risponde con una certa animosità.

“I miei genitori volevano trasferire su di me i privilegi che avevano ottenuto dalla loro generazione e per aver lottato contro la giunta militare. Io non ho voluto. E questo è tutto.”

“Che genere di privilegi?” chiede Koula.

Mi sorprende quella domanda, ma capisco che non è riuscita a trattenersi perché il comportamento di Loukia deve averla colpita.

“Avrei potuto passare gli esami all’università senza studiare,” le risponde. “Avrei potuto conseguire un master e un dottorato senza alcuno sforzo. E tutto questo perché sono la figlia di Theologhis, che apparteneva alla generazione del Politecnico e alla resistenza alla giunta militare.”

Fa una breve pausa, e poi si rivolge di nuovo a me:

“Sono cresciuta in una casa nella quale, in ogni occasione, sentivo mia madre magnificare l’eroica resistenza di mio padre e della sua generazione. La sentivo raccontare di come aveva nascosto mio padre dopo l’irruzione al Politecnico e di quando si sono innamorati e poi sposati. La relazione con mio padre, per mia madre, era come l'amore ai tempi del colera. Ma quando ho cominciato a frequentare l'università, i miei compagni di corso mi hanno raccontato un'altra storia."

"Vale a dire?"

"Che mio padre aveva le mani in pasta dappertutto. Che faceva comunella con i rappresentanti degli studenti, i quali superavano gli esami senza aprire i libri perché gli passava le domande in anticipo."

"E tu ci hai creduto?" interviene ancora Koula.

"Ci ho creduto, perché sapevo che l'obiettivo di mio padre era quello di diventare rettore, e per farlo aveva bisogno dei voti dei rappresentanti degli studenti. Dopo due semestri, sai già tutto del modo in cui vengono eletti i rettori delle università. I miei compagni di corso mi dicevano che gli organi accademici non prendevano alcuna decisione contraria alla volontà di mio padre."

La ragazza trae un profondo respiro, come per allentare la tensione, e poi continua, rivolgendosi ancora a me:

"Lei può anche continuare a credere che l'università sia il tempio della conoscenza e della scienza, signor commissario. Sicuramente lo è, ma è anche il tempio dell'ipocrisia. Ogni gradino che mio padre saliva, lo allontanava dalla Resistenza e lo avvicinava all'ipocrisia. Io non ho mai voluto avere niente a che fare con tutto questo. Lavoro qui al centro e faccio lezione al doposcuola senza prendere un centesimo." Loukia tace per un istante, poi riprende a scrutarmi con uno sguardo dubbioso. "Sa che cosa mi tormenta, signor commissario? Mi chiedo se faccio tutto ciò perché sono convinta di dover offrire un contributo volontario, data la situazione in cui ci troviamo, oppure se lo faccio solo per essere diversa da mio padre. Vorrei che fosse vera la prima ipotesi, ma non ne sono poi così sicura..."

"D'accordo. Ma in tutto questo, tua madre che cosa c'entra?" la incalza Koula.

"Mia madre non fa altro che adorare e applaudire mio padre," le risponde. "Per mia madre, mio padre ha sempre ragione e fa sempre la cosa giusta."

Poi, rivolgendosi ancora a me, dice: "Al piano di sopra c'è quel suo amico, che tutti qui non facciamo che ringraziare, e alla cui salute brindiamo ogni giorno. La sua generazione ha pagato per anni e non è mai riuscita a estinguere il debito. Questa è la differenza."

Nelle rivelazioni riguardo all'attività del padre all'università potrebbe anche nascondersi il movente dell'omicidio. Ma come muovermi in quel "tempio dell'ipocrisia", per dirla con Loukia? Chi accetterà di parlarmi? Chi stava dalla parte di Theologhis continuerà a ritrarlo come un santo, gli altri manterranno un silenzio tombale per timore di esporsi.

"Conosci qualcuno che potrebbe darmi maggiori dettagli sulla vita e sull'operato di tuo padre all'università?" domando a Loukia.

"Sì. Chieda di Stelios Kazantzìs," mi risponde pronta.

"E dove posso trovarlo?"

"Tra i senzatetto che vivono all'aeroporto," mi spiega, e sembra divertita dalla mia sorpresa. "Sì, c'è un gruppo di disperati che ha trovato rifugio nell'aeroporto," mi dice. "Vivono lì."

"E come posso mettermi in contatto con lui?" le chiedo ancora, mentre prendo nota del nome.

"Deve entrare nella galleria commerciale e si deve dirigere verso lo spiazzo sul quale si affacciano due ristoranti, il Grigoris e il Rizzata. Tra le sedie e i tavolini dei due ristoranti vedrà un uomo anziano che indossa un doppiopetto impeccabile ma fuori moda, con tanto di cravatta. È il signor Zafiris. Gli dica che viene da parte mia, e lui la condurrà da Kazantzìs."

Avrei voglia di fare un salto al primo piano per salutare Zisis, ma lascio perdere. Non vorrei che Loukia non la prendesse bene, e che pensasse che intendo raccogliere informazioni su di lei. Ogni passo avanti nelle indagini, invece di avvicinarmi all'assassino, mi porta alla scoperta dei drammi personali dei figli delle vittime. Fare lo sbirro ha anche i suoi lati positivi. Se non altro, tua figlia dichiara alla radio che c'è ancora speranza. Magari tu ne dubiti, ma a lei non lo dici.

"Perché vuole che l'accompagni, signor Charitos?" mi chiede Koula, quando usciamo dal centro di accoglienza. "Me la cavo meglio davanti allo schermo del computer."

"Tu m'insegni a usare il computer, e io il resto," le rispondo.

23

Politecnico, s.m., neolog. Istituto superiore universitario di scienze positive e tecniche che comprende, in Grecia, anche l'Accademia di Belle Arti.

Politecnia, s.f., abilità in molte arti, essere abile in molte arti. Arist. 51, Plat. *Alcib.* 2, 147b, Colui che coltiva il piacere della conoscenza e dell'abilità in molte arti. Diod. Sic. 1, 64 anche al pl. Perieg. Strab. 4, 28, 19, Colui che tesse con abilità i fili di molte arti. || Lo studio per l'apprendimento di diverse arti.

Politecnita, s.m., colui che conosce o lavora in molte arti; proverb. "Chi ha molte arti, non ha casa", dicesi di chi, impegnato in molti affari, in nessuno di essi eccelle.

La domanda è se Theologhis, oltre a essere uno studioso, fosse anche un politecnita. Ovviamente, si occupava di politecnia, anche se il suo piacere per la conoscenza sembra ancora in discussione. Era docente universitario, e contemporaneamente conduceva uno studio legale. La fonte delle due professioni è ovviamente una sola – il Diritto –, ma le arti sono due: l'insegnamento e la pratica forense. A quest'ultima si possono attribuire anche le sue trame all'interno dell'università, se ciò che mi ha raccontato la figlia dovesse corrispondere al vero. Tessere trame, in Grecia, è ormai una professione o, perlomeno, un'attività piuttosto diffusa. Chi trama lo fa professionalmente, sia che si trovi in un ministero, nelle forze dell'ordine o all'università.

Un altro esempio è costituito da Demertzìs e Lakodimos, che tramavano alle spalle dell'amministrazione pubblica per gli appalti sulle opere dei Giochi Olimpici e avevano in Petrakos il loro anello di congiunzione.

Naturalmente, a Theologhis non si addice il detto "Chi ha molte arti non ha casa", perché lui una casa ce l'aveva, eccome, in via Kavaloti: evidentemente il proverbio si riferisce all'epoca in cui chi non lavorava nel settore pubblico come me, faceva tre lavori per sbarcare il lunario. Oggi, anche con tre lavori, rimani sempre sul lastrico, indipendentemente dalle trame che riesci a tessere.

"A che ora ti sei alzato?" mi chiede Adriana, entrando in soggiorno.

"Alle sei."

"Kostas, ma perché ti angosci così tanto? Abbiamo ancora dei risparmi, non dovremo andare in giro a chiedere prestiti."

Evito di spiegarle che, in realtà, sono in piedi dalle sei perché questo caso mi toglie il sonno. Preferisco rispondere con un sorriso, perché non voglio rovinarle il buonumore che le ha procurato l'ascolto di Caterina a Radio Speranza.

Ieri sera, tornato a casa, sono andato direttamente al computer. Fanis aveva provveduto a collegarlo a Internet e io ho fatto l'unica cosa che ho imparato finora: cliccare sull'icona di Radio Speranza. Siccome non ho cuffie né auricolari, ho ascoltato la trasmissione direttamente dagli altoparlanti del computer. Quando mi sono connesso, Caterina era al microfono. Con mia grande sorpresa, raccontava di quando, dopo aver deciso di trasferirsi in Africa per lavorare con l'Alto Commissariato per i Rifugiati, i suoi genitori erano riusciti a dissuaderla. Parlava di questo per convincere gli ascoltatori a rimanere in Grecia per continuare a lottare.

A un certo punto è entrata Adriana – io ho piazzato il computer nella ex camera di Caterina, per avere un po' di tranquillità durante le mie esercitazioni informatiche.

"Che fai, parli con il computer, adesso?" mi ha chiesto, sorpresa.

Allora le ho raccontato di Radio Speranza, e lei si è seduta ad ascoltare.

"La mia bambina! Come sono contenta!" continuava a ripetere, finché a un certo punto è scoppiata a piangere per l'emozione.

"È la prima volta che ti sento dire che sei orgogliosa di tua figlia," l'ho stuzzicata, anche per sdrammatizzare.

"Ti sbagli di grosso. Io sono sempre contenta e orgogliosa di Caterina."

"Sarà, ma da te le arrivano soltanto rimbrotti e critiche..."

"Perché ci dev'essere qualcuno che tiene le redini, qua dentro: tu vai in brodo di giuggiole ogni volta che tua figlia apre bocca...."

Quando Caterina è arrivata, Adriana le è letteralmente saltata al collo per baciarla.

"Visto che mi avete costretta a rimanere qui, qualcosa dovevo pur inventarmi," ha detto nostra figlia, senza riuscire a nascondere l'entusiasmo: era molto contenta che Adriana avesse ascoltato la sua trasmissione.

Caterina è venuta con Uli, che oggi mi impartirà la prima lezione sull'uso del computer. Quando lei gli ha spiegato che anche Adriana vuole ascoltare Radio Speranza, lui si è attivato subito: le ha mostrato come accendere il computer e poi ha escogitato un sistema per lanciare il programma della radio senza usare il mouse, premendo semplicemente il tasto "F3".

Adriana è tornata in cucina al colmo della contentezza, e finalmente è arrivato il mio turno. Quel che non ho imparato in due settimane, Uli me lo ha insegnato in meno di due ore: ora sono in grado di scrivere un testo e salvare il documento, so aprire il programma di posta elettronica e scaricare un file da Internet. Tra l'altro, Uli è stato tanto gentile da lodare la mia brillantezza, invece di inorgoglirsi per le sue capacità didattiche. Come ricompensa, ha ottenuto per cena un bel piatto di zucchine ripiene condite con la salsa *avgolèmono*, a base di uova e limone, che ha divorato in un baleno, mormorando di quando in quando – ovviamente a bocca piena – "*Delicious*".

Se fossi uno studente modello, stamattina avrei dovuto sedermi al computer per continuare le esercitazioni da solo, ma ormai sono anni che combatto l'insonnia con il dizionario Dimitrakos, e mi sarebbe parso un autentico tradimento abbandonarlo proprio in questo momento.

Esco di casa con due caffè nello stomaco, perché ho deciso di andare direttamente all'aeroporto, e quindi non potrò passare come al solito al bar della Centrale.

Imbocco viale Mesoghion, sbuco all'altezza della chiesa di Aghia Paraskevì e, da lì, mi immetto sulla Klisthenous che percorro verso via Attica – una delle mie strade preferite, poiché non è mai trafficata. Dopo mezz'ora arrivo all'aeroporto: lascio la Seat nel parcheggio e salgo al piano della galleria commerciale.

Appena giungo nello spiazzo dei ristoranti, scorgo il signor Zafiris. Deve avere un'ottantina d'anni. È seduto, con un'aria molto distinta, in una poltrona tra i due locali, proprio come mi aveva detto Loukia. Tiene lo sguardo fisso sugli addetti che sorvegliano il settore. È più alto di una testa rispetto alle persone sedute intorno a lui e indossa il doppiopetto descrittomi dalla figlia di Theologhis. Mi avvicino e, con cortesia, gli chiedo se è il signor Zafiris.

"Per servirla," mi risponde.

"Vorrei chiederle un favore."

Le mie parole gli causano una certa inquietudine. Inizia a guardarsi intorno, evidentemente per capire se sono solo o se ho compagnia. Poi si alza e mi si avvicina.

"Sono il commissario Charitos," mi presento. "Mi manda Loukia Theologhis. Ho bisogno di parlare con il signor Stelios Kazantzìs. Loukia mi ha detto di rivolgermi a lei, che può condurmi da lui."

Si calma subito e mi fa segno di seguirlo. Scendiamo al piano degli arrivi.

"Siamo una quindicina, tutti senza fissa dimora, e abitiamo qui, nell'aerostazione," mi spiega, in un greco di almeno quarant'anni fa, mentre scendiamo le scale. "Viviamo separati per non dare nell'occhio, dato che i vigilanti privati non paiono bendisposti nei nostri riguardi ed esercitano pressioni sulle autorità affinché ci costringano ad abbandonare gli spazi dell'aeroporto."

Nelle poltrone sistemate davanti a un moderno bazar che vende quasi ogni sorta di merce – giornali, profumi, sigarette, tramezzini – siede un tizio in giacca a vento, con barba e occhiali. Zafiris si china e gli sussurra qualcosa all'orecchio. L'uomo mi scruta per qualche istante, poi si alza e mi si avvicina.

"La manda Loukia?" mi chiede, come se non ne fosse convinto.

"Sì, signor Kazantzìs. Vorrei farle qualche domanda su Nikos Theologhis. Dove possiamo bere un caffè e scambiare quattro chiacchiere?"

"Mi segua."

Zafiris si accomoda al suo posto, Kazantzìs mi conduce in un bar situato oltre l'ufficio postale dell'aeroporto. Ordino un caffè per me e un tè per Kazantzìs, poi ci sediamo a un tavolino.

"Cosa vuole sapere su Nikos Theologhis?" mi chiede, dopo aver bevuto un sorso di tè.

"Saprà che è stato assassinato," butto lì, per vedere come reagisce.

"L'ho sentito," replica, impassibile.

"E la notizia non l'ha colpita?" gli chiedo.

"No, signor commissario. Per quanto mi riguarda, Nikos è morto quarant'anni fa."

"Che cosa intende dire?" gli domando, sorpreso.

L'uomo fa una breve pausa per riordinare i pensieri, poi mi spiega:

"Nikos e io frequentavamo la stessa facoltà; eravamo amici inseparabili, signor commissario. Lui aveva un'intelligenza acuta, era uno studente modello. Siamo stati insieme durante l'occupazione della facoltà di Giurisprudenza e poi del Politecnico. Io sono stato catturato, lui invece è riuscito a scappare grazie all'aiuto di Thekla – che poi è diventata sua moglie – e l'ha scampata. Alla caduta della giunta militare, siamo tornati in università, ma Nikos era un'altra persona."

"In che cosa le sembrava cambiato?"

"Non apriva più un libro. Non superava gli esami perché era l'ottimo studente che avevo conosciuto, ma perché aveva partecipato alla Resistenza, e questo gli evitava ogni problema. Quando gli sottoponevo le mie perplessità, mi rispondeva: 'Svegliati, coglione! Abbiamo sospeso gli studi, io ho vissuto in clandestinità, tu sei stato torturato dalla polizia militare. L'università è in debito con noi. L'intero paese è in debito con noi. La Grecia ha riconquistato la libertà grazie al nostro sacrificio. Pensi che non debba offrirci qualcosa in cambio?'"

Kazantzìs si concede un'altra pausa, forse per calmarsi prima di proseguire:

"Nikos era convinto che tutti fossero in debito con lui, signor commissario. Con la stessa logica, divenuto professore, dava voti immeritati ai rappresentanti degli studenti, perché era convinto di essere a sua volta in debito con loro. Non perché erano stati anche loro dei resistenti, ma perché, in quanto delegati degli studenti, avrebbero potuto sostenerlo e appoggiarlo nella carriera. Anche il dottorato lo ha rubato."

"Rubato?" gli chiedo, anche se non mi stupisco di quanto dice: ricordo che quando Caterina faceva il dottorato di ricerca c'erano molti studenti che copiavano i testi dei colleghi senza la minima vergogna.

"Ha da scrivere?" mi chiede.

Estraggo il mio taccuino e glielo passo. Kazantzìs scrive un indirizzo web su una pagina – che cosa sia un indirizzo web me l'ha appena insegnato Uli.

"Uno studente che veniva continuamente bocciato da Nikos ha voluto vendicarsi e ha trovato il saggio che Nikos aveva saccheggiato per scrivere la sua tesi e l'ha caricato su Internet. Non so se si trova ancora, ma anche lei, che non è un giurista, si stupirà dell'entità del plagio che è stato commesso. Sono sicuro che il presidente della commissione esaminatrice fosse a conoscenza del plagio, ma evidentemente, come tutti gli altri, ha chiuso entrambi gli occhi."

Passerò l'indirizzo a Caterina e le chiederò di dare un'occhiata. Meglio non tralasciare nulla: magari si scopre che il plagio della tesi di dottorato è il movente dell'omicidio.

"Per essere corretto, però, devo aggiungere che Nikos non è stato l'unico a comportarsi in questo modo. Molti di coloro che hanno partecipato alla Resistenza si son fatti ripagare così. Io, che non ho mai voluto niente in cambio, mi sono preso del coglione, dell'idiota e del pazzo. Alla fine, ero talmente disgustato che ho abbandonato gli studi. Ho trovato lavoro in un'azienda e ho tagliato i ponti con tutte le mie amicizie universitarie. Poi la ditta ha chiuso per la crisi, io sono entrato nelle liste di disoccupazione e, quando mi hanno tagliato anche il sussidio, sono finito qui. Questa è la mia storia," conclude, con un sorriso, apparentemente senza alcuna amarezza.

"Pensa che il movente dell'assassinio di Nikos Theologhis vada ricercato nel suo passato?" gli chiedo.

"Cosa posso dirle? Di sicuro, non tutti coloro che hanno ampiamente approfittato della loro azione contro la dittatura l'hanno pagata. Ora, se Nikos appartiene ai pochissimi che hanno pagato, direi che non si tratta di giustizia divina, quanto piuttosto di sfortuna."

Naturalmente, grazie anche a ciò che mi ha raccontato della sua vita, Kazantzìs potrebbe essere sospettato di aver ucciso Theologhis. D'altra parte, però, perché avrebbe aspettato quarant'anni per farlo fuori? Questo è l'elemento mancante dell'ipotesi che collega al Politecnico i due omicidi: per quale motivo l'assassino avrebbe atteso tutto questo tempo per vendicarsi? Poiché la domanda non ha ancora una risposta, si torna all'ipotesi del pazzo omicida.

"Come ha conosciuto la figlia di Theologhis?" gli chiedo, per pura curiosità.

"Un giorno si è presentata nel mio ufficio – allora avevo ancora un lavoro. Mi ha chiesto di dirle tutta la verità su suo padre. E io le ho raccontato ogni cosa, esattamente come ho fatto adesso con lei. Mi ricordo che alla fine ha mormorato: 'I miei compagni di università avevano ragione.' Da allora, passa spesso a trovarmi per sapere come sto e se ho bisogno di qualcosa."

"Non le ha proposto di trasferirsi al loro centro?"

"Sì, certo, ma non voglio lasciare questa comunità," mi spiega, ridacchiando. "Vede, ormai siamo così numerosi che abbiamo preso l'abitudine di definirci una comunità." La risatina si spegne subito, e l'uomo passa a un tono serio. "Se ha dei sospetti su di me per l'omicidio di Nikos, signor commissario, devo dirle che io l'ho già punito quando ho parlato con sua figlia. E comunque, da molti anni ormai, la sua esistenza non mi interessava più."

Torniamo al bazar da cui siamo partiti. Zafiris siede nella stessa posizione che aveva quando l'abbiamo lasciato. Saluto Kazantzìs e l'altro si alza per accompagnarmi all'uscita.

"Sarebbe troppo chiederle mille dracme, signor commissario?" mi sussurra, quando siamo davanti all'ingresso dell'aeroporto. "È esattamente il prezzo di una *spanakopitta.*"

Ma guarda come ci siamo ridotti, penso: il povero deve aiutare chi è ancora più povero di lui. Gli allungo un biglietto da mille.

"Questo doppiopetto lo indossavo al lavoro," mi spiega. "Per qualche anno l'ho abbandonato, ma recentemente ho ricominciato a metterlo. Vede, ormai fare la questua è assimilabile a una reale attività lavorativa, così ho ripreso a indossare il mio completo da ufficio... Sono stato sempre molto scrupoloso riguardo al mio aspetto quando lavoravo, signor commissario. La ringrazio nuovamente. La saluto."

Poi mi stringe la mano e si allontana. Io mi dirigo al parcheggio.

24

Nel corridoio m'imbatto in Dermitzakis, il quale mi accoglie quasi a braccia aperte.

"Comandi!" esclama con voce entusiasta.

"Ma che vuoi che comandi, Dermitzakis? Chi osa più dare ordini, al giorno d'oggi? La Grecia è il paese delle promesse non mantenute e dei desideri non esauditi. Quindi, non ti comando proprio un bel niente!"

"Ci pagano, finalmente," mi comunica. Poi entra nei dettagli: "Cioè, solo una mezza mensilità. Anche se sembra che la mezza mensilità sia stata ridotta a una sola settimana... Ma, in realtà, alcuni dicono che ci verranno versati solo cinque giorni di stipendio."

"Come mai tutto questo bailamme?" gli chiedo.

"Perché ieri c'è stata un'ulteriore svalutazione. Ora per fare un euro non bastano più cinquecento dracme, ce ne vogliono seicento."

Da un lato, vale il detto nazionale: "Piuttosto che la siccità, va bene anche la grandine"; dall'altro, se invece di un mese ci pagano due settimane, anzi una sola settimana, non c'è nulla da festeggiare. Gli "eurini", come li chiamavamo affettuosamente un tempo, si sono trasformati in euromostri e ci stanno spolpando vivi. Decido tuttavia di non commiserarmi, ma di rallegrarmi – relativamente, certo – per il fatto che almeno qualcosa mi entrerà nelle tasche, visto che non mi aspettavo proprio niente.

Telefono a Caterina, le comunico l'indirizzo web e la prego di fare una ricerca sulla tesi copiata di Theologhis. Potrei occuparmene io ora – grazie a Uli, navigo con la brezza teutonica in poppa sui mari dell'informatica –, ma le competenze legali di Caterina potrebbero rivelarsi utili in questo caso specifico.

Dermitzakis e Papadakis arrivano in coppia per fare rapporto sul sopralluogo di ieri alla Città del Politecnico.

"Nessuno ha sentito lo sparo," esordisce Papadakis. "Ovviamente bisogna anche considerare che i fatti si sono svolti durante l'orario di lezione, quindi studenti e professori si trovavano nelle aule. Inoltre, la sera dell'omicidio faceva molto freddo, come ricorderà, e il luogo non è certo l'ideale per una passeggiatina. Di conseguenza, è possibile sia che l'assassino abbia usato una pistola con il silenziatore, sia che nessuno abbia sentito lo sparo non attutito."

Le conclusioni sono corrette e aggiungono un'altra piccola tessera all'incerto mosaico composto dall'intera vicenda. Può darsi che l'assassino sia un pazzo omicida, ma potrebbe anche essere un terrorista. Può darsi che si stia vendicando della generazione del Politecnico, ma è anche possibile che le due vittime fossero implicate in qualche affare sporco che le ha condotte alla morte. Può darsi che l'arma fosse dotata di un silenziatore, ma è plausibile anche l'ipotesi contraria. Quest'ultimo elemento, associato con il freddo di quella sera, non lascia nessuna probabilità che qualcuno abbia visto lo sparatore o, perlomeno, un qualche movimento sospetto nella zona intorno ai Palazzi Nuo-

vi. Ciononostante, rivolgo loro la domanda che mi frulla in testa, e ovviamente mi becco la risposta che avevo previsto.

"No, signor commissario. Nessuno ha visto niente," risponde Dermitzakis.

Squilla il telefono. È Gonatàs.

"Puoi venire nel mio ufficio?"

"Certo. Ci sono novità?"

"Forse sì. O forse no." Anche lui conferma la totale incertezza che avvolge questo caso. "Vieni da me, parliamone a quattr'occhi."

Congedo i miei aiutanti per salire da Gonatàs, ma vengo fermato da un'altra telefonata. Questa volta è Spyridakis.

"Quando posso vederla?"

"Tra una mezz'ora sono libero."

"Bene. Allora verrò da lei."

Finalmente riesco a raggiungere l'ufficio di Gonatàs, al quarto piano.

"Ti ascolto con la massima attenzione," gli annuncio, appena mi accomodo di fronte a lui.

"Non aspettarti grandi cose," mi dice subito, per essere chiaro. "Abbiamo preso un albanese che era evaso dal carcere. Era stato arrestato per una rapina in banca, organizzata con tre uomini che fanno parte di un'organizzazione terroristica. Lo stiamo interrogando, ma nega ogni cosa."

"Credi che possa essere l'omicida?"

"Ci sono due elementi che fanno sospettare di lui. Il primo è il collegamento con i terroristi. Il secondo è che per la rapina ha usato una calibro 9."

"E la pistola della rapina è stata trovata?"

"Sì. Tra l'altro, mentre cercava di fuggire, ha sparato a un poliziotto. Impugnava ancora l'arma quando è stato catturato. Ma questo non significa nulla. Potrebbe averne comprata un'altra dal suo fornitore. Come sai, rapinatori e killer professionisti di solito utilizzano sempre la stessa arma, per essere sicuri."

"Avete catturato gli altri tre?"

"No. Hanno preso in ostaggio un impiegato della banca e sono riusciti a fuggire."

"E lui che cosa dice?"

"Che non aveva niente a che fare con loro. Non sa dove si nascondono ma, anche se lo sapesse e lo liberassimo, non li raggiungerebbe per il timore di essere pedinato."

"Potrebbe anche dire la verità."

"Potrebbe. Ma questa gente conosce mille modi per comunicare con i complici in situazioni simili. In ogni caso, noi continuiamo a interrogarlo: se dovesse emergere qualcosa, ti informo."

"Non credi che dovremmo avvertire Ghikas? Ho anch'io delle novità: Spyridakis, del Nucleo Crimini Finanziari, sta per comunicarmi altri sviluppi."

"Va bene. Mi organizzo e ti chiamo."

Se dovesse tenere l'ipotesi dell'azione terroristica, avremmo risolto il rebus, e Ghikas farebbe i salti di gioia, mi dico, mentre torno nel mio ufficio.

Spyridakis mi sta aspettando. Sta sfogliando dei documenti contenuti in una cartelletta che tiene aperta sulle ginocchia. Appena lo saluto, sembra che prenda fiato per raccontarmi tutto senza pause.

"Non mi dire niente, ora," lo stoppo. "Preferisco che ascolti anche Ghikas."

Cinque minuti dopo, siamo nel suo ufficio. Gonatàs è già là, e comincia a raccontare dell'arresto dell'albanese.

Poi tocca a me, e riferisco dei miei colloqui con la moglie e la figlia di Theologhis, oltre all'incontro con Kazantzìs all'aeroporto.

"Ma insomma, l'assassino sceglie solo gente che è in contrasto con i figli?" mi chiede Ghikas.

"Non è da escludere, ma potrebbe anche trattarsi di una coincidenza," gli rispondo.

Per ultimo parla Spyridakis, le cui informazioni sono sconosciute a tutti. Apre la sua cartelletta e ci osserva con il sorriso sulle labbra.

"Vi mostrerò come un'azienda può utilizzare manodopera clandestina in modo assolutamente legale," esordisce, e l'introduzione è sufficiente ad attirare la nostra curiosità. "Dal periodo dei lavori per i Giochi Olimpici in poi, la Domotechnikì, l'impresa edile di Ieràsimos Demertzìs, per i suoi lavori ha impiegato ingegneri, capomastri e operai specializzati greci. Tutto il resto del personale era straniero, in parte regolare e in parte clandestino. Nessuna di queste persone, regolari o irregolari che fossero, aveva il permesso di lavoro, né la loro presenza era stata comunicata alla previdenza sociale. E tutto ciò era completamente legale."

"Ma com'è possibile?" esclama Gonatàs.

"Perché non venivano assunti dalla ditta stessa. Alla Domotechnikì venivano 'affittati' dalla società di trasporti di Petrakos. Il contratto di fornitura di manodopera è perfettamente legale, e l'impresa di Demertzìs pagava regolarmente il canone alla ditta di Petrakos. A quel punto, non era un problema della Domotechnikì se Petrakos, come datore di lavoro, aveva 'dichiarato' gli operai o no. Petrakos, però, è titolare di una ditta di trasporti. Di conseguenza, potrebbe assumere solo conducenti e personale amministrativo. Nessuno si è mai chiesto, o ha mai voluto indagare, se i muratori forniti a Demertzìs fossero assunti regolarmente."

"E la moglie di Lakodimos era socia della ditta di Petrakos," aggiungo io.

"Esattamente. Capite dunque perché nessuno avrebbe mai indagato," conferma Spyridakis.

"Chissà a quanti cortei ha partecipato questa gente ai tempi dell'occupazione del Politecnico. E io, che allora difendevo il potere, adesso sono senza un soldo e devo pure dare la caccia all'assassino di Demertzìs," commenta Gonatàs.

"E non dimenticate un'altra cosa. Petrakos è stato membro della polizia militare. Aveva anche lui i suoi contatti..." osserva Spyridakis.

"E dove ci porta tutto questo?" chiede Ghikas.

"Da nessuna parte. Serve solo a ingarbugliare la matassa," risponde Gonatàs.

"Perché?"

"Riprendiamo la questione dall'inizio. Prima c'è il caso dell'albanese. Se la nostra ipotesi fosse vera, allora ci troveremmo di fronte a un'organizzazione terroristica."

Si ferma, per lasciare a me la parola.

"D'altra parte, però, c'è anche la possibilità che qualcuno stia eliminando gli esponenti della generazione del Politecnico che si sono arricchiti o hanno fatto carriera in modo poco chiaro o grazie alla loro rete di relazioni e amicizie. Quanto ci ha detto Spyridakis, tuttavia, apre anche un terzo scenario."

"Perché un terzo? Mi pare che coincida con il secondo," interviene Ghikas.

"Dimentichi il messaggio."
"Quale messaggio?" domanda.
"L'ultima frase nel messaggio riprodotto dal cellulare era 'Pane non ne abbiamo'. E questo può far riferimento agli operai che la ditta di Petrakos procurava alla Domotechnikì. Secondo l'assassino, i clandestini rubavano il pane ai greci..."
"E chi dà la caccia agli immigrati e a coloro che li fanno lavorare perché rubano il pane ai greci? Gli estremisti di destra," conclude Gonatàs. "Fino a oggi, in Grecia non c'è mai stata un'eversione terroristica di destra. Se sono neofascisti, allora si apre un fronte del tutto nuovo."
"E tutto questo con un ministro *pro tempore*," commenta Ghikas, sconsolato.
È solo questo che gli brucia.

25

Devo tornare a parlare con Petrakos. Ora che Spyridakis ha scoperto gli affari loschi con Demertzìs e la moglie di Lakodimos, posso provare a metterlo alle strette: chissà che non tiri fuori il classico coniglio dal cilindro.

Quando sono entrato negli uffici della Domotechnikì per la prima volta, cioè subito dopo l'assassinio di Demertzìs, dappertutto regnava il panico. Ora vengo accolto da un clima di depressione generalizzata. La ragazza al ricevimento reagisce con indifferenza quando le comunico il mio nome, e mi dice di salire al secondo piano senza staccare lo sguardo dal computer.

Nella grande sala, davanti all'acquario di Petrakos, metà delle scrivanie sono vuote. L'uomo mi accoglie in modo distaccato, giusto un "Buongiorno", che rivela come la mia visita sia un peso che si aggiunge agli altri. Entro subito in argomento, per non far perdere tempo a nessuno dei due.

"L'ultima volta che ci siamo visti, non mi ha detto che, oltre alla sua occupazione qui, lei è il titolare di un'azienda di trasporti, la Balkan Transports."

"Non me l'ha chiesto e non ho ritenuto che la mia azienda potesse avere qualcosa a che fare con l'omicidio di Demertzìs. E non lo ritengo neanche ora."

Evito di fugare subito il suo dubbio e proseguo: "La sua azienda gestisce una rete di trasporti nei Balcani: c'è davvero un tale movimento di merci tra i paesi balcanici e la Grecia?"

"Dipende. Dalla Bulgaria e dalla Romania ci sono movimentazioni numerose e frequenti. Dagli altri paesi, molto meno."

"Sì, però, come abbiamo appurato, la maggior parte dei suoi trasporti riguardano l'Albania. C'è un tale commercio tra Albania e Grecia da poter mantenere un'azienda come la sua?"

Petrakos mi fissa con un'aria annoiata, poi risponde:

"Mi ascolti, signor commissario. È del tutto evidente che avete ficcato il naso nella mia azienda. Mi può dire semplicemente che cosa volete sapere, in modo che possa darvi una risposta precisa senza girarci intorno?"

"Glielo dico subito. La sua ditta di trasporti si occupava del trasferimento di manodopera dai paesi balcanici ai cantieri di Demertzìs."

"E questa sarebbe la sua straordinaria scoperta?" replica, sarcastico. "C'è forse qualche impresa edile che non ha portato emigrati dall'Albania, dalla Romania e dalla Bulgaria? Come crede che siano state costruite le opere olimpiche? Rispettando gli orari sindacali dei muratori greci? Glielo dico io: con gli immigrati, che non avevano neanche la flessibilità di orario che l'Europa ci aveva imposto prima che affondassimo, perché in realtà un orario di lavoro per loro non esisteva affatto. Altrimenti, come avrebbero potuto le imprese far fronte alle pressioni del governo, affinché terminassero in tempo i lavori? Prima hanno tardato ad assegnare gli appalti e poi hanno messo fretta."

"In altre parole, si è stati costretti a introdurre manodopera dai Balcani poiché la burocrazia greca ha ritardato l'assegnazione degli appalti?"

Sul suo volto ricompare un sorrisetto ironico.

"Ma quale burocrazia, signor commissario! Semplicemente i ministri coinvolti dovevano decidere come spartire i lavori tra le loro clientele. Ammetto che Ieràsimos Demertzìs faceva parte di queste camarille, ma certo non era l'unico."

"No, non lo era. Ma era uno dei favoriti, poiché la moglie del viceministro responsabile delle opere olimpiche è uno dei soci della sua ditta." Stavolta il sorrisetto gli si gela sulle labbra. Si limita a fissarmi, in silenzio. "Signor Petrakos, non sono della Finanza né del ministero dell'Economia," gli spiego. "Di conseguenza, le eventuali irregolarità o illegalità che può aver commesso la sua azienda, o la Domotechnikì, non mi riguardano. Io cerco solo di risolvere i casi di omicidio di Demertzìs e di Theologhis: le mie domande mirano a individuare qualche elemento che mi possa aiutare in questo compito."

"Non c'è nulla, in nessuna delle due aziende, che possa condurla all'assassino di Ieràsimos Demertzìs, signor commissario. Glielo dico con cognizione di causa. Noi abbiamo fatto ciò che era ormai una regola in tutte le aziende. Nessuno ha mai temuto che ci fosse un controllo: poiché era in gioco il completamento delle opere olimpiche, tutti chiudevano entrambi gli occhi."

Ora Petrakos tace, e anch'io resto in silenzio, perché so che ha ragione. Dal momento che tutti hanno approfittato del sistema, perché qualcuno avrebbe dovuto uccidere proprio Demertzìs?

"Ora, se la Sezione Crimini Finanziari, l'Ufficio Tributario delle Società per Azioni o il ministero dell'Economia vorranno venire a dare un'occhiata, facciano pure. Demertzìs è morto: il figlio, due giorni fa, ha dichiarato tramite il suo avvocato – cioè sua figlia, signor commissario – che rifiuta l'eredità; la moglie, l'altro erede, è in coma farmacologico. È solo questione di giorni prima che la Domotechnikì dichiari fallimento."

"Fallimento?" chiedo sorpreso.

"Commesse non ce ne sono. La ditta è soffocata da debiti che non può onorare, e non è in grado di pagare neanche gli stipendi del personale. Inoltre, nessuno se ne vuole occupare. Vede forse qualche altra soluzione?"

Ora capisco il clima di depressione che mi ha accolto all'ingresso negli uffici. Devo tornare a parlare con Kyriakos Demertzìs. La logica mi dice che dovrei farmi accompagnare da Spyridakis, ma temo che la sua presenza possa irritare il ragazzo e indurlo a tacere. Con me, invece, ha un buon rapporto, grazie principalmente a Caterina, e mi incontra volentieri.

Esco dagli uffici della Domotechnikì senza essere diventato più saggio. Telefono a Koula e le chiedo di avvertire il carcere di Korydallòs che ho intenzione di interrogare ancora Kyriakos Demertzìs.

Per andare da Polydroso a Korydallòs conviene passare da Halkida: peccato che Kyriakos non sia detenuto nel carcere che sorge lì. Mi faccio il segno della croce e imbocco la superstrada per incrociare la Patision e uscire così in piazza Omònia senza passare da Sìntagma. Con grande fortuna, riesco ad arrivare a Korydallòs prima di quanto pensassi.

Il direttore mi aspetta nel suo ufficio.

"Il giovane Demertzìs sta facendo lezione ai detenuti. Lo faccio chiamare," mi dice.

"Aspetti un momento, signor direttore. Vorrei prima che mi dicesse le sue impressioni riguardo a Kyriakos, ora che lo conosce meglio."

"Cosa vuole che le dica, signor commissario? Non è un detenuto modello, è un *uomo* modello. Parla con i prigionieri più giovani, ascolta i loro problemi famigliari, li consiglia, fa lezione... Non ci sono più liti né scontri, e molti si sono riuniti intorno a lui. Per noi è una manna dal cielo. Pensi che abbiamo spostato tutti i detenuti più giovani nell'ala del carcere che ospita Kyriakos per farli stare con lui. L'unica cosa che ha chiesto è che gli lascino due ore al giorno di tranquillità per leggere e meditare."

Un detenuto modello, con la capacità di organizzare i giovani, fuori e dentro il carcere... Ma perché mi sembra che Kyriakos abbia fatto di tutto per finire in carcere? Questa è una domanda che mi perseguita, non perché abbia una relazione palese con i casi che sto seguendo, ma semplicemente perché non riesco a trovare una risposta.

Ed è la prima domanda che gli pongo, quando viene a sedersi di fronte a me.

"Perché questa domanda? Lo sa bene: facevo lo spacciatore, ma ero imbranato e i suoi uomini mi hanno beccato," mi risponde, sorridendo. "Ma vuole sapere una cosa? Non è poi così male qua dentro. Le posso dire che le mie giornate sono più piene ora di quando ero libero. Da un certo punto di vista, mi trovo a gestire una specie di distaccamento carcerario della nostra scuola pomeridiana per ragazzi disagiati," aggiunge.

“Ho saputo da Petrakos che intendi rifiutare l’eredità.”

“Se avessi voluto entrare in ditta, l’avrei fatto quando me l’ha proposto mio padre. In fondo, sarebbe immorale se ora dichiarassi di accettare l’eredità.”

“In ogni caso, l’impresa sta andando a fondo. Me l’ha detto Petrakos.”

“Speriamo,” commenta, asciutto.

“Abbiamo scoperto che Lakodimos è socio di tuo padre tramite Petrakos.”

Scoppia a ridere. “Solo Lakodimos? Quella generazione è fatta di persone legate l’una all’altra, signor commissario. Chi non ha accettato di entrare nel giro, è stato eliminato senza lasciare traccia.”

“Kyriakos, ho bisogno del tuo aiuto. Voglio che tu mi dica se c’è qualcuno che potrebbe saperne di più sugli affari di tuo padre. Comincio a credere che il movente dell’omicidio si nasconda dietro questi affari.”

“Gliel’ho detto: non ho mai voluto occuparmi degli affari di mio padre. Di conseguenza, non so in quali traffici fosse coinvolto. L’unica persona che forse potrebbe dirle qualcosa è mia madre.”

“Che però è in coma farmacologico.”

“Ieri hanno fatto un altro tentativo di risvegliarla. Ho chiesto di vederla, ma mi hanno detto che la situazione non si è ancora stabilizzata e che quindi...”

Continuo a sbattere contro un muro, e la cosa mi snerva, ma di questo Kyriakos non ha colpa.

“Non voglio rubar tempo dalle tue lezioni,” concludo, e mi alzo.

“Sa cosa mi ha detto un amico, una volta, signor commissario? In Grecia i ragazzi cattivi sono in carcere. Chi è fuori, di conseguenza è un bravo ragazzo. Ora che mi trovo dentro, ho visto che anche quelli rinchiusi qui non sono cattivi. E, viceversa, so che chi si trova fuori non è per forza un bravo ragazzo. Prenda, per esempio, mio padre e Lakodimos."

Rimando a domani la telefonata all'ospedale per sapere se potrò parlare con la moglie di Demertzìs. Comunque, poiché non hanno permesso al figlio di vederla, non credo che mi consentiranno di interrogarla.

Sono distrutto e preferisco tornare a casa, se non altro per provare a distrarmi un po'.

26

Sulla strada verso casa, decido di passare dalla banca per vedere se sono stati accreditati i soldi dei quindici giorni di stipendio – che magari sono solo cinque –, o se qualcosa è andato storto all'ultimo momento, come accade di solito da tre anni a questa parte.

In effetti, l'acconto è stato versato, ma quando controllo il saldo e calcolo il nuovo cambio tra dracma ed euro mi si piegano le ginocchia. D'accordo, mi dico, i tagli continuano, hanno solo cambiato metodo. E quindi prendo la grande decisione rimasta in sospeso da tempo: basta con la Seat. Adriana ha ragione, posso andare in ufficio con l'autobus, e per gli spostamenti di lavoro posso usare l'autopattuglia.

Il cellulare squilla, come al solito, nel momento meno opportuno.

"Papà, puoi passare dal mio studio? Ho trovato qualcosa su Theologhis, e poi ho anche una sorpresa."

Non voglio altre sorprese, per la verità: quella dello stipendio mi basta e mi avanza, per oggi. D'altro canto, non intendo deludere Caterina, che ha già abbastanza seccature senza che debba caricarla delle mie.

"Sono per strada. Arrivo."

Mi avvio con l'amara sensazione che lo studio di mia figlia sarà, per la Seat, la tappa iniziale dell'ultimo viaggio prima di una sosta forzata di cui non posso prevedere la durata. Quando arrivo da Caterina, trovo quattro anziani nella sala d'attesa. Due di loro li ho già conosciuti al centro di accoglienza. Mi salutano all'unisono.

"Buonasera, signor commissario!"

Caterina mi accoglie con un sorriso e mi schiocca un bacio sulla guancia.

"Posso presentarti le mie guardie del corpo? Me le ha mandate zio Lambros."

"Lambros ci ha fatto dimenticare che siamo pensionati," dice uno dei quattro. "Trova un lavoro per tutti: anche se non veniamo pagati, almeno ci rendiamo utili."

"Ma Zisis è diventato matto?" sbotto, quando entriamo nell'ufficio di Caterina. "Questi vecchietti sarebbero le tue guardie del corpo? Se questa è la sorpresa di cui mi parlavi... be', è proprio brutta."

"Lo zio mi ha detto che rappresentano la migliore protezione che posso trovare. 'Nessuno oserà alzare una mano su dei vecchi,' mi ha spiegato."

"Se li scambiano per albanesi o per georgiani vedrai come li pestano. Quella gente non fa differenza tra vecchi e giovani: picchiano chiunque gli si pari davanti."

"Per questo motivo, Lambros ha dotato tutti di una bustina trasparente: ci hanno messo la carta di identità e se la sono appesa con un cordino intorno al collo, così nessuno potrà sostenere che non sono greci."

Non so più cosa replicare, perché devo ammettere che si tratta di un'idea davvero brillante. L'inventiva di Lambros Zisis è davvero stupefacente. Dove avrebbe potuto trovare guardie del corpo migliori per Caterina? In alternativa, avremmo dovuto assumere dei guardaspalle privati, ma dal momento che non abbiamo neanche più i soldi per la benzina...

"Che cosa hai trovato su Theologhis?" le chiedo, per cambiare argomento.

"Papà, lo studente che ha caricato la tesi in rete ha ragione. È pressoché copiata dal saggio di un professore tedesco di Diritto Penale. Ci sono interi brani riportati parola per parola."

"Possibile che non se ne sia accorto nessuno?"

"La spiegazione più semplice è che volevano conferirgli comunque il dottorato, e non si sono dati neanche la pena di leggerla. Non sarebbe la prima volta. L'ho raccontato a Uli, e lui quasi schiattava dal ridere. 'Sai quante cose del genere succedono in Germania?' mi ha detto. A ogni modo, ho trovato anche dell'altro."

"Dimmi."

"Il nome del relatore: il professor Stefanidis. E anche questo mi ha colpito: insegnava alla facoltà di Giurisprudenza di Atene, ed è considerato un luminare. Come ha potuto associare il suo nome a un lavoro copiato in modo così sfacciato?"

"Sai dove posso trovarlo?"

"Dev'essere in pensione da parecchi anni ormai, ma se telefoni alla segreteria di facoltà, sicuramente potranno darti il suo indirizzo."

Chiamo Koula e le chiedo di recuperare le informazioni che mi servono. Vale la pena di fare quattro chiacchiere con questo professor Stefanidis, sempre che nel frattempo non ci abbia già lasciato per sempre. Potrei scoprire altri elementi su Theologhis. Se riesco a individuare il movente per il suo omicidio, forse potrei scoprire anche quello dell'assassinio di Demertzìs.

"Vieni a cena?" chiedo a Caterina.

"Certo, e ci sarà anche zio Lambros. L'ho invitato per ringraziarlo delle guardie del corpo."

Caterina scoppia a ridere, e basta questo a farmi passare il cattivo umore. La mia uggia è come la nebbia: serve un po' di brezza per disperderla – proprio ciò che ha appena fatto Caterina.

"Signor Iannis, signor Christos, signor Stefanos, signor Antonis... vi ringrazio molto. Per oggi non ho più bisogno di voi," dichiara Caterina, salutando i quattro vecchietti. "Mi riaccompagna papà."

"Domani dobbiamo venire?" le chiede uno dei quattro.

"No, domani no: resterò tutto il giorno in studio. Però dopodomani sì, dalle otto, perché devo andare in tribunale."

I quattro anziani salutano ed escono, mentre io chiedo a Caterina dov'è Mània.

"È in onda. Oggi è il suo turno."

Il tragitto dall'ufficio di Caterina a casa è l'ultimo tratto del mio viaggio con la Seat. Quando arriviamo a destinazione, Adriana non c'è.

"Mamma!" chiama Caterina, non vedendola in cucina. Io, però, penso di sapere dove si trova.

"Vieni con me," dico a Caterina, e la conduco nella sua camera di ragazza.

Adriana è seduta davanti al computer e sta ascoltando la trasmissione di Mània. È così concentrata che quasi non si accorge di noi.

"Ma dimmi un po': avete aperto un ufficio di collocamento?" chiede perplessa Adriana, quando finisce la trasmissione. Questa notizia sorprende anche me.

"Non l'abbiamo aperto noi, sono stati i ragazzi. Hanno organizzato due uffici di consulenza per i giovani disoccupati: uno nell'ex albergo, l'altro al centro didattico. Informano i disoccupati sulle soluzioni alternative se non si trova un lavoro. Come possono muoversi qui, in Grecia, prima di decidere di andare a cercare un impiego fuori dal paese."

"Avete fatto bene a chiamarla Radio Speranza," commenta Adriana. "Non so se ci sia ancora speranza, al punto in cui siamo arrivati, ma voi di certo fate tutto quel che potete per convincerci che esiste ancora. Brava, ragazza mia!"

Caterina è raggiante per la soddisfazione, perché è difficile che riceva qualche complimento da sua madre – a eccezione di Natale, Pasqua e Ferragosto.

Ma il tempo delle smancerie si esaurisce presto perché arriva Lambros: bacia Adriana e poi Caterina. Io vengo liquidato con un "I miei rispetti".

"Ma, Lambros, che hai combinato? Hai spedito dei vecchietti a badare a mia figlia?" gli chiedo, sorridendo, quando Adriana si ritira in cucina per preparare la cena. Non le ho detto nulla delle minacce a Caterina per non farla stare in ansia tutto il giorno.

"Al punto in cui siamo, l'alternativa era tra i picchiatori e i vecchi," mi risponde Zisis, divertito. "Questi pseudonazionalisti sono un branco di idioti, ma non al punto da picchiare quattro vecchietti e inimicarsi tutta l'opinione pubblica. Puoi stare tranquillo: Caterina è completamente al sicuro."

Fanis stasera non c'è perché ha il turno di guardia in ospedale. Noi ci sediamo a tavola, e Adriana serve la zuppa di fagioli. Oltre ai soliti legumi, il menu di stasera comprende sgombro affumicato, olive e rapanelli, come vuole la tradizione.

"Il cambio tra dracma e zuppa di fagioli è inversamente proporzionale," dico a Zisis. "Quanto più scende la dracma, tanto più sale il valore dei fagioli. Pensa che ho deciso di smettere di usare la Seat e di andare in ufficio con i mezzi."

Adriana e Caterina mi guardano sorprese. Zisis continua a mangiare tranquillamente.

"È inutile che mi guardi con quell'aria. Sei stata tu a darmi l'idea," spiego ad Adriana. "Ho deciso di farlo perché temo che dovremo stringere ulteriormente la cinghia."

"Non ti lamentare. Tu, almeno, non hai bisogno di andare all'ufficio di collocamento di Radio Speranza: un lavoro ce l'hai ancora," mi risponde secca lei.

"Ti ha sistemato, commissario. Be', non ti succede nulla se vai al lavoro in autobus. Io uso i mezzi pubblici da una vita, ormai, e quando non ho i soldi per il biglietto, vado a piedi," commenta Zisis.

Non so se a ferirmi sia questa generale assenza di partecipazione emotiva nei miei confronti o piuttosto l'idea di dover mettere a riposo la Seat, che mi serve fedelmente da anni. Meno male che non ho più la Mirafiori: in quel caso, mi sarei sentito sicuramente peggio.

"Caterina ti ha parlato dell'ufficio che hanno aperto i ragazzi?" chiede Adriana a Zisis.

"Non c'è bisogno che me lo dica Caterina. L'hanno aperto al centro di accoglienza, e quindi lo vedo tutti i giorni.

Hanno preparato un catalogo infinito con tutte le occupazioni possibili – dalle coltivazioni biologiche alla consulenza e al disbrigo delle pratiche per le pensioni, fino all'energia eolica e fotovoltaica – con la speranza di procurare un lavoro presso gli investitori stranieri che potrebbero arrivare in Grecia. Per la maggior parte si tratta di mestieri a me sconosciuti, che ai miei tempi non esistevano proprio. Hanno cominciato da zero, ma stanno cercando di convincere i loro coetanei disoccupati che ci sono ancora posti di lavoro e che si può rimanere in Grecia."

"La necessità aguzza l'ingegno, zio Lambros," conclude Caterina.

"Non puoi combattere la povertà se prima non l'accetti, Caterina," risponde Zisis. "Prima la accogli e la accetti, e poi puoi cercare di combatterla. I ragazzi l'hanno accolta e l'hanno accettata, e per questo riescono a combatterla. È la stessa cosa che fa tuo padre. Accetta il fatto di essere povero e di non potersi permettere più il lusso di girare in macchina. La maggior parte dei greci, invece, continua a rimpiangere la ricchezza perduta, che in realtà non è mai esistita. Se continueranno così, non troveranno mai il modo per combattere la povertà."

"Comunque, non lasciare qui la macchina," mi consiglia Adriana. "È meglio se la parcheggi nel garage della Centrale. Qui tutti sanno che sei un commissario: un giorno o l'altro qualcuno potrebbe prenderla a calci perché i Nuclei Antisommossa gli hanno sparato addosso un lacrimogeno durante una manifestazione."

Adriana Charitou, mia moglie, è laureata in buonsenso.

27

Lascio la Seat nel garage della Centrale con la speranza che si tratti solo di un soggiorno temporaneo, e salgo al terzo piano con un caffè consolatorio in mano.

Sulla mia scrivania trovo i risultati della perizia balistica. L'arma utilizzata per l'omicidio di Theologhis è la stessa che ha ucciso Demertzìs. Di conseguenza, i due omicidi sono del tutto simili da ogni punto di vista, e la probabilità che si tratti di un'azione terroristica acquista credito.

"Hai trovato l'indirizzo di Stefanidis?" chiedo a Koula.

"Sì. Abita in via Krinon, a Psichikò, accanto all'ambasciata della Cina."

"Di' a Papadakis di far preparare una volante. E telefona a casa di Stefanidis per annunciargli la nostra visita."

Il tragitto è breve. Entriamo a Psichikò dalla Vasileos Pavlou, troviamo piazza Efkalipton e, dopo due minuti, siamo davanti a una palazzina costruita ai tempi del miracolo economico degli anni cinquanta – più che altro un miracolo edilizio, anche se la provincia non se ne accorse neppure. Il citofono con scritto "Stefanidis" ci fornisce l'informazione che vive al secondo piano.

Ci apre una signora sulla sessantina, dai capelli bianchi, vestita con cura.

"Sono la sorella del professor Stefanidis," si presenta, e ci conduce direttamente nello studio del fratello.

Si tratta di una stanza vastissima: sembra quasi un'aula, con librerie su tutte e quattro le pareti e una grande scrivania classica in noce massiccio. Completano l'arredamento due sedie con seduta e schienale rivestiti in pelle e la scaletta che serve per raggiungere gli scaffali più alti.

A quel punto, si presenta anche l'immancabile donna di servizio asiatica che ci chiede se desideriamo bere qualcosa. Talvolta mi sembra che le governanti asiatiche abbiano preso il posto delle ragazzine di campagna che, all'epoca del miracolo economico, le famiglie di Psichikò prendevano a servizio con un accordo speciale: le giovani lasciavano le campagne per mettersi alla ricerca di un bravo ragazzo da sposare ma, finché il giovanotto non veniva reperito, lavoravano gratis per la famiglia che le ospitava. Per amor di verità, va detto che, talvolta, il bravo ragazzo non si trovava proprio, e allora la povera giovanetta era costretta a rimanere al servizio della famiglia fino alla vecchiaia. Se la crisi continua così, temo che il futuro delle donne di servizio asiatiche sarà piuttosto cupo: infatti è possibile prevedere un ritorno alle ragazze di campagna.

Stefanidis è un settantenne basso, grasso e calvo. Nonostante lavori in casa, indossa un completo impeccabile con la cravatta. Ha sentito la sorella che ci qualificava come poliziotti, ma non le ha prestato alcuna attenzione e ha continuato imperterrito a graffiare con una penna stilografica un foglio a protocollo.

"L'abbiamo disturbata perché vorremmo qualche informazione riguardo a Nikos Theologhis, professore," gli spiego a mo' di introduzione. "Sa di certo che è stato assassinato."

"Sì, lo so. Che cosa volete sapere, di preciso?"

Parla con un tono freddo e neutro. Non si capisce se è rattristato o compiaciuto per la morte di Theologhis.

"Nel corso delle indagini, abbiamo scoperto che la tesi di dottorato della vittima era un plagio palese. Ci chiediamo se questo fatto – intendo il plagio – potrebbe costituire il movente del suo omicidio."

"Dopo tanti anni?" ribatte il professore.

"La vendetta è spesso un piatto che si gusta freddo, professore," commenta Papadakis.

"Lei può confermarmi che si tratta davvero di un caso di plagio?" gli chiedo.

"Totalmente. Dall'inizio alla fine," risponde Stefanidis, senza esitazione.

"Non la prenda come un'accusa, ma poiché lei era il relatore, non si è accorto che la tesi era copiata?"

Ancora una volta, la risposta giunge secca e senza esitazione:

"Lo sapevo."

"E non l'ha respinta?"

Per la prima volta, mi guarda negli occhi e, per di più, con un sorrisetto di compatimento.

"Io sono un uomo di destra, commissario. Non sono mai stato dalla parte della giunta militare, ma sono sempre stato di destra. Ora, sa che cosa significava essere un uomo di destra, all'università, dopo la caduta della giunta? Bastava una denuncia, anche anonima, per perdere il posto o peggio. Theologhis era un eroe della Resistenza, aveva partecipato all'occupazione del Politecnico e poi era stato perseguitato; se l'era cavata perché era rimasto nascosto nelle case di alcuni amici. Tutti erano decisi a fargli conseguire il dottorato. Avrei dovuto avere degli istinti suicidi per oppormi. Sono stato zitto e ho lasciato che le cose andassero per la loro strada. Del resto, se le dicessi che me ne vergogno, mentirei."

Papadakis sta per balzare dalla sedia: Stefanidis se ne accorge e gli rivolge l'ennesimo sorrisetto ironico.

"Se fosse entrato alla scuola di polizia ai tempi in cui io studiavo ancora, le avrebbero chiesto un certificato di buona condotta, giovanotto," gli dice. "Dopo la dittatura, l'attestato di buona condotta è stato abolito, sostituito da un certificato – ufficioso ovviamente – che testimoniava una condotta progressista. E la specialità di Theologhis era proprio la distribuzione di attestati di condotta progressista. Per questo ha fatto carriera così rapidamente."

"Ma... la commissione non è intervenuta?" chiede Papadakis.

"La commissione era decisa a fargli ottenere il dottorato. Di conseguenza, non si è neanche data la pena di leggere la tesi." Trae un respiro profondo e si volta verso di me. "Theologhis era, nella migliore delle ipotesi, un mediocre accademico, signor commissario. La sua forza non era negli studi, ma nelle organizzazioni politiche e studentesche che lo seguivano e lo appoggiavano. Alla facoltà di Giurisprudenza non si muoveva una foglia senza il suo benestare."

"Quindi, se aveva tanti sostenitori, non è possibile che non avesse anche dei nemici," osservo.

"Certo che ne aveva, ma nessuno osava dichiararsi pubblicamente. Tutti temevano di scontrarsi con il movimento politico che rappresentava." Mi guarda con aria compiaciuta, in attesa di una mia risposta; poi, dato che non reagisco, continua: "La gente crede che l'università sia il tempio della scienza, signor commissario," dice, e mi tornano alla mente le parole di Loukia. "Certo, lo è, ma come in ogni altro tempio, i sacerdoti si spartiscono le vesti. Solo che all'università non si tira a sorte. Prevalgono le alleanze dubbie, le compravendite e gli interessi di parte."

"Tuttavia non possiamo escludere la possibilità che qualcuno tra coloro che non osavano dissentire pubblicamente, alla fine abbia agito nell'ombra e l'abbia ucciso," commento.

"Se davvero è successa una cosa del genere, vi compatisco."

"E per quale motivo?"

"Perché non parlerà nessuno. Nonostante gli odi, le inimicizie e gli interessi contrastanti, rendere pubbliche vicende sporche viene considerata un'empietà da quelle persone. Se ci pensa, abbiamo anche un proverbio: 'Non dir male di casa tua, perché ti crollerà addosso'. Di conseguenza, temo che finirete per andare a sbattere contro un muro di silenzi e omissioni."

Non posso dire che quell'affermazione mi abbia reso felice, ma mi tocca ammettere che ha ragione. Devo trovare qualcuno che abbia abbandonato l'università, preferibilmente che sia stato espulso o qualcosa del genere, per riuscire a vederci un po' più chiaro.

"Ma c'è una domanda che mi tormenta, signor commissario," mi dice Stefanidis.

"Dica, professore."

"All'università, sino alla fine della dittatura dominava la destra. Del resto, era così in tutto il sistema dell'istruzione pubblica. Com'è possibile che gli studenti che sono usciti dalle nostre aule siano finiti per la stragrande maggioranza nelle file della sinistra?"

Adesso tace, forse perché si aspetta da me una risposta, o forse perché neppure lui sa cosa dire.

"Talvolta mi consolo pensando che, anche se siamo di destra, almeno non abbiamo sottoposto i nostri studenti a un lavaggio del cervello. Talaltra mi dico che forse sono diventati di sinistra in reazione ai nostri insegnamenti e per opporsi alla dittatura. Ma è molto probabile che siano vere entrambe le ipotesi: opposizione a noi e resistenza alla dittatura. Immagino che anche Marx – di cui, per altro, rifiuto *in toto* le teorie – lo spiegherebbe in questo modo."

Sono venuto per indagare su Theologhis e finisco a disquisire su Marx... Alla Scuola di polizia, ai tempi della giunta militare, nessuno ci aveva mai parlato dei suoi lavori. Tutti ci dicevano, compreso Zisis, che i comunisti volevano distruggere la patria. E adesso Marx si vendica, costringendo Stefanidis a citarlo, mentre Zisis smentisce le dicerie dei simpatizzanti della giunta militare. Come dicono i vecchi, il risultato è che ero venuto per prendere della lana, ma ci ho rimesso anche il maglione.

"Le dirò un'altra cosa, per cercare di essere assolutamente equo nei confronti di Theologhis," aggiunge Stefanidis, che evidentemente ha preso l'abbrivio e non può essere fermato da nessuno. "Lui ha fatto in modo di restituirmi il favore. Mi ha sempre sostenuto e, quando ho avuto problemi con gli studenti che mi attaccavano per le mie idee politiche, li ha subito messi a tacere."

Detto questo, si alza, per farci capire che l'incontro è terminato.

"Le auguro buona fortuna, signor commissario. Ne avrà bisogno, perché il compito che la attende è davvero molto gravoso."

"Mi scusi, signor commissario, ma lei lo fa apposta?" mi chiede Papadakis mentre torniamo all'autopattuglia.

"Che cosa?"

"Mi porta con sé per insegnarmi a condurre un'indagine, e poi tutti quelli che sembravano persone serie e istruite si rivelano dei presuntuosi incapaci, tipo il professor Theologhis."

Non faccio in tempo a rispondergli, perché vengo bloccato dalla radio dell'autopattuglia.

"Messaggio per il commissario Charitos. Abbiamo appena ricevuto una telefonata anonima. Una voce maschile ha detto: 'Avvertite il commissario Charitos che Dimos Lepeniotis si trova in un negozio tra la Acharnòn e la Maghnisias, e lo sta aspettando'."

Non mi serve riflettere per capire che è arrivata la terza vittima. E la cosa peggiore è che l'assassino ormai mi avverte direttamente: questo significa che mi ha preso di mira e vuole giocare al gatto con il topo.

"Chiama Koula e chiedile di informarsi su chi fosse questo Lepeniotis," ordino a Papadakis. "E che avverta subito la Scientifica e il medico legale."

"Noi che facciamo?"

"Corriamo all'angolo tra la Acharnòn e la Maghnisias. Chiedi a Dermitzakis di mandare subito un'autopattuglia dalla stazione di polizia della zona e di attenderci lì."

Pane. Istruzione. Libertà. Il primo era il proprietario di

un'impresa edile che lavorava con gli immigrati clandestini: e questo spiega il "pane"; il secondo era un professore universitario: e qui c'è l'"istruzione" – ma la "libertà" a chi e che cosa si riferisce? A un uomo politico? A qualcuno compromesso con la dittatura? A un militare?

Questa domanda mi perseguita per tutto il tragitto fino alla Acharnòn.

28

All'angolo tra la Acharnòn e la Maghnisias c'è un altro negozio chiuso, l'ennesima attività fallita che abbiamo incontrato percorrendo la strada. La vetrina lurida è tappezzata di manifesti di vario genere: un poster di una cantante albanese, quello di una svendita di alimentari polacchi, un altro di un supermarket di prodotti orientali. L'edificio ha un solo piano, sopra il negozio c'è un'abitazione.

Sul marciapiedi antistante, un nugolo di persone di ogni razza e provenienza conversa a bassa voce. L'autopattuglia è parcheggiata davanti alla porta d'ingresso, che appare socchiusa. Non so se l'abbiano trovata così, oppure se sia stata aperta da Dimitriou e dalla squadra della Scientifica, giunti sul luogo prima di noi.

La vittima è a terra, supina, esattamente in mezzo al negozio. Dubito che qualcuno potrà riconoscerla, dato che l'assassino ha sparato a bruciapelo in pieno volto: il cervello ha imbrattato il pavimento, alcuni frammenti sono schizzati fino al muro di fronte. Per il resto, il corpo è intatto. Lo spettacolo è agghiacciante anche per me, che dovrei essere ormai reso insensibile dalle decine di cadaveri che ho visto in tutta la carriera. Da quanto riesco a vedere, la vittima deve avere una sessantina d'anni.

Papadakis dà un'occhiata al cadavere, poi corre verso l'ingresso, si piazza sulla soglia e comincia a respirare a pieni polmoni.

"È una fortuna che l'assassino ci abbia fornito il nome della vittima, perché è impossibile che qualcuno la riconosca," mi dice quando rientra.

Dimitriou sbuca dall'altra estremità del negozio e mi si avvicina.

"La porta era aperta o l'hanno aperta i tuoi uomini?" gli chiedo.

"Era chiusa a chiave, ma l'abbiamo forzata facilmente. È una serratura standard, niente di particolare."

Lascio vagare lo sguardo nello spazio intorno a me: il locale è piuttosto grande. Il pavimento in legno, simile a quello di molti negozi dei primi anni del dopoguerra, è lurido e disseminato di cartacce; numerose assi sono rotte in più punti, e bisogna fare attenzione a non inciampare. Non ci sono mobili, a parte alcuni scaffali su un muro, e le pareti e il soffitto sono coperti di ragnatele. È probabile che sia chiuso da diversi anni.

Stavròpoulos entra nel negozio e si dirige verso di me.

"Stammi un po' a sentire: gliel'hai chiesto tu di sparare a bruciapelo?" mi stuzzica.

"Sta' a sentire tu, Stavròpoulos. Siamo in un casino totale: ci mancano solo le tue battute di pessimo gusto e le tue lamentele," gli rispondo brusco, perché sono davvero al limite.

Fa un balzo all'indietro, perché non si aspettava una replica del genere. Senza rispondere, si infila i guanti in lattice e si china sul corpo, ma non fa quasi in tempo a sfiorarlo con un dito che parte il solito messaggio.

"Qui Politecnico..." Segue lo slogan che ho già sentito le altre volte e che non mi interessa perché aspetto con impazienza la conclusione, che arriva ben presto: "Pane. Istruzione. Libertà. Libertà, per noi, è l'emigrazione."

"Sembra che stavolta abbia avuto fretta di chiamare," commenta Dimitriou.

"Perché non ha un contatto visivo. Negli altri due casi, le vittime erano in uno spazio aperto e potevano essere tenute d'occhio. Qui, all'interno di un negozio con la vetrina sudicia e ricoperta di manifesti, non può vedere cosa accade. Quindi ha chiamato al buio, dopo aver visto entrare Stavròpoulos."

Quest'ultimo messaggio mi offre un elemento nuovo, che non avevo considerato fino a questo momento. Per quali persone l'emigrazione rappresenta l'unica libertà? Per i giovani: sono loro che emigrano perché non trovano lavoro nel paese. Fino a oggi abbiamo cercato il colpevole nella stessa generazione delle vittime: qualcuno che avesse una qualche ragione per vendicarsi di Demertzìs e di Theologhis. L'ultimo messaggio, invece, ci dice che le cose potrebbero essere diverse: è possibile che il killer non sia un coetaneo degli assassinati, ma un giovane disperato che si sta vendicando della generazione del Politecnico perché la ritiene responsabile delle sue difficoltà.

Ma chi ha sempre odiato la generazione del Politecnico? Gli estremisti di destra. A queste persone la generazione del Politecnico fa lo stesso effetto di un panno rosso sventolato davanti al muso di un toro. Una tale ipotesi ci spinge ulteriormente verso la teoria di Gonatàs, quella cioè sulla matrice terroristica di estrema destra.

Lo chiamo subito al telefono e lo informo degli sviluppi.

"Hai ragione," commenta, dopo aver ascoltato il mio riepilogo dei fatti. "La parte finale del messaggio, 'Libertà, per noi, è l'emigrazione', mi fa pensare ai giovani disoccupati, e i miei sospetti cadono naturalmente su quanti di loro appoggiano o fanno parte dei gruppi estremisti di destra."

"Ciononostante, non hanno ucciso Lepeniotis per caso: affinché l'ipotesi abbia senso, anche l'ultima vittima dovrebbe aver svolto un qualche ruolo negli anni passati: un ruolo per il quale oggi potrebbe essere messa sotto accusa."

"Scoprirò di cosa si occupava e ti informerò al più presto," mi dice.

Mi è sempre stato molto difficile intendermi con Stathakos, il predecessore di Gonatàs, mentre con lui la collaborazione è rapida ed efficace.

La connessione tra gli omicidi comincia a fare capolino nella mia mente. Demertzìs utilizzava degli immigrati per le sue opere edilizie. Chi sostiene che gli immigrati rubano il pane ai greci? Gli estremisti di destra. Theologhis aveva creato una vera e propria rete clientelare attraverso le organizzazioni politiche studentesche e i circoli giovanili. E, di nuovo, gli estremisti di destra sono quelli che, all'università, si trovano fuori dai giochi. La stessa dinamica vale anche per il lavoro: gli estremisti di destra possono facilmente attribuire il dissesto economico, e quindi la disoccupazione, alla generazione del Politecnico. Da qualunque punto di vista li si osservi, i tre omicidi conducono sempre agli estremisti di destra.

Quando il cervello mi si rimette finalmente in moto, le idee si accavallano una all'altra. Lascio Sotiròpoulos e Dimitriou al loro lavoro ed esco dal negozio con Papadakis. C'è ancora molta gente radunata davanti, che discute dell'accaduto.

"C'è qualcuno tra voi che conosceva Dimos Lepeniotis?" chiedo.

"Io," esclama una donna sulla sessantina, mentre altre tre mani si alzano contemporaneamente.

Avvicino la donna e lascio gli altri tre a Papadakis.

"Dove posso rivolgerle qualche domanda?" le chiedo.

"A casa mia."

La donna abita in una palazzina a due piani in via Maghnisias, a tre numeri civici di distanza dalla scena del delitto. Mi conduce al secondo piano.

"Ho affittato il primo piano a dei greci di origine russa," mi spiega, scuotendo la testa. "Sembra che questa casa sia stata costruita per accogliere profughi ed emigranti."

"Qual è il suo nome, signora?"

"Eleni Tsombànoglou. La mia è una famiglia di profughi provenienti dall'Asia minore."

La spiegazione è superflua. Basta guardarsi intorno per capire in un attimo che si tratta di una casa di profughi. È tutto vecchio, a partire dall'arredamento: il tavolo di legno, le sedie con lo schienale impagliato, i tavolinetti da caffè accanto alle poltrone, la vetrina con qualche pezzo di argenteria... Ciò che mi colpisce di più, però, sono i ricami e i centrini, disseminati quasi ovunque: ce ne sono sul tavolo, sullo schienale e sui braccioli del divano e delle poltrone, sui tavolini, e sono diversi uno dall'altro. Quest'enorme varietà di ricami sembra coprire ogni superficie della stanza, come se la donna a un certo punto della sua vita avesse cominciato a realizzarli a ripetizione con l'intento di andare avanti fino alla morte.

Lei nota la mia perplessità e sorride.

"Quelli che vede sono i centrini appartenenti a due differenti generazioni, signor commissario: quelle di mia nonna e di mia madre. Io ho interrotto la tradizione perché, avendo scelto di studiare, non avevo tempo."

"Che cosa ha studiato?"

"Mi sono laureata in Letteratura Inglese. E mi sono guadagnata da vivere insegnando nelle scuole serali."

"Come ha conosciuto Lepeniotis?"

"Da bambini, eravamo vicini di casa. Abbiamo frequentato le elementari insieme. Il negozio in cui l'hanno ucciso era di suo padre: vendeva tessuti, lenzuola, federe, coperte, asciugamani e biancheria per il bagno e la camera da letto. Noi del quartiere andavamo a far compere dal signor Lepeniotis. Era molto amato, dolce, sempre con il sorriso sulle labbra; quando qualcuno aveva dei problemi economici, poteva contare sulla sua disponibilità. Dimos ha studiato grazie a quel negozio."

"E lui cosa ha studiato?"

"Si era iscritto a Economia. A dir la verità, non ho mai ben capito perché il signor Lepeniotis insistesse tanto per far studiare il figlio, dato che intendeva affidargli il negozio quando lui sarebbe stato troppo vecchio per occuparsene. Immagino che volesse che il figlio si laureasse comunque, anche se il titolo di studio non gli sarebbe mai servito. A quell'epoca, la laurea era come una specie di assicurazione sulla vita. Ma Dimos poi ha preso un'altra strada..."

"Vada avanti."

"Prima si è unito alla resistenza contro la giunta militare. Poi è entrato nel PASCHE, il sindacato socialista. Non aveva la testa e tantomeno la voglia per stare in negozio."

L'attività sindacale di Lepeniotis forse spiega il suo omicidio e la parte finale del messaggio. I sindacati si occupano del lavoro, e il collegamento con i disoccupati è evidente. Allo stesso tempo, tramite l'opposizione alla giunta militare, l'omicidio si ricollega anche alla generazione del Politecnico.

"Sa dove posso trovare il padre?"

"È morto. Prima se n'è andata la signora Stavroula, sua moglie, e dopo un anno si è spento anche lui. Poverino, è crepato con un gran dolore: sapeva che il figlio disprezzava il negozio che aveva assicurato una vita dignitosa a tutta la famiglia e gli aveva permesso di studiare. Quando è morto il padre, Dimos ha affittato il locale a un nostro amico che vendeva mobili. Ma la crisi ha messo a terra anche la sua attività e l'ha costretto a chiudere. Da allora il negozio è vuoto. Degli asiatici volevano prenderlo in affitto per installarvi un minimarket di prodotti orientali, ma Dimos non ha voluto, per timore che un giorno sparissero lasciandogli un cumulo di debiti da pagare. Ha atteso che un qualche commerciante greco fosse interessato, ma aprire un negozio in via Acharnòn oggi sarebbe un vero e proprio suicidio."

La signora Tsombànoglou è una benedizione divina per un poliziotto: non c'è bisogno neanche di fare le domande: una volta che ha preso l'abbrivio, non la ferma più nessuno.

"Sa che lavoro faceva Dimos Lepeniotis?"

"Quando ha lasciato il sindacato, ha ottenuto un posto nell'amministrazione pubblica, ma non saprei dirle di cosa si occupasse esattamente… Vede, Dimos non veniva più nel quartiere. Finché i suoi erano in vita, passava ogni tanto a trovarli: portava anche suo figlio, perché i nonni erano sempre contenti di vedere il nipote. Poi, quando i genitori sono morti, non ha più avuto motivi per tornare da queste parti."

"Era sposato?"

"Sì, ma si era separato. Le malelingue dicono che la moglie abbia preso il figlio e sia scomparsa, ma nei quartieri se ne dicono tante... Spesso c'è molta invidia per chi ha fatto fortuna altrove. Per cui è quasi impossibile distinguere la verità dalle dicerie."

Non ho altro da chiederle. Mi alzo e la saluto cordialmente.

"La ringrazio, signora Tsombànoglou, mi è stata molto utile."

"Forse non meritava di finire ammazzato come un cane," commenta, quando siamo sulla soglia. "Sì, è vero, si dava un sacco di arie... Capitava che venisse invitato a qualche programma televisivo, e io lo vedevo, gonfio come un tacchino, che faceva dichiarazioni sulla situazione politica e discuteva con i ministri. Mio padre, quando era ancora in vita, ogni volta che lo vedeva in televisione gli faceva un gestaccio con la mano e gli dava del fanatico. Comunque, non meritava una morte come questa."

Il trittico è completo anche da questo punto di vista, penso, mentre scendo le scale: nessuno dei tre era un uomo simpatico – né Demertzìs, né Theologhis, né tantomeno Lepeniotis.

Faccio ritorno al negozio per sapere da Stavròpoulos l'ora del decesso, ma Papadakis mi blocca all'ingresso.

"C'è un testimone oculare."

"Dell'omicidio?"

"No. Ma ha visto Lepeniotis entrare nel negozio con un uomo."

"Andiamo."

Svoltiamo l'angolo ed entriamo in un bar, due portoni più in là. In fondo allo stanzone, un tizio sulla cinquantina siede davanti a un caffè. Papadakis fa le presentazioni e io mi accomodo di fronte ad Arghiris Nikòpoulos, il testimone.

"Dimmi che cosa hai visto, esattamente," gli chiedo.

"Sono disoccupato da un anno. Prima lavoravo in un'azienda che produceva parquet, ma ha chiuso e sono rimasto senza lavoro. Per fortuna, posso vivere a casa dei miei genitori, così non ho un affitto da pagare."

Visto che ha evaso la domanda diretta, decido di prenderla alla larga. "E dov'è la casa dei tuoi?" gli chiedo.

"In via Maghnisias, proprio davanti al negozio di Lepeniotis. Poiché soffro di insonnia, ogni mattina, verso le sei, mi piazzo alla finestra a guardare la gente che passa per strada. È un gioco, serve ad ammazzare il tempo. Cerco di indovinare chi, tra i passanti, ha un lavoro e chi no, dal modo in cui cammina e si muove. Stamattina ho visto Lepeniotis insieme a un tizio."

"Ricordi che ore erano?"

"Non ho guardato l'orologio, ma il mio turno alla finestra comincia verso le sei, come le ho detto. Avevo anche già bevuto il primo caffè, per cui saranno state le otto, otto e mezzo al massimo."

"E cosa facevano Lepeniotis e il suo accompagnatore?"

"Conversavano davanti al negozio."

"Non stavano litigando?"

"No, no. Chiacchieravano in maniera amichevole."

"Bene. E dopo, che cosa hanno fatto?"

"Lepeniotis ha aperto il negozio, sono entrati e si sono chiusi la porta alle spalle."

"Potresti descrivermi il suo accompagnatore?" chiedo a Nikòpoulos, mentre dentro di me prego la Vergine che sia un buon osservatore.

"Dovevano essere all'incirca coetanei. Il tizio era più basso di Lepeniotis e aveva la barba e i capelli brizzolati."

"Com'era vestito?"

"Portava un giaccone. Al resto non ho fatto caso."

"Ti ricordi di averlo visto andar via?"

"No, perché nel frattempo sono andato a bere un altro caffè."

Sarebbe stata una vera fortuna se avesse visto anche il momento in cui l'accompagnatore della vittima se ne andava. La pista degli estremisti di destra era ancora valida, anche se il tizio che Nikòpoulos aveva visto con Lepeniotis non era né un giovane né un palestrato con il cranio rasato, ma un uomo del tutto normale, sui sessant'anni, con barba e giaccone – niente che possa far pensare a un fanatico neofascista.

Ogni volta che individuo una pista, ecco che arriva un elemento nuovo a mettere in crisi il teorema. I messaggi e la scelta delle vittime fanno pensare al terrorismo di estrema destra, ma l'assassino di Lepeniotis non c'entra nulla. A meno che i neofascisti non utilizzino un killer differente per ogni omicidio: d'accordo, in qualunque mercato rionale greco puoi comprarti un'arma, kalashnikov compresi, però gli assassini prezzolati non si trovano esattamente a ogni angolo di strada. Almeno non ancora.

Ordino a Papadakis di accompagnare Arghiris Nikòpoulos in Centrale per verbalizzare la deposizione e di convocare Dermitzakis e Koula per battere il quartiere in cerca di altri testimoni: magari si trova qualcuno che ha visto l'accompagnatore di Lepeniotis andare via.

Torno al negozio. Stavròpoulos ha finito e mi aspetta.

"L'omicidio dev'essere avvenuto tra le sette e le dieci del mattino," mi comunica. "Sarò più preciso dopo l'autopsia."

"Abbiamo un testimone oculare che ha visto la vittima entrare nel negozio con il suo assassino tra le otto e le nove."

"Benissimo. I tempi sono coerenti. Il resto lo troverai nella relazione," aggiunge freddamente, con l'evidente intenzione di sottolineare il proprio risentimento.

Non gli do corda, e chiamo di nuovo Gonatàs per informarlo del testimone.

"Devo mandare all'aria le tue teorie."

"Perché?" mi chiede.

"Perché l'assassino non sembra proprio un estremista di destra."

"E questo cosa vuol dire? Forse stanno solo cercando di depistarci. Così come utilizzano lo slogan del Politecnico, potrebbero aver ingaggiato un killer che ha l'aspetto di un ex appartenente alla Resistenza."

Le sue parole mi provocano reazioni contrastanti. Da un lato, mi viene da prendermela con me stesso per non aver pensato a una soluzione così semplice; dall'altro, però, sono contento perché la teoria principale può ancora reggere.

"Abbiamo recuperato anche gli altri dati su Lepeniotis," riprende Gonatàs.

"Dimmi tutto."
"Lavorava all'Ente per l'Edilizia Scolastica, ma solo per incassare lo stipendio. Il suo impiego principale era un altro."
"Vale a dire?"
"Era membro del Consiglio Direttivo dell'ADEDY, il sindacato dei dipendenti pubblici."
Ah, andiamo bene, mi dico. Un imprenditore di successo, un accademico di successo e un sindacalista di successo. Tutti morti ammazzati, con l'accompagnamento del messaggio di Radio Politecnico.
Dico a Papadakis di comunicare all'ADEDY che abbiamo bisogno di parlare con qualcuno di loro riguardo all'omicidio di Lepeniotis. Nel frattempo sono arrivati Koula e Dermitzakis e hanno cominciato a setacciare il quartiere.
Prima di procedere, telefono a Mània e le riferisco a grandi linee tutte le informazioni che abbiamo raccolto intorno all'assassino.
"E cosa vuole da me, esattamente, commissario?" mi chiede.
"Innanzitutto sapere se gli elementi che abbiamo in mano e il *modus operandi* utilizzato ti fanno pensare a degli estremisti di destra; in secondo luogo, se è coerente con la loro ideologia e la loro tattica utilizzare per gli omicidi un killer mascherato da ex resistente."
Mi dice che ci rifletterà e mi darà un parere. Io decido di dirigermi alla seda dell'ADEDY e poi all'Ente per l'Edilizia Scolastica.

29

Ora che ho abbandonato la Seat nel garage della Centrale, come i genitori poveri di una volta, che erano costretti ad affidare le loro figlie alla Casa della Giovane, comincio ad apprezzare i vantaggi del muovermi con l'autopattuglia. A sirene spiegate, Papadakis ha impiegato solo dieci minuti per raggiungere gli uffici della ADEDY.

Prima di lasciare il luogo del delitto, sono riuscito a comunicare a Ghikas gli sviluppi. Un imprenditore, un professore universitario e un dirigente sindacale: la preoccupazione di Ghikas cresce di giorno in giorno, e teme che la situazione possa precipitare da un momento all'altro. In preda all'ansia, si è assunto il compito di informare personalmente i vertici dell'ADEDY del mio arrivo, per fare in modo che il Consiglio Direttivo sia preparato a rispondere alle mie domande.

Me ne rendo conto appena entro negli uffici: un uomo sulla quarantina percorre a grandi passi un corridoio con un'espressione angosciata negli occhi. Appena ci vede, si avvicina velocemente.

"Buongiorno, signor commissario. Venga, la stavamo aspettando." Per tutto il tragitto, continua a borbottare: "Oh, che tragedia... Che tragedia!"

L'uomo ci conduce in una grande stanza quasi completamente occupata da un enorme tavolo rettangolare attorniato da poltrone. Dev'essere la sala-riunioni del Consiglio Direttivo. Alle pareti sono appese fotografie, bandierine del sindacato e altri *memorabilia* assortiti.

Quattro uomini sono in piedi intorno al tavolo. Tra il più giovane e il più anziano ci sono oltre dieci anni di differenza. Ciò che li unisce è l'umore: sembrano tutti affranti.

"Si sieda, signor commissario," mi dice uno di loro che si presenta come Velisaridis. "Può raccontarci che cosa è successo?"

Fornisco un rapido riepilogo dei fatti e degli elementi che abbiamo raccolto. Del resto, fino a questo momento non abbiamo nulla da nascondere.

"Si è fatto qualche idea su chi potrebbe essere l'assassino?" mi chiede Velisaridis.

"Non siamo ancora arrivati a questo punto. È molto probabile che l'omicidio di Lepeniotis abbia una qualche relazione con altri due assassini che l'hanno preceduto: quello di un imprenditore edile e quello di un professore universitario. Ma non abbiamo ancora elementi sufficienti per confermarlo."

"Voi poliziotti non sapete fare altro che gettare lacrimogeni sulla gente alle manifestazioni," mi aggredisce il più giovane della compagnia. "Per il resto, brancolate sempre nel buio."

Papadakis si volta verso di me. Aspetta una mia reazione. "Sono il capo della Squadra Omicidi," rispondo tranquillamente. "Non dirigo i Nuclei Antisommossa. Se preferite discutere di lacrimogeni e manifestazioni, invece che dell'assassinio del vostro collega, chiamerò il signor

Espèroglou, che comanda i MAT, affinché possiate parlarne. Io me ne vado, perché ho altro da fare."

"Dài, Iorgos, non ricominciare sempre con la solita storia. Se il tuo partito è particolarmente infuriato per la storia dei lacrimogeni, può andare a lamentarsi dal capo dei Nuclei Antisommossa, te l'ha detto anche il commissario," replica Velisaridis, evidentemente irritato. Il giovanotto, sotto gli sguardi di disapprovazione degli altri, non replica.

"L'omicidio di Dimos Lepeniotis è il terzo di una catena di assassini che presentano le stesse caratteristiche," spiego, mentre ci sediamo. "Per questo, la mia prima domanda non riguarda il presente della vittima, ma il suo passato. Dimos Lepeniotis apparteneva alla generazione del Politecnico?"

"Ovviamente," mi risponde un tizio con la barba. "Non so se abbia partecipato all'occupazione del 1973, ma di certo era un dirigente del PAM, il Fronte Patriottico Antidittatoriale."

Comincio pian piano a farmi un'idea di come si è sviluppata la generazione del Politecnico, che assomiglia molto a una gerarchia ecclesiastica. Se nella Chiesa inizi da diacono e, se va bene, diventi vescovo, nella gerarchia della generazione del Politecnico inizi come semplice resistente e poi diventi imprenditore, professore universitario o dirigente di un sindacato. Con la differenza che, nella scala gerarchica del Politecnico, si sale molto più rapidamente che in quella ecclesiastica.

Poiché Dimos Lepeniotis completa il trittico del Politecnico, sono costretto a porre le solite domande, anche se sono già sicuro che riceverò le medesime risposte.

"Per caso, sapete se c'erano dissapori o inimicizie che, dai tempi della Resistenza, sono arrivate fino a oggi?"

"Siamo seri, signor commissario!" insorge il barbuto. "Chi vuole che rivanghi qualcosa risalente a quarant'anni fa! D'accordo, c'è la crisi economica, siamo tornati alla dracma, ma pensare che tutto ciò abbia ridato vita ai vecchi contrasti politici mi sembra francamente esagerato."

La risposta alla domanda sul passato della vittima è sempre su questo tono, pressoché identica a quelle che ho ricevuto per Demertzìs e Theologhis, e quindi passo ad analizzare il presente.

"Bene. Allora prendiamola da un'altra parte. Sapete se, di recente, Lepeniotis ha avuto dei contrasti, sul lavoro o nella sua attività di sindacalista, che lo hanno preoccupato o spaventato?"

Stavolta la risposta caustica proviene da Velisaridis.

"Nel nostro settore, gli scontri sono all'ordine del giorno, signor commissario. Ognuno di noi viene da un ramo differente, e rappresenta interessi diversi, partiti diversi, condotte politiche diverse. Di conseguenza, le contrapposizioni sono frequenti, e anche molto aspre. Tuttavia riusciamo sempre a superarle, e tale risultato si ottiene in due modi: con una soluzione di compromesso, accolta da tutti, oppure con il voto, nel qual caso vince l'opinione della maggioranza. Finché potremo disporre di queste due soluzioni, non penso che arriveremo mai ad ammazzarci tra di noi," conclude, con una punta di ironia.

"L'unico campo in cui potrebbe esserci qualche elemento interessante per le sue indagini, è la vita privata," dice il giovanotto che mi aveva provocato con la storia dei lacrimogeni.

"Le è sembrato preoccupato negli ultimi giorni? Era nervoso o angosciato?"

"Al contrario," risponde il barbuto. "Era molto contento, perché aveva trovato un greco che avrebbe affittato il negozio ereditato dal padre. Era sfitto da un anno e mezzo. All'inizio aveva cercato di venderlo, ma non aveva trovato un compratore, vista la crisi. Così aveva deciso di affittarlo, ma non voleva darlo a un immigrato: temeva che il locatario potesse scomparire da un giorno all'altro, lasciandogli dei debiti da pagare. Alla fine è spuntato questo tale, e Dimos era molto contento."

Quindi l'assassino si è presentato come possibile affittuario, una tattica semplice ed efficace. Lepeniotis l'ha portato a vedere il negozio, e quello l'ha ammazzato. Fin qui tutto quadra. La domanda più difficile riguarda il passo precedente. Come faceva l'assassino a sapere che Lepeniotis aveva un negozio da affittare in via Maghnisias? Doveva conoscere le vicende della sua famiglia, e questo vuol dire che forse c'era una qualche relazione tra loro, oppure che aveva fatto delle ricerche su di lui.

"Per caso, Lepeniotis vi ha comunicato il nome del probabile affittuario o vi ha dato qualche elemento per identificarlo?" chiedo ai presenti.

"No. Ci ha semplicemente detto che avevano fissato un appuntamento per vedere il negozio," risponde il barbuto.

A dire il vero, non è detto che Lepeniotis conoscesse il nome del suo assassino, altrimenti ne avrebbe parlato. Se non ha fatto il nome della persona al barbuto, deve aver conosciuto il suo assassino quando si sono incontrati la prima volta per vedere il negozio.

"Crede che il probabile locatario possa essere l'assassino?"

"Non lo escludo, almeno come prima ipotesi," rispondo sinceramente. "Abbiamo tre vittime appartenenti alla generazione del Politecnico, ma non riusciamo a comprendere il movente del killer."

"Non c'è molto da capire," interviene un cinquantenne con i baffi, che indossa una camicia a righe e un pullover rosso. "Se hai le mani in pasta da anni, è normale che quando arriva la crisi qualcuno avrà qualche buon motivo per vendicarsi."

"Va bene, Thomàs," replica irritato Velisaridis. "La generazione del Politecnico ha avuto le mani in pasta, ma voi del sindacato degli insegnanti non avete di che lamentarvi, pur non avendo lottato allo stesso modo contro la giunta. Vuoi forse sostenere che siete puliti? E va bene, non avrete avuto le mani in pasta, ma qualche briciola – briciole piuttosto consistenti, a dire il vero – l'avete ricevuta anche voi."

"I due schieramenti che hanno affondato la Grecia litigano per stabilire chi l'ha spinta più a fondo," osserva ironicamente il giovanotto.

"Ah, certo, voi invece siete con il popolo," ribatte inviperito Thomàs. "Per questo avete rovesciato il proverbio popolare."

"Quale proverbio popolare?"

"Quello che una volta diceva: 'Quando si mangia, stiamo insieme; quando marciamo, ognuno per sé', e che ora invece recita: 'Quando si marcia, andiamo insieme; quando si mangia, ognuno per sé'."

Ormai la discussione non verte più sull'assassinio di Leperiotis e si è trasformata in un litigio aperto. Mi appare chiaro che non caverò nient'altro dalla conversazione. E poiché questo genere di confronto politico non mi interessa, mi alzo per andarmene.

"In ogni caso, vi consiglio di non lasciar trapelare ciò di cui state discutendo," consiglio ai presenti, mentre mi avvio, seguito a ruota da Papadakis.

"Non si preoccupi, sappiamo bene come difendere l'autorevolezza dell'ADEDY," mi tranquillizza Velisaridis.

"L'autorevolezza dell'ADEDY è affar vostro, ma se questo genere di accuse dovessero diventare di pubblico dominio potremmo avere presto una quarta vittima. E, a me, tre morti bastano e avanzano."

Esco senza salutare. Papadakis mi segue in silenzio, ma quando arriviamo all'autopattuglia, non riesce a trattenersi.

"Insomma, è questa la generazione del Politecnico?" mi chiede.

"Non domandarlo a me, Papadakis, perché non lo so. In quel periodo, prima ero alla scuola di polizia e poi montavo la guardia negli scantinati della Centrale. Per me, la generazione del Politecnico erano i comunisti che volevano condurci tra le braccia dell'Unione Sovietica. Questo dicevano i nostri superiori. Ora so ciò che sai anche tu."

"Finisce sempre tutto a schifio, signor commissario," commenta filosofeggiando Papadakis. "Ideali, lotte, rivendicazioni... Alla fine, si tratta sempre e solo di una cosa... *Vanitas vanitatum*... Tutto è vanità!"

Mi sa che è il caso di spedirlo da Adriana per una specializzazione in motti, proverbi e citazioni. Il ragazzo ha stoffa...

Gli dico di dirigersi alla sede dell'Ente per l'Edilizia Scolastica, per indagare sul lavoro di Lepeniotis.

Quando ci presentiamo mostrando i tesserini, veniamo spediti al secondo piano. Entriamo in una stanza con quattro scrivanie: tre sono vuote, alla quarta siede una donna sulla quarantina con la testa quasi infilata nel monitor del computer.

Ci sente entrare e ci accoglie con uno sguardo fuggevole e indifferente. Papadakis le spiega chi siamo e perché ci troviamo nel suo ufficio. Lei risponde solo: "Ah."

"Non avete saputo che Lepeniotis è stato ucciso?" le chiede Papadakis.

"Certo. L'abbiamo saputo."

"E la cosa non vi ha colpito?" Il mio aiutante è perplesso.

La donna finalmente lascia perdere il computer.

"L'unica cosa che mi colpisce è che ho ancora un lavoro, in questo paese," risponde. "Mi colpisce il fatto di riuscire a pagare la scuola serale per mio figlio. Mi faccio il segno della croce tutti i giorni per ringraziare il cielo che i miei genitori possono ancora vivere con la loro pensione, seppure tagliata e svalutata. Tutto il resto, non mi colpisce più."

"Ci servono delle informazioni su Lepeniotis," intervengo io.

La donna si alza e chiude la porta.

"Volete sapere la verità, oppure volete sentirvi dire com'era bravo il collega Lepeniotis?"

"La verità," risponde prontamente Papadakis.

"Bene, allora dobbiamo trovare un altro posto per parlare. Qui dentro non ho alcuna intenzione di aprir bocca: anche i muri hanno orecchie."

"Capisco. Allora la convocheremo alla Centrale in via ufficiale," le dico. "Come si chiama?"

"Vasilikì Petroianni."

"Signora Petroianni, entro oggi stesso riceverà il mandato di comparizione: la aspetto domani mattina in Centrale per la deposizione."

"Benissimo," mi risponde la donna, con un sorriso.

Il suo atteggiamento fa nascere in me una certa aspettativa. Spero di non venir deluso.

30

Koula mi chiama sul cellulare per avvertirmi della presenza di un nutrito gruppo di giornalisti che aspettano il mio arrivo.

"Se vuole evitarli, è meglio che non venga," mi dice.

Il mio primo istinto è quello di seguire il suo consiglio e scomparire. D'altro canto, però, *destinum fugi non posset*: se non mi presento ora, domani mattina me li ritroverò di nuovo in ufficio, e vorrei scongiurare questa eventualità perché dovrò interrogare Vasilikì Petroianni, e sarebbe anche peggio. Inoltre devo incontrare Ghikas per aggiornarlo sulle novità.

"Digli che sto arrivando," annuncio a Koula.

Com'era prevedibile, li trovo al solito posto, cioè nel corridoio. Appena esco dall'ascensore, vengo assalito dalle domande.

"Signor commissario, prima un imprenditore, poi un professore universitario, e adesso un sindacalista. Ho l'impressione che la faccenda vi sia sfuggita di mano..." attacca la solita giornalista secca.

"Il caso è complesso, come sempre quando abbiamo a che fare con assassini che agiscono solitari," le rispondo tranquillamente, mentre soffoco la voglia di mandarla al diavolo, perché mi fa venire un tremendo nervoso. "Abbiamo raccolto una serie di elementi, ma non sono ancora sufficienti per individuare l'omicida. Le indagini continuano."

"E mentre le indagini continuano, è molto probabile che ci troveremo a piangere nuove vittime," commenta Merikas, il sostituto di Sotiròpoulos. Ha l'aria di uno che non piangerebbe proprio per niente e per nessuno, eccezion fatta per la sua ambizione personale.

"Ritiene possibile che gli omicidi siano opera di un'organizzazione terroristica di estrema destra?" mi chiede il giovanotto che indossa solo una maglietta sia in estate sia in inverno.

"In questo momento, tutte le ipotesi sono al vaglio, e non escludiamo nulla."

Cerco di non rivelare particolari, perché potrei fornire involontariamente preziose indicazioni all'assassino.

"In ogni caso, non potete escludere altre vittime," insiste Merikas.

"Se lo chiedesse al suo predecessore, il signor Sotiròpoulos, le spiegherebbe che, finché un'indagine è in corso, in ogni momento possono esserci nuovi, spiacevoli sviluppi. Per questo facciamo del nostro meglio per chiudere il caso al più presto."

Noto che Merikas non prende bene il riferimento a Sotiròpoulos, la massima autorità tra i giornalisti di cronaca giudiziaria, prima che andasse in pensione. Mi accorgo anche che la cronista secca gli lancia un'occhiataccia, condita da un sorrisetto ironico.

Mi sforzo di chiudere qui la conversazione, perché non ho voglia di sorbirmi anche i battibecchi tra i giornalisti.

"Non ho altro da dirvi, per adesso," concludo. "Se ci saranno degli sviluppi, verrete informati."

"Non ha altro da dirci o non vuole farlo?" mi chiede la bassetta con i collant rosa.

"Non ho altro da dirvi. Le indagini si trovano al punto in cui vi ho detto."

Osservo i reporter che si allontanano e penso che ho fatto bene a liberarmene oggi. Quando recupero la tranquillità, chiamo Koula e Dermitzakis.

"Avete trovato qualcosa?" gli chiedo.

"Niente, signor commissario," mi risponde Dermitzakis. "Quasi tutti gli abitanti della zona conoscevano Dimos Lepeniotis, ma stamattina non l'hanno visto. Con gli immigrati è stato tutto un: 'Non so', 'Non ho visto'. Solo un tizio ci ha detto che gli aveva chiesto di prendere in affitto il negozio per installare un minimarket di prodotti orientali, ma Lepeniotis gli ha risposto seccamente che non lo affittava."

"C'è un'altra cosa, che risale a cinque minuti fa, come dicono anche i giornali in rete," aggiunge Koula.

"Cioè?"

"Hanno chiamato dalla clinica Yghìa e mi hanno detto che possiamo interrogare la Demertzì. Ma dovremmo prima prendere accordi con il medico curante, la dottoressa Fokidou."

Mi precipito al telefono e, per mia buona fortuna, lei è ancora in clinica.

"Sono il commissario Charitos, dottoressa. Ci hanno comunicato che possiamo interrogare la signora Demertzì."

"Sì, ma solo una persona, e per non più di mezz'ora. Preferibilmente dopo le undici, quando il giro di visita dei medici è terminato. E la prego di passare prima nel mio ufficio, così le dirò a che cosa deve badare particolarmente."

Riattacco strafelice. Un vero colpo di fortuna.

"Trovami l'indirizzo della moglie del figlio di Lepeniotis," chiedo a Koula.

"Solo cose difficili, eh, signor commissario?" replica, ridendo.

Ora non mi resta che fare rapporto a Ghikas. Chiamo la sua segretaria e le dico che ho urgenza di vederlo insieme a Gonatàs.

Ghikas è inquieto e scuro in volto.

"Questa storia è diventata un grosso problema, e le indagini non fanno neanche mezzo passo avanti," sbotta, appena ci sediamo. "Le reti televisive stanno facendo la fortuna del killer. Non parlano d'altro. Persino il ministro, per quanto si dedichi solo all'ordinaria amministrazione, se n'è interessato e mi ha chiesto se ci sono novità."

Ringrazio silenziosamente Adriana che ha posto l'embargo alla televisione, così non vedo i notiziari e non mi faccio il sangue amaro.

"Allora, ci sono novità?" chiede Ghikas, con l'aria di uno che sta affogando e cerca un appiglio qualsiasi in mezzo al mare.

"Qualcosa si muove," risponde Gonatàs. "Ora siamo in grado di affermare che gli omicidi sono probabilmente opera di terroristi di estrema destra, anche se finora non abbiamo alcun sospetto."

"E finché non l'avremo individuato, ci scaricherà addosso qualche altro cadavere," commenta Ghikas con evidente delusione.

"Non penso che ci saranno altre vittime," intervengo.

"E come fai a esserne tanto sicuro?"

"Ah, ho capito," esclama Gonatàs. "Il messaggio..."

"Quale messaggio?" chiede Ghikas, che non sembra molto presente.

"Quello che dice: 'Pane. Istruzione. Libertà'," gli rispondo. "L'omicidio di Demertzìs corrispondeva al 'Pane'; quello di Theologhis all''Istruzione'; e quest'ultimo, l'uccisione di Lepeniotis, alla 'Libertà'. Ora che il messaggio è completato, non dovremmo avere altre vittime."

Ghikas trae un sospiro, a metà tra l'insofferenza e il sollievo.

"Speriamo che tu abbia ragione."

"C'è un'altra buona notizia. Ci hanno comunicato che la moglie di Demertzìs può essere interrogata. Domani vado a sentirla."

"Anche da lì può venir fuori qualcosa," commenta Ghikas.

Lo lascio con il morale un po' risollevato e decido di raggiungere a razzo lo studio di Caterina. Se la mia giornata continua così, ora di stasera potrei persino venire a sapere qualcosa di interessante da Mània.

La tentazione di tirar fuori la Seat dal garage è grande, ma la domino con un *Vade retro Satana!* e prendo l'autobus. Dalla Centrale devo cambiare due mezzi sia per arrivare a casa sia per raggiungere l'ufficio di Caterina, il che è piuttosto fastidioso, ma mi convinco che devo farci l'abitudine.

Trovo Caterina sommersa dai fascicoli.

"Sono venuto per vedere Mània," le dico. "Le ho chiesto un favore."

"La trovi nel suo studio."

"Bene. Non ci sono trasmissioni oggi? Avete sospeso la programmazione? Tua madre sarà disperata..."

Scoppia a ridere.

"Oggi il programma lo conduce Uli."

Resto di stucco. "Uli ha imparato il greco?"

"No, il programma è in tedesco. Abbiamo pensato che farà bene ai crucchi ascoltare un connazionale che parla della Grecia, e non soltanto i loro corrispondenti, i loro diplomatici e i due terzi della Troika."

"Complimenti, è davvero un'ottima idea," esclamo, entusiasta.

"È stata una proposta di Uli. Anzi, ha anche invitato tutti i suoi amici ad ascoltare e a pubblicizzare il programma. Il miglioramento delle relazioni tra Grecia e Germania passa attraverso l'amore," conclude, ridendo.

"Ci hai messo un po', ma hai trovato un uomo d'oro," dico a Mània, appena entro nel suo studio.

"Cosa vuole che le dica, signor Charitos? Un tempo, appena conoscevo qualcuno, per prima cosa cercavo di scovarne i difetti. Ma in Uli non trovo niente di sbagliato. Certo, prima o poi qualcosa di storto glielo scoverò, ma per adesso sono basita: è perfetto."

La risata che segue è la miglior prova della sua felicità. D'un tratto, ritorna seria e recupera il tono professionale.

"Ho studiato gli elementi che mi ha fornito."

"E quindi?"

"Non posso escludere del tutto gli estremisti di destra, ma le possibilità sono poche, commissario."

"Spiegati."

"Gli estremisti di destra picchiano, spaccano, devastano, ma non ragionano, signor Charitos. E invece, dietro questi delitti c'è l'elaborazione di un pensiero. Collegare lo slogan di Radio Politecnico, e in particolare il trittico 'Pane. Istruzione. Libertà', a tre omicidi richiede un lavoro intellettuale che non si addice agli estremisti di destra."

"Pensi che i responsabili siano giovani?"

"Non lo so. È chiaro che si vuole cancellare l'esperienza del Politecnico, e questo fa pensare a dei giovani, ma potrebbe anche trattarsi di persone di quella stessa generazione, magari deluse o ribelli. Di sicuro, però, è gente colta, dotata di un pensiero politico. Qualcosa che gli estremisti di destra non hanno, lo sa bene, signor Charitos. Identificano la politica con il disastro e non vanno oltre."

"Ti ringrazio, Mània," le dico. "Mi sei stata, come sempre, di grande aiuto."

"Non l'ho aiutata. Anzi, forse le ho fornito un altro grattacapo," mi risponde seria. "Per gli estremisti di destra è facile spaccare tutto, ma anche per noi risulta semplice attribuire loro responsabilità che non hanno. Noi, per loro, siamo i traditori e loro, per noi, il capro espiatorio per ogni nefandezza. Ma non è sempre così."

In effetti, le riflessioni di Mània mi mettono in difficoltà, e non piaceranno neanche a Gonatàs. Del resto, però, anche lui aveva dei dubbi.

Caterina e io decidiamo di fare una passeggiata fino a casa. Per tutto il tragitto non fa che pensare alla sorpresa che avrà sua madre quando sentirà Uli che parla in tedesco alla radio, ed è tutta contenta.

"Mi scuserai se ti ho fatto scarpinare," le dico quando arriviamo davanti al portone di casa. "Ma ormai è deciso: dobbiamo fare economia!"

“Posso dirti una cosa, ora che siamo soli? Tempo fa, mi dava fastidio essere la figlia di uno sbirro, specialmente durante i primi anni di università. Ho sofferto tanto, perché molti compagni quasi mi evitavano.”

“E adesso?” le chiedo.

“Adesso sono orgogliosa di te, papà. Perché hai avuto pazienza e non hai mai fatto alcuna pressione su di me. E hai saputo sempre indicarmi chi avrebbe potuto aiutarmi.”

Per concludere la sviolinata, mi schiocca un bacio sulla guancia.

Mi viene voglia di salire gli scalini di casa a cinque a cinque, ma il condominio è dotato di ascensore, e un greco che si rispetti, lo prende sempre. A pensarci bene, quello che ci ha rovinati è stato un ascensore troppo rapido.

31

La prima persona che incontro al mattino arrivando in Centrale è la signora Vasilikì Petroianni, che mi aspetta in piedi davanti al mio ufficio.

"È mattiniera, signora Petroianni," le dico, appena si siede davanti alla mia scrivania.

"Ho chiesto un permesso per venire a testimoniare. In effetti, avrei potuto prendermi tutta la giornata libera, ma preferisco sbrigarmi e tornare in ufficio."

"Avete molto lavoro?" le chiedo.

"No. È per via dei licenziamenti, signor commissario. Fino a un anno fa, noi impiegati pubblici eravamo sicuri di non correre il rischio di ritrovarci in mezzo a una strada. Ci concedevamo il lusso di compatire quei poveri disgraziati che venivano licenziati nel settore privato. Ma, da quando la situazione ha iniziato a peggiorare di giorno in giorno, i freni sono saltati anche nel settore pubblico, e ora da noi i licenziamenti non si contano più." La donna si fa il segno della croce. "Per fortuna, dopo la morte di Dimos, sono rimasta da sola nell'ufficio, e sarà difficile licenziarmi. Siamo arrivati al punto che si gioisce per le disgrazie altrui, signor commissario," conclude con un sorriso amaro.

“Da quanti anni Lepeniotis lavorava nel suo ufficio?”

“Da tre anni. Ma ‘lavorare’ è decisamente una parola grossa: Dimos era un sindacalista, e i sindacalisti, nel pubblico impiego, non lavorano. Il loro compito consiste soltanto nel difendere gli interessi e i diritti dei lavoratori.”

“Quindi non svolgeva alcuna mansione d’ufficio?”

“Vuole che le racconti la sua giornata-tipo? Allora, quando arrivava al mattino aveva due possibilità: la prima era aggirarsi per le scrivanie, chiacchierando con i colleghi, per poi raggiungere l’ufficio del direttore, che era un suo amichetto di partito. Di solito, le conversazioni con il capo vertevano sui personaggi che voleva far assumere dall’ente o su quelli che voleva, invece, far eliminare. L’altra opzione consisteva nell’andarsene a un certo punto della giornata, con la scusa che aveva del lavoro da sbrigare all’ADEDY. E fin qui, non avrei nulla da dire: in effetti, la maggior parte dei sindacalisti si comportano così. Dimos, però, faceva ben altro.”

“Ossia?”

“Arrivava al mattino e timbrava il cartellino. Poi usciva e tornava la sera, verso le nove, per timbrare la fine della giornata di lavoro. La differenza tra l’ora di uscita e quella della fine dell’orario di lavoro standard gli veniva retribuita come straordinario.”

“Quanti tra di voi erano a conoscenza di queste cose?”

“Tutti. Dall’ultimo dei fattorini fino al direttore. Tutti. E nessuno osava aprir bocca, perché non voleva avere guai con Dimos. Poteva danneggiarti; poteva farti trasferire in un altro ufficio; poteva farti togliere gli straordinari. E poteva perfino inserirti nell’elenco dei licenziabili. Per questo, stavamo tutti zitti e lavoravamo a testa bassa.”

Se Lepeniotis conosceva il suo assassino, la situazione che mi descrive la Petroianni indurrebbe a cercarlo tra i colleghi. Qualcuno voleva vendicarsi e l'ha ammazzato. Però, secondo gli elementi che abbiamo raccolto finora, Lepeniotis non conosceva il suo assassino.

"Sappiamo che Lepeniotis era separato dalla moglie. Può dirmi qualcosa in più?"

La donna scuote la testa, con rammarico.

"Povera Anna, e povero Lefteris, il figlio. Il ragazzo è cresciuto da solo con la mamma, signor commissario. Dimos non aveva tempo né per la moglie né per il figlio. Il partito e il sindacato erano tutta la sua vita: non gli restava tempo per la famiglia. A un certo punto Anna ne ha avuto abbastanza, ha preso il figlio e se n'è tornata dai suoi, a Halkida."

A questo punto sembra esitare, ma poi si decide a continuare:

"Meglio che lo sappia da me. Anna era una mia amica, signor commissario. Eravamo compagne di università a Giurisprudenza. È stata lei a presentarmi a Dimos per farmi assumere nel settore pubblico. Quando si sono separati, Dimos se l'è presa con me. Era convinto che fossi stata io a spingerla a lasciarlo, ma non era vero. Semplicemente Anna non ne poteva più: ha dato le dimissioni dallo studio legale in cui lavorava e si è trasferita a Halkida con il figlio Lefteris."

"Sa come possiamo metterci in contatto con lei? È una formalità, ma dobbiamo farle alcune domande."

"Le do il numero del suo cellulare. Le dica pure che l'ha avuto da me, non c'è problema. Di cognome fa Dermiri: Anna Dermiri."

Prendo nota del numero. So che la signora Petroianni non mi condurrà al killer. Tuttavia le sue informazioni completano il panorama generale della vicenda, non solo per quanto riguarda le vittime, ma anche per l'assassino. Ormai sappiamo, senza più alcun dubbio, che il nostro uomo non ha scelto a caso chi colpire. Ha preso di mira delle persone che hanno lottato contro la giunta militare e poi hanno approfittato di quella battaglia, l'hanno capitalizzata, come direbbe Kyriakos Demertzìs.

Non appena la signora Petroianni se ne va, telefono alla signora Dermiri e mi presento.

"Avrà sicuramente saputo che il suo ex marito è stato assassinato," le dico.

"L'ho saputo, signor commissario."

"Siamo costretti a farle qualche domanda. Capisce, è una formalità..."

"Vasilikì le avrà detto che abito a Halkida, poco fuori Nea Lampsako. Possiamo fare in due modi: o lei viene qui, oppure io posso recarmi alla stazione di polizia di Halkida. Mi dica cosa preferisce."

"Preferisco interrogarla di persona. Domani."

"Bene. In questo caso, quando arriva a Nea Lampsako chieda di casa Dermiri. La conoscono tutti e potranno indicargliela."

La signora Dermiri riattacca, senza aspettare la mia replica. Del resto, mi sta bene così, perché ho fretta di correre alla clinica per parlare con la moglie di Demertzìs.

Mi avvio con l'autopattuglia, ma stavolta prendo con me Dermitzakis. Chiedo al ricevimento di indicarmi lo studio della dottoressa Fokidou. La donna è una quarantenne di altezza media, con un paio di occhiali e il camice d'ordinanza. Vede che sono accompagnato e si irrita all'istante.

"Le avevo spiegato, mi pare, che la signora Demertzì dev'essere interrogata solo da una persona."

"Io aspetterò fuori," dichiara Dermitzakis, ed esce dallo studio.

"Come le ho detto al telefono, le concedo mezz'ora al massimo," mi comunica la Fokidou. "E la prego di rispettare questo limite."

"Non si preoccupi. Mezz'ora sarà più che sufficiente."

"Inoltre, le chiedo di non esercitare alcuna pressione se si rifiuta di rispondere a qualche domanda: le sue condizioni sono molto instabili, e anche la minima emozione potrebbe nuocerle."

La dottoressa è inflessibile nelle sue richieste.

"Mi adeguerò alle sue indicazioni," la rassicuro.

"Ieri suo figlio è venuto a farle visita. L'ha trovato in buone condizioni e di umore relativamente sollevato, e questo l'ha aiutata. Venga, la accompagno nella sua camera."

Sono contento che Kyriakos mi abbia preceduto, sia perché avrà risollevato il morale della madre, sia perché immagino che l'abbia preparata psicologicamente alla mia visita, dal momento che era a conoscenza del fatto che intendevo interrogarla.

"Olga, il commissario Charitos vuol farti alcune domande," comunica la dottoressa alla Demertzì, appena entriamo nella camera. "Non rimarrà per molto, ma se ti stanchi, chiedigli pure di andarsene."

Poi ci saluta con un cenno del capo e si ritira.

La moglie di Demertzìs è seduta nel letto con una serie di giornali sparpagliati intorno. Doveva avere almeno dieci anni meno del marito, e l'elemento che mi colpisce subito è la somiglianza con il figlio: Kyriakos è pressoché identico alla madre.

"Cercherò di non stancarla, signora Demertzì," le dico, per instaurare un clima rilassato.

La donna reagisce con un pallido sorriso.

"I medici pensano che la crisi che mi ha colpito sia dovuta alla morte di Makis. Ma si sbagliano."

"E qual è stata la causa, allora?" le domando.

"L'enorme errore che ho commesso quando ho cercato di rimettere in piedi la mia famiglia: è stata questa la causa. Alla fine, Kyriakos se n'è andato di casa, e io e Makis non eravamo più una coppia, e quindi neanche una famiglia." La donna trae un sospiro e deglutisce: sembra che stia cercando di mandar giù l'amarezza. "È tutta colpa mia se mio figlio è finito in carcere, signor commissario."

Provo ad alleggerire la sua pena.

"Non è piacevole stare in carcere, questo è scontato. Kyriakos, però, è molto amato, in particolare dai detenuti più giovani: dà lezioni, li aiuta come può. Forse esagero, ma ogni volta che gli ho fatto visita, non mi è sembrato infelice."

"Neanche a me, e questo è una grande consolazione. Quando gli ho domandato cosa mangia, mi ha risposto che il cibo non è un problema. E quando gli ho chiesto se gli servono dei soldi, o se posso spedirgli dei generi alimentari, mi ha detto che non può fare lezione e aiutare gli altri detenuti e poi mangiare cibi costosi spediti dalla madre."

Ogni volta che lo vedo o sento parlare di lui, cresce la stima che nutro per Kyriakos Demertzìs. Ora, però, devo tornare all'interrogatorio.

"I problemi sono iniziati con la relazione extraconiugale di suo marito?" le chiedo, anche se mi affretto a tranquillizzarla, dicendo: "Se preferisce, può anche non rispondere a questa domanda."

Si prende il viso tra le mani, come se volesse tenere le emozioni sotto controllo.

"Le risponderò," mi dice tranquillamente. "Vuole sapere della relazione extraconiugale di mio marito? In realtà, non è stata una relazione vera e propria. Makis non era innamorato di quella ragazza. Come, del resto, non è mai stato innamorato di me. E non amava neanche Kyriakos. Mio marito era innamorato solo di una persona."

"E chi sarebbe costei?"

"Non era una donna. Era se stesso. Makis era innamorato di se stesso. Era innamorato della sua lotta contro la giunta, del suo successo come imprenditore; amava il potere che scaturiva dalle sue conoscenze e dalle sue relazioni. Questo era il suo grande amore, ed è stato l'unico vero amore della sua vita. Tornando a quella ragazza, l'ha lasciata con la stessa facilità con la quale, in seguito, è tornato a casa. Né l'amante né la moglie né il figlio avevano per lui una particolare importanza. Gliel'ho detto: il suo amore era un altro."

Queste parole mi svelano un altro elemento comune tra le tre vittime: il narcisismo. Demertzìs, Theologhis e Lepeniotis si compiacevano della loro lotta alla dittatura e dei successivi trionfi. Se Papadakis mi chiedesse che cos'è oggi la generazione del Politecnico, gli risponderei che è la generazione del narcisismo assoluto.

La signora Demertzì distende entrambe le braccia sul letto e inizia a lisciare la coperta.

"L'unico che l'ha capito è stato Kyriakos," continua. "Sa cosa mi ha detto quando gli ho comunicato che suo padre sarebbe tornato a casa? 'Ti sei scavata la fossa con le tue mani. Ma io non ho alcuna intenzione di finirci dentro insieme a te.' Il giorno dopo se n'è andato."

"Sa che ha rifiutato l'eredità?"

"Sì, me ne ha parlato ieri. 'Non voglio nulla da quell'uomo,' mi ha detto. Io però non ho intenzione di imitarlo, signor commissario. Gli immobili e i depositi bancari mi assicureranno una vita tranquilla. E, in fondo, me lo merito," aggiunge, con un'improvvisa nota di cinismo.

"Cosa può dirmi riguardo alla ditta di suo marito?" le chiedo.

"Nulla. Non so nulla della Domotechnikì. Nulla dei suoi maneggi e nulla dei suoi affari. Niente di niente. Non mi parlava mai di queste cose. So solo che c'era una persona di cui aveva paura. Molta paura. Forse era l'unica persona che temeva veramente."

"Di chi si tratta?" le chiedo, mentre dentro di me sento squillare un campanello d'allarme.

"Un certo Iannis. Ma non mi chieda il cognome. Non lo conosco, e non l'ho mai visto. So solo che un giorno ha chiamato a casa e, alla fine della telefonata, Makis ha detto, come se parlasse tra sé: 'E questo da dove salta fuori?' Dopodiché, non mi ha più detto nulla, ma da allora questo Iannis si è rifatto vivo spesso. Ogni volta che Makis gli parlava, cercava in ogni modo di calmarlo. E poi, quando aveva finito la conversazione, sembrava turbato: si attaccava al telefono e chiamava una decina di persone."

"Non le ha mai detto chi era?"

"No. E io non l'ho mai visto né è mai venuto a casa. Telefonava sempre di sera, quando Makis tornava dall'ufficio. Capivo dalla sua agitazione che lo temeva. Doveva essere qualcuno della sua generazione. Almeno, era questa l'impressione che ne avevo dai brandelli di conversazione che riuscivo ad ascoltare."

Bene. Abbiamo fatto un altro passo avanti. Cerchiamo un certo Iannis, di cui non conosciamo nient'altro che il nome. Un ago nel pagliaio, insomma. Però ricordo che cosa mi ha detto Nikòpoulos: che la persona che aveva visto insieme a Lepeniotis era un suo coetaneo. Poteva essere questo Iannis? Non è che mi stia sbagliando e che, in realtà, Lepeniotis conosceva il suo assassino?

Guardo l'orologio. Sono trascorsi venticinque minuti e non voglio che la signora Demertzì si affatichi.

"Kyriakos mi ha detto che l'avvocato che lo difende è sua figlia," mi dice, prima di salutarmi.

"Sì. E anche lei lo stima molto. Suo figlio è un ragazzo davvero speciale, signora Demertzì."

Per la prima volta la vedo sorridere.

"La ringrazio. Kyriakos è la mia unica consolazione."

Passo dallo studio della dottoressa Fokidou per annunciarle che ho finito.

"È stato di parola: una cosa assai rara in Grecia," mi dice.

Uscendo dalla clinica, mi torna in mente ciò che Caterina mi ha detto ieri sera. Penso che mia figlia possegga quello che Kyriakos non ha mai avuto, e mi sento molto orgoglioso per questo.

32

È più facile andare da Atene a Halkida che da piazza Omònia al quartiere di Menidi. La superstrada si intasa raramente e, dopo Malakasa, non si scende mai sotto i cento all'ora. Con l'autopattuglia, la velocità aumenta ulteriormente. Presso Halkida, il traffico diventa più sostenuto, ma Nea Lampsako dista ormai pochi chilometri, così arriviamo velocemente.

A quanto pare, siamo finiti nel paradiso degli *ouzerì* – le osterie e le taverne dove viene servito l'*ouzo* – perché il centro abitato sembra trarre sostentamento esclusivamente da questo genere di attività. Ci fermiamo al primo locale che incontriamo e chiediamo se sanno indicarci la strada per raggiungere casa Dermiri, ma il proprietario ritiene superfluo risponderci e solleva le spalle con totale indifferenza. Entriamo nella taverna successiva, e siamo più fortunati.

"Cercate Lefteris?" ci chiede un cliente, che ha ascoltato la nostra conversazione con il gestore.

"Sì, e sua madre, Anna Dermiri."

"L'ho immaginato, perché abbiamo saputo che Dimos Lepeniotis è stato assassinato. Prendete quella strada e uscite dal paese. La casa dei Dermiri è a cinquecento metri, sulla sinistra."

Le indicazioni si rivelano esatte, e troviamo molto facilmente l'abitazione dei Dermiri. È una casa colonica, come quelle costruite dalla prima generazione di profughi provenienti dall'Asia minore: un gran numero di essi si stabilirono a Nea Lampsako. Di fronte all'edificio c'è un grande orto coltivato; un furgoncino è parcheggiato davanti all'ingresso e un giovanotto sta zappettando l'orto.

"Cerchiamo la signora Anna Dermiri," spiego al ragazzo.

"Lo so. La mamma vi aspetta."

Capisco che stiamo parlando con Lefteris. Il figlio di Demertzìs è in carcere, la figlia di Theologhis si occupa di un centro di accoglienza e il figlio di Lepeniotis è diventato agricoltore. Tutti e tre si muovono il più lontano possibile dalle attività paterne.

Lefteris ci precede e ci apre la porta di casa.

"Mamma, c'è la polizia," annuncia.

La donna avrà circa cinquantacinque anni, indossa una gonna semplice e ha un grembiule legato in vita. I capelli sono bianchi e non ha un filo di trucco. Anna Dermiri è tornata alle radici contadine della sua famiglia e ha portato con sé il figlio.

"Ritorno alla natura," mi sussurra Dermitzakis, che probabilmente ha avuto il mio stesso pensiero.

"Posso offrirvi qualcosa?" mi chiede la donna, come se volesse darci una conferma delle sue origini contadine attraverso la proverbiale ospitalità della gente di campagna.

Se rifiutassi, lei probabilmente si offenderebbe, proprio come si sarebbe offesa mia madre, quindi ringrazio e dico che prenderò volentieri un caffè *metrio**, mentre Dermitzakis si accontenta di un bicchiere d'acqua.

Do un'occhiata intorno mentre aspetto il caffè. La cucina occupa una parte del soggiorno; ci sono un frigorifero sistemato a mo' di divisorio e una serie di scaffali che ospitano piatti e bicchieri. Accanto a questi, sta la classica vetrinetta con le tendine ricamate, come nelle case coloniche. Una porta chiusa deve condurre alle altre stanze della casa.

"Questa è la casa dei miei nonni," spiega Lefteris, anche se l'osservazione appare superflua.

La signora Dermiri ci serve il caffè e l'acqua, insieme a una composta di frutta candita, e si siede sull'unica sedia libera. La osservo, chiedendomi come un avvocato di Atene abbia potuto trasformarsi in una contadina di Halkida.

"La terra ti libera, signor commissario," mi dice, come se mi avesse letto nel pensiero. "È stata la prima cosa cui ho pensato quando ho deciso di prendere Lefteris e andarmene da Atene."

"Quanti anni sono passati da allora?"

Non ha molta importanza per le indagini: lo chiedo più che altro per iniziare la conversazione.

"Tre anni," mi risponde. "Lefteris aveva diciannove anni. Studiava giornalismo, ma ha abbandonato gli studi." Fa una breve pausa per lanciargli uno sguardo. "Mio figlio è diventato un agricoltore migliore di me. Ha imparato l'arte del nonno e non ha voluto occuparsi di nient'altro. Mio padre è morto un anno fa. Noi tiriamo avanti venden-

* In Grecia, esistono tre tipi di "metratura" per qualsiasi caffè: *gliko*, cioè caffè dolce; *metrio*, cioè normale; *skieto*, cioè amaro. Lo zucchero non viene messo dopo, ma durante la preparazione [*N.d.T.*].

do a buon prezzo i nostri prodotti biologici. La crisi non ci ha ancora toccati," mi spiega, con un sorriso.

Anch'io mi volto a guardare Lefteris. È un bel ragazzo, con il fisico robusto e le braccia forti. Si accorge che lo sto squadrando e mi sorride. Sembra a suo agio.

"Non ha più avuto contatti con il suo ex marito dopo la separazione?"

"Un giorno, lui si è assentato per partecipare a una riunione del partito e io ne ho approfittato: ho infilato in due valigie l'indispensabile, ho preso Lefteris, e ce ne siamo andati. Da allora, ho interrotto ogni rapporto con lui. Dimos, però, ha capito che avevo trovato rifugio nella casa dei miei ed è venuto per cercare di convincermi a tornare indietro. Ma si è reso subito conto che era fatica sprecata: gli è bastato vedermi vestita da contadina. Allora ha capito che era tutto finito."

"E cosa ha fatto?"

"È partito all'attacco. Mi ha detto che io potevo fare quel che volevo, ma non avevo il diritto di rovinare la vita di Lefteris. Mi ha proposto di prenderlo con sé, ma ho rifiutato. Ha anche minacciato di adire le vie legali, ma Lefteris era già maggiorenne. Proprio per questo avevo atteso: volevo che Lefteris fosse maggiorenne, altrimenti sarei andata via prima."

Fa una breve pausa, come se stesse decidendo se continuare o no.

"L'unica cosa che Dimos sapeva fare bene era aggredire e minacciare. Aggredire nei giornali di partito e del sindacato, e minacciare nei cortei e nelle manifestazioni; in televisione… non faceva altro che lanciare minacce. In questo modo ha costruito la sua carriera. Quegli attacchi finivano sempre con una trattativa e un compenso per il suo silenzio. Alcune volte si trattava di viaggi all'estero, altre di percentuali sui finanziamenti dell'Unione Europea, altre ancora di un posto per qualcuno dei suoi protetti."

"Quando ha capito che con la mamma non riusciva a spuntarla, si è rivolto a me," interviene Lefteris. "Mi ha detto che sarebbe stato un peccato se mi fossi rinchiuso in un paese 'in culo al mondo' – proprio così ha detto – buttando al vento la scuola." Scrolla la testa e sorride come se si fosse ricordato di qualcosa di molto divertente. "All'improvviso, si preoccupava per i miei studi. 'Perché dovrei diventare giornalista?' gli ho chiesto. 'Perché tu possa usarmi per farti bello in televisione, alla radio e sui giornali?' Mi ha detto che se avessi terminato gli studi all'Istituto Pàntio, avrei avuto un posto assicurato nell'ufficio-stampa di un ministero o di un ente pubblico. Quella conversazione è avvenuta qui fuori, nell'orto. A un certo punto, sono rientrato in casa e mi sono chiuso la porta alle spalle. Dopo quel giorno, non abbiamo parlato mai più."

"Andrai al funerale di tuo padre?" chiede Dermitzakis, improvvisamente.

La signora Dermiri si volta a guardare il figlio.

"No," risponde il ragazzo, senza esitazione. "Mio padre viveva con i suoi amici di partito e i suoi compagni di sindacato. Apparteneva a loro: a loro dava la vita, e loro lo seppelliranno."

Il problema, però, non è chi lo seppellirà, ma chi l'ha ammazzato. Le indagini hanno portato alla luce tutti i panni sporchi nelle vite delle vittime. Solo che con quei panni sporchi loro e le clientele hanno vissuto per anni, e non capisco chi possa aver sviluppato all'improvviso un olfatto così raffinato da non riuscire più a sopportarne il puzzo.

In mancanza di risposte, mi rifugio nella classica domanda:

"Signora sa se il suo ex marito aveva dei nemici?"

Anna Dermiri scoppia a ridere.

"Potrei indicarle subito tre diversi gruppi. Il primo è composto da un centinaio di individui che erano suoi avversari, nel partito o nel sindacato. Il secondo è probabilmente ancora più numeroso, ed è composto da coloro che hanno perso il posto nell'amministrazione pubblica perché scavalcati dai protetti di Dimos – i suoi amici, che dovevano essere sistemati prima di tutto: erano delle vere e proprie cavallette, e il loro numero cresceva di continuo. E il terzo è composto dalla generazione della Resistenza."

"Cosa intende dire con quest'ultima frase?" chiede Dermitzakis, rivelando il mio stesso dubbio.

"Mi spiego meglio. Per una decina d'anni, la generazione del Politecnico ha giocato senza avversari, signor commissario. In ogni settore, alla caduta della giunta, i resistenti si sono impossessati del potere: dalla politica ai sindacati, dalle cooperative agricole all'istruzione. Il loro predominio assoluto non poteva essere messo in discussione. Nel decennio successivo, però, si è formata una nuova generazione: una generazione che si è costituita in parte a immagine e somiglianza di quella del Politecnico. E quindi ha cominciato a reclamare la sua fetta di potere: da quel momento, sono nati gli scontri e gli odi. Tra questa gente potrete trovare tutte le altre persone che, se avessero potuto, avrebbero fatto del male a Dimos. E non avrete bisogno di cercare troppo a lungo, signor commissario..."

Ora gioca a fare la contadina, sì, ma ragiona da intellettuale. Indosserà pure una gonna spartana con sopra il grembiule, ma in mente non ha né raccolti né potature, bensì l'amarezza per la sua vita che è andata in malora e l'ha costretta a ricominciare da zero.

"Se non ha altre domande, io tornerei al mio lavoro," interviene Lefteris.

"Vai pure, grazie, con te abbiamo finito."

"Il nome Iannis le dice nulla?" chiedo alla signora Dermiri, dopo che il figlio è uscito.

Mi guarda con sorpresa.

"Intende dire Iannis Chalatsis?" mi chiede.

"Lo conosce?"

"Solo di nome. So anche che aveva telefonato a Dimos, ricomparendo pressoché dal nulla, e il mio ex marito era rimasto molto scosso da quella chiamata. Da allora, le sue telefonate erano diventate frequenti."

"Sa se erano amici?"

"Penso che si conoscessero da tempo, ma si erano persi di vista. Dimos cercava di capire le sue mosse tramite le telefonate che Iannis faceva anche ad altri vecchi amici e conoscenti. Quando gli ho chiesto il motivo di una tale preoccupazione, mi ha detto che Iannis era un fallito e odiava tutti quelli della sua generazione che, al contrario di lui, ce l'avevano fatta. 'Un fallito che odia qualcuno è sempre pericoloso. Non sai in che modo può decidere di colpirti,' mi disse. Poi me ne sono andata con Lefteris e non so come sia proseguita la faccenda. Del resto, ormai mi è indifferente."

Iannis ha ora anche un cognome, e ciò è positivo. Naturalmente, tra conoscere le generalità di qualcuno e rintracciarlo il passo non è breve: comunque, qualche progresso l'abbiamo fatto.

"La ringrazio, signora Dermiri. Mi è stata di grande aiuto."

"Le auguro di arrestare l'assassino, signor commissario. Anche se questo, per fortuna, non cambierà nulla nella mia vita né in quella del mio Lefteris."

L'animo della contadina si è rivelato nel modo in cui ha pronunciato "... del mio Lefteris".

Quando usciamo dalla casa, qualcosa balena all'improvviso nella mia mente e capisco a chi devo rivolgermi per saperne di più di Iannis Chalatsis.

33

Stavolta non devo fornire le mie credenziali al signor Zafiris. Mi dirigo direttamente nella zona arrivi e trovo Kazantzìs al solito posto, nelle poltrone di fronte al bazar. Ha una vecchia rivista aperta sulle ginocchia e ne sta sfogliando lentamente le pagine. Mi riconosce e mi saluta con un cenno del capo. Gli faccio cenno di avvicinarsi.

"Signor Kazantzìs, devo farle una domanda. Conosce per caso un certo Iannis Chalatsis?"

"Iannis? Certo che lo conosco. In verità, non lo vedo da molto tempo. Quando ho perso la casa, mi sono allontanato dalle mie vecchie conoscenze, e ho fatto nuove amicizie."

"Sa dirmi dove abita?"

"In una vecchia villetta sulla via Plapouta, a Petroupoli. Il numero, però, non lo conosco."

"Signor Kazantzìs, ho una certa urgenza di porle alcune domande, ma non voglio parlarle qui. Le chiedo di venire in Centrale. Non abbia timore, però, non ho intenzione di arrestarla: voglio semplicemente chiacchierare con calma, e il mio ufficio è il posto più tranquillo per farlo."

All'inizio, esita, e forse teme anche che, se si rifiutasse, potrei arrestarlo sul posto: di certo, non vuole storie in aeroporto.

"Mi lasci informare Zafiris," dice.

Prendiamo una scala mobile e raggiungiamo Zafiris, il quale si alza per salutarmi, stringendomi la mano. Kazantzìs gli sussurra qualcosa in un orecchio. Lo sguardo di Zafiris diventa inquieto, ma io lo tranquillizzo.

"Non si preoccupi. È solo una chiacchierata."

Percorriamo la strada a ritroso verso la Centrale con Dermitzakis al volante e Kazantzìs sul sedile posteriore.

"Che cos'è successo a Iannis?" mi chiede, con qualche esitazione.

"Nulla. Semplicemente, nel corso delle indagini abbiamo scoperto che conosceva le tre vittime, e ora vogliamo parlargli."

"Non è poi così strano che le conoscesse, come del resto conosceva anche me. Siamo tutti della stessa generazione, frequentavamo gli stessi ambienti, quantomeno durante la dittatura militare."

Non do seguito alla conversazione perché preferisco affrontare l'argomento dall'inizio e con metodo. Voglio farmi un'immagine il più possibile completa di Chalatsis prima di incontrarlo.

Quando arriviamo in viale Alexandras, conduco Kazantzìs direttamente nel mio ufficio insieme a Dermitzakis e gli offro un caffè. Aspetto che ne beva un paio di sorsi prima di entrare in argomento.

"Signor Kazantzìs, mi dica cosa sa su Iannis Chalatsis. Non le chiedo elementi per metterlo sotto accusa: voglio soltanto un quadro completo del suo amico."

"Che cosa vuole che le dica, signor commissario. Iannis è un disastro ambulante: in parte per colpa sua, in parte a causa delle circostanze. Al Politecnico è stato uno dei capi dell'occupazione. Aveva un talento organizzativo raro, tutto passava dalle sue mani. All'inizio, è riuscito a sfuggire agli sbirri, ma poi lo hanno preso a casa di un amico, a Thiva. Evidentemente qualcuno l'ha tradito, ma non abbiamo mai scoperto chi sia stato. Lui stesso, pur sapendolo, ha preferito tacere. La polizia militare l'ha torturato. Con la democratizzazione ha preso le distanze dal Politecnico, come me del resto, ma non si è fermato lì. Continuava a parlar male dei suoi vecchi compagni, li accusava di aver preso il potere e di averne approfittato per arricchirsi. Il risultato è che non ha più trovato lavoro. Era un ingegnere civile, ma lo licenziavano ovunque andasse a lavorare. Volevano costringerlo a tacere. Con molti sforzi, alla fine ha trovato un posto in un'impresa in Libia. Mentre era lì, sua moglie lo ha lasciato, si è presa il figlio e si è messa con un vecchio collega di università, di quelli che facevano e disfacevano a loro piacimento. Iannis, a quel punto, ha mollato il lavoro in Libia ed è ritornato di corsa in Grecia per convincerla a restare con lui, ma non c'è stato verso. Lei lo accusava di essere un incapace, un fallito. Gli rinfacciava che tutti i suoi amici si erano sistemati; gli diceva che lui, con tutte le sue conoscenze, avrebbe potuto permettersi di vivere alla grande, ma era un inetto e un testardo, e per questo non riusciva a ottenere nulla. E poi aveva aggiunto che non voleva comunque distruggere la sua vita per fargli un piacere. Il divorzio è stato il colpo di grazia. Da allora, non si è più ripreso. Questa è la sua storia."

Ed è la storia ideale perché qualcuno esca definitivamente di senno e si metta ad ammazzare la gente.

"Sa che cosa ne è stato della moglie?"

Si mette a ridere. "È stata ricompensata per averlo abbandonato. Avevano voluto mostrare a Iannis che, se fosse andato d'accordo con loro, avrebbe trovato tutte le porte spalancate, e quindi le hanno aperte alla sua ex moglie. Ora lei dirige un ente pubblico, o qualcosa del genere, e ha le mani in pasta dappertutto."

Kazantzìs sembra conoscere la vita di Chalatsis in tutti i suoi sviluppi. Questo significa che c'è il rischio concreto che lo avverta appena fuori dal mio ufficio, e che l'altro si renda uccel di bosco.

"Signor Kazantzìs, la vorrei pregare di rimanere ancora qualche ora qui," gli dico. "Non in stato di fermo, ovviamente, ma come semplice ospite."

"Che cosa intende dire?"

"Le voglio parlare apertamente. Iannis Chalatsis è suo amico. Lei conosce la sua storia e sa che ha molto sofferto. Non è escluso che ceda alla tentazione di informarlo di questo nostro colloquio. Noi, come potrà immaginare, non vogliamo che accada nulla del genere. Quindi le chiedo di rimanere con noi finché non entreremo in contatto con Chalatsis."

"Quindi Iannis è indiziato?" mi domanda Kazantzìs.

"Diciamo che, probabilmente, dispone di elementi che potrebbero esserci molto utili, e non vorremmo che scomparisse. La prego anche di consegnarmi il suo cellulare. Glielo restituiremo quando uscirà da qui."

"Ma quale cellulare, signor commissario? Le sembra che io possa permettermi un cellulare? Ho la tessera per il telefono pubblico, quella sì... Se non ci crede, può perquisirmi."

"Le credo, non si preoccupi."

Consegno Kazantzìs a Dermitzakis affinché lo conduca nell'ufficio degli assistenti. "Ordinate un pranzo per il signor Kazantzìs," gli dico. "Dato che lo tratteniamo per qualche ora, il minimo che possiamo fare è offrirgli un pasto."

Questo tranquillizza doppiamente il mio ospite. Innanzitutto perché lo rassicura sul fatto che non è in arresto, e poi perché finalmente potrà godersi un pasto decente, forse dopo molto tempo.

Appena sono usciti, telefono a Stella.

"Di' al capo che devo vederlo subito. È tremendamente urgente."

Quindi informo Gonatàs.

"Tra due minuti nell'ufficio di Ghikas. Ci sono sviluppi."

"L'abbiamo trovato?" mi chiede.

"Non è escluso."

Trovo Ghikas in piedi davanti alla scrivania di Stella.

"Se dovete dirmi cose sgradevoli, è meglio che ve ne ritorniate nei vostri uffici," ci annuncia, con l'aria dell'uomo che è arrivato al limite della sopportazione.

"Forse, invece, questa volta le notizie sono buone."

"Meno male. Allora, entrate."

Spiego a entrambi nei dettagli come siamo arrivati a Iannis Chalatsis.

"Anche in questo caso, è accaduto ciò che succede spesso. All'improvviso, dalla matassa fuoriesce un nome e tutto comincia a districarsi."

"Quante probabilità ci sono che Chalatsis sia l'assassino?" mi chiede Ghikas.

"Molte. Tutto fa presupporre che sia lui." Completo il rapporto con ciò che ho appreso da Kazantzìs. "Voglio un mandato di perquisizione per Chalatsis, ma mi serve subito. Ho trattenuto Kazantzìs per non permettergli di informarlo, ma non posso tenerlo qui per giorni. Altrimenti dovrei arrestarlo, e non ne ho intenzione."

Comunico a Ghikas i dati e l'indirizzo di Chalatsis, e lui si precipita al telefono chiedendo del giudice istruttore di turno.

"Quindi non erano gli estremisti di destra," commenta Gonatàs.

"No."

Mània ci ha visto giusto ancora una volta.

Ghikas torna con un sorriso che mi ricorda una vecchia pubblicità, il cui slogan recitava: "Buongiorno per tutto il giorno!"

"Ho l'autorizzazione verbale. Il giudice ha promesso di mandarmi il mandato entro un'ora. Buona fortuna," mi dice. Io esco di corsa dal suo ufficio.

Ghikas mi augura "Buona fortuna" una volta ogni cinque anni, ma adesso, nella situazione in cui siamo, forse sarebbe meglio che accendesse un cero alla Madonna.

Chiedo a Papadakis di preparare due autopattuglie, una per noi e una con quattro uomini di supporto. Dermitzakis si occuperà di avvertire la Scientifica. Mezz'ora più tardi arriva il mandato di perquisizione.

Il tragitto più sensato per arrivare a Petroupoli sarebbe quello di raggiungere Àghios Ierotheos attraverso via Thivòn e, da lì, prendere la Periklèous, ma non è un percorso semplice né breve – e le sirene spiegate stavolta non faciliterebbero le cose.

Giunti in zona, chiediamo a un edicolante dove si trova la casa di Chalatsis, e questi ci indica una villetta nei pressi di un edificio scolastico. È sporca e malmessa, con l'intonaco cadente e la metà degli scuri in pessime condizioni.

L'uomo che ci apre dovrebbe avere più o meno la stessa età delle sue vittime, ma dimostra una decina d'anni in più. Indossa un pullover macchiato e un paio di pantaloni lisi. I pochi capelli che gli restano sono bianchissimi.

"Iannis Chalatsis?" gli chiedo.

"Sì. Che cosa volete?"

"Signor Chalatsis, deve seguirci alla Centrale di polizia per un interrogatorio. Ma prima dobbiamo perquisire la casa. Abbiamo un mandato."

Lo estraggo e glielo mostro, ma lui non ci fa molto caso.

"Se volete cercare tra le mie macerie, fate con comodo," mi dice, tranquillo.

Entriamo tutti in uno spazio che assomiglia più a un deposito che a un'abitazione. Il pavimento è ricoperto da scatole e libri, sparpagliati dappertutto. Gli uomini della Scientifica cominciano la perquisizione, con la supervisione di Papadakis e Dermitzakis. Gli scatoloni sono pieni di fogli, alcuni fitti di appunti scritti a mano, altri dattilografati o stampati.

Chalatsis è tranquillo. Si è seduto sull'unica – e semisfondata – poltrona dell'arredamento e ha l'aria di divertirsi un sacco.

"Sbirraglia di nome e di fatto," commenta, scoppiando a ridere.

Io mi occupo della sua scrivania. I cassetti sono vuoti. Evidentemente gli risulta più facile buttare tutto sul pavimento o lasciarlo sopra la scrivania, perché il piano è coperto di carte. Le ammucchio tutte da una parte per spedirle al laboratorio, insieme agli scatoloni. Spunta una scatola più piccola delle altre, piena di appunti, gomme per cancellare, graffette. Sul fondo, trovo un paio di chiavi.

"Che cosa aprono queste chiavi?" gli chiedo.

Scrolla le spalle. "Non ne ho la più pallida idea. Sono lì da un tempo immemorabile. Magari erano dei miei genitori," risponde. "Non so che porta possano aprire. Quelle di casa mia, le ho in tasca."

Estrae dai pantaloni un altro mazzo di chiavi e me le consegna.

Le infilo in una tasca insieme a quelle rinvenute nella scatola. Il resto della perquisizione richiede un'ora scarsa, ma non porta a nulla: l'arma del delitto, la pistola calibro 9, non c'è.

"Signor Chalatsis, deve venire con noi in Centrale per essere interrogato," gli ripeto, perché ha l'aria di prendere il nostro intervento come una specie di gioco.

"Bah, non ho temuto la polizia militare, e non mi farete certo paura voi, mozzarelle. Andiamo," ribatte, e si alza, pronto a seguirci.

Ci infiliamo nell'autopattuglia e partiamo. Chalatsis è seduto dietro con me. Telefono a Koula e le dico di lasciar andare Kazantzìs. Lo faccio apposta davanti a Chalatsis per vedere come reagisce, ma non fa una piega: è come se non avesse neanche sentito. Continua a fissare la strada fuori dal finestrino, indifferente a tutto.

34

A questo punto, reputo opportuno interrogare Chalatsis in modo formale, quindi non lo conduco nel mio ufficio, ma nella stanza degli interrogatori. La mia speranza è che l'ufficialità della situazione crei in lui una sensazione di insicurezza e ciò lo "faccia cadere in contraddizione", per usare il linguaggio burocratico che, tradotto, vuol dire: "Si incasini di brutto." Con me ci sarà Koula: si occuperà di trascrivere la deposizione.

Chalatsis segue tutti i preparativi con grande interesse e continua a sembrare divertito.

"Torniamo per un istante nella democrazia, eh?" mi stuzzica, mentre Koula collega il suo computer alla presa della corrente.

"Se ne accorge solo ora?" ribatto a tono.

"Per questo, fa il formale e il compito," continua. "Quando mi interrogavano alla polizia militare, non c'erano né i computer né le deposizioni ufficiali. C'erano solo botte e sevizie, finché non vomitavi tutto. E una volta che avevi parlato, nessuno si preoccupava di farti firmare una deposizione ufficiale."

"È stato nelle celle dell'ESA?" gli chiedo per cominciare.

"Sì," mi risponde secco. "Sono stato ospite di quei signori per tre mesi."

"Come Demertzìs," faccio notare, *en passant.*

"E come molti altri," aggiunge lui, con indifferenza. "Solo che non tutti hanno ricevuto lo stesso trattamento."

Sento che l'interrogatorio vero e proprio può iniziare.

"Perché li ricattava, signor Chalatsis?"

"Chi?"

"Demertzìs, Lepeniotis. E, probabilmente, anche Theologhis, il professore di Diritto Penale."

"Così le hanno detto? Che li ricattavo?"

"Non me l'hanno detto loro perché, purtroppo, ci siamo conosciuti solo dopo che erano morti. Ma la moglie di Demertzìs mi ha raccontato che, dopo ogni telefonata che riceveva da lei, il marito era sconvolto. Cosa che mi ha ripetuto anche l'ex moglie di Lepeniotis."

La faccenda sembra piacergli, ne ride compiaciuto.

"Erano sconvolti, eh? Non vedevo le loro facce, ma potevo immaginarmele."

"Come faceva a ricattarli?"

Improvvisamente diventa aggressivo:

"Signor sbirro, perché dovrei dirglielo? Per quanto fossero delle merde, almeno non erano sbirri."

Lo osservo e concludo che questo Chalatsis è andato fuori di testa. Forse non è proprio da manicomio, ma queste reazioni improvvise, questi repentini cambi di umore lo situano ai limiti della follia.

"Potrebbe anche aver ragione, ma c'è una differenza," replico in tono amichevole.

"Una differenza? Sentiamo un po'..."

"Noi sbirri, come ci chiama lei, siamo prevedibili. Ci trovi dove e come ci aspetti. Voi, invece, siete arrivati pieni di paroloni, ma poi siete affogati nella merda."

"Giusto," esclama, e poi lo ripete. "Giusto! Ci ha preso, signor sbirro."

"Che cosa le hanno fatto?" gli chiedo. "Che cosa le hanno fatto? E perché li minacciava? Doveva essere molto arrabbiato con loro..."

"Non mi hanno mai lasciato in pace. Non mi facevano trovare un lavoro. Andavano da chiunque mi avesse offerto un posto e lo minacciavano di inserirlo nelle loro liste nere, per cui quello mi licenziava, e così stava tranquillo."

"Ma perché la perseguitavano, signor Chalatsis? Che cosa aveva fatto?"

"Gli sbattevo la verità in faccia. E gliela strofinavo sul muso come carta vetrata." La metafora gli piace, e la ripete: "Come carta vetrata, proprio così. Gli dicevo che erano diventati califfi al posto dei califfi. 'Avete mandato via i dittatori e la destra, e vi siete sistemati al loro posto. Siete diventati califfi al posto dei califfi': ecco, questo gli dicevo."

"E per questo ce l'avevano con lei?"

"Per questo, e perché non stavo zitto: ho continuato a sputtanarli sempre e comunque. Quando ho perso mia moglie e mio figlio, e mi sono trovato da solo, allora ho capito che andarsene in giro a sparar parole non porta da nessuna parte. Bisogna avere i dati, le prove. Quando sono tornato dalla Libia, ero sicuro che non avrei trovato lavoro altrove e ho cambiato settore."

"E cos'ha fatto?"

"Mi sono specializzato nella raccolta di dati e di prove." Dal tono che usa, mostra di essere molto orgoglioso di sé.

"Mi sono mantenuto con lavoretti infimi, e ho investito il mio tempo nella raccolta delle prove. Delle tre scatole che avete preso da casa mia, due sono piene di prove a carico di quella gente. Legga quei fogli, e vedrà che roba!" mi dice, e scoppia di nuovo in una risata sinistra, come un uomo convinto di essere intoccabile e di avere nelle proprie mani il destino degli altri.

"Quando ho raccolto abbastanza informazioni, ho cominciato a telefonargli. Nel periodo precedente ero sparito dalla circolazione, per fargli credere di essersi liberati di me. Ma quando ho cominciato ad accusarli di ciò che avevo scoperto, se la sono fatta sotto."

"Che elementi aveva scoperto a carico di Demertzìs?" gli chiedo.

"Demertzìs mi ha venduto alla polizia militare. Eravamo insieme all'università, insieme nella Resistenza, insieme nell'occupazione del Politecnico. Sapeva tutto di me. È stato lui a vendermi agli aguzzini. Petrakos lo conosce?"

"Sì, gli ho parlato un paio di volte. È il responsabile amministrativo dell'impresa di Demertzìs."

Chalatsis batte le mani entusiasta.

"Petrakos... responsabile amministrativo!" urla. "Dove ha studiato economia Petrakos? Alla London School of Economics?" Poi, all'improvviso, si fa serio. "Deve svegliarsi, signor sbirro. Petrakos era un torturatore. Demertzìs ha spifferato a lui il mio nome e quello di molti altri. Poi, quando la giunta è caduta, l'uno ha sostenuto l'altro. Demertzìs sapeva che Petrakos era un torturatore, e Petrakos sapeva che Demertzìs aveva inchiodato i compagni. Per questo hanno collaborato. Petrakos ha infilato Demertzìs nel pantheon degli eroici oppositori della dittatura e, in cambio, questi gli ha consentito di passarla liscia. Quanto al grande padre dei lavoratori, Lepeniotis, tra i miei appunti troverà le informazioni su tutte le aziende fittizie che ha impiantato con i suoi complici per spartirsi i fondi europei e quelli per il sostegno alle imprese. Lepeniotis arrivava sempre per primo. Gli altri dovevano accontentarsi delle briciole, proprio come fanno i disoccupati oggi."

"D'accordo, signor Chalatsis, ma se aveva tutti questi dati, perché non li ha resi pubblici? I giornalisti le avrebbero fatto un monumento."

A queste parole, balza in piedi, fuori di sé.

"Ma che sta dicendo, signor sbirro?" esclama. "Dovevo forse diventare un traditore, una spia? Io non ho mai tradito nessuno. Non ho parlato quando mi hanno torturato per tre mesi quelli dell'ESA, e pensa che avrei potuto iniziare a parlare ora?"

Koula ha smesso di trascrivere la deposizione e osserva ora Chalatsis, ora me. Alla fine, concentra la sua attenzione su di lui. È evidente che è di nuovo uscito dalla realtà.

"A ogni modo, non si riesce mai a fare una conversazione seria con uno sbirro. È una perdita di tempo."

Si alza e si dirige verso la porta, pronto ad andarsene.

"Purtroppo non può uscire di qui, signor Chalatsis," gli dico, in tono amichevole. "È trattenuto per la deposizione. Sarò io a dirle quando potrà andarsene."

Gli ci vuole qualche secondo per ritornare al presente. Dopodiché si volta e torna a sedersi. Gli lascio ancora qualche istante, perché si calmi completamente.

"Sarebbe stato meglio per tutti se avesse reso pubbliche le sue informazioni," gli dico. "Però, siccome non è un delatore, ha preferito ammazzarli. Dico bene?"

"Io... ammazzarli? Ma è impazzito? Vuole scaricarmi addosso tre omicidi, signor sbirro?"

"Non le voglio scaricare addosso un bel niente. Lei non voleva macchiarsi del marchio del delatore e ha trovato la soluzione più semplice. Ha pensato che la morte sarebbe stata la punizione più giusta per loro."

"E come li avrei ammazzati? Avete buttato all'aria casa mia... Avete forse trovato l'arma del delitto?"

Questo è un punto a suo favore. Perché, effettivamente, abbiamo messo sottosopra l'abitazione, ma non abbiamo trovato neanche un coltellino a serramanico.

Non faccio in tempo a rispondergli, perché sulla soglia compare Papadakis.

"Posso parlarle un istante, signor commissario?"

"Che cosa succede?" gli chiedo, in ansia, mentre chiudo la porta alle mie spalle.

"C'è una signora, nel nostro ufficio, che dice di essere la moglie di Chalatsis... Sta facendo il diavolo a quattro."

"Tu rimani qui con lui, io vado a vedere cosa vuole."

Entro nell'ufficio dei miei assistenti e vi trovo una donna sulla cinquantina, alta, con stivali, pantaloni, un soprabito costoso e l'auricolare del cellulare all'orecchio sinistro. Nella mano destra regge il telefono, mentre con l'altra avvicina il microfono del vivavoce alla bocca e parla. Appena mi vede interrompe la conversazione con un "Ti richiamo", e riattacca.

"Lei è il commissario Charitos?" mi chiede.

"Sì."

"Sono Lilian Rouvì, la moglie di Iannis Chalatsis."

"Dalla deposizione è emerso che lei e il signor Chalatsis siete divorziati da diversi anni," replico con calma.

“Questo non ha alcuna importanza. Io continuo a occuparmi di lui e non permetterò che accusiate un innocente – un uomo che ha subito di tutto nella vita –, e gli scarichiate addosso la colpa di tre omicidi solo perché voi siete degli incapaci e lui non può difendersi. Stia certo che ho i mezzi per impedire questo schifo.”

Dermitzakis la osserva a bocca aperta. La donna si riattacca al cellulare e comincia a parlare tenendo il microfono vicino alle labbra.

“Sono ancora io. Allora, per favore, telefona al segretario generale e chiedigli di parlare con il capo di Charitos, chiunque sia, dicendogli di far rilasciare Iannis immediatamente.” Resta in ascolto per qualche istante, poi risponde: “No, non chiamare il ministro: è un tecnico, non ci capisce niente. È il segretario generale che regge le fila. Se hai bisogno, richiamami. Io parlerò con Vaios, il consulente dell'ex primo ministro, perché faccia da mediatore. Voglio che Iannis sia fuori di qui oggi stesso.”

Chiude la conversazione e mi guarda soddisfatta. “Tra un'ora al massimo, l'avrete rilasciato,” mi annuncia.

“E lei fa tutto questo per il suo ex marito?” le chiedo, mentre cerco di non perdere la calma.

“Sì. Ma anche per amore della giustizia. Iannis è innocente: non farebbe del male neanche a una mosca.”

“Innanzitutto non abbiamo ancora formulato alcuna accusa nei confronti del signor Chalatsis. Non è neppure agli arresti: lo stiamo semplicemente interrogando. Lei, però, non fa tutto questo per il suo ex marito...”

“E per chi lo farei?” mi domanda con sprezzo.

“Per suo figlio, che porta lo stesso cognome del padre. Lei teme che se Chalatsis sarà accusato, il ragazzo dovrà portarsi addosso l'infamia di avere un padre assassino. È questo che la rode, non tanto la sorte del suo ex marito."

Prima che la donna possa rispondere, squilla il mio telefono.

"È Dimitriou, signor commissario," mi dice Dermitzakis.

"Abbiamo analizzato il cellulare di Chalatsis," mi comunica. "Ha fatto diverse telefonate a tutte e tre le vittime."

"Lo so. Del resto, non lo nega."

"Però c'è anche una serie di telefonate che ha ricevuto da un numero fisso."

"L'avete individuato?"

"Sì."

"Provengono da una cabina?" chiedo a Dimitriou, perché è ciò che mi aspetto.

"No, signor commissario. Dalla prigione di Korydallòs."

Ecco l'unica cosa a cui non avevo pensato: che Chalatsis conoscesse Kyriakos Demertzìs. Mentre rifletto, nella mia mente si forma anche un'altra idea. Infilo una mano in tasca per assicurarmene: le chiavi che ho trovato nella piccola scatola sulla scrivania di Chalatsis sono ancora lì.

"Ordina di condurre Chalatsis in camera di sicurezza e fa' preparare un'autopattuglia."

"Esigo una spiegazione per tutto ciò," esclama Lilian Rouvì.

"A lei non devo alcuna spiegazione," le dico. "A suo figlio, piuttosto… Se il ragazzo vuole, può venire, preferibilmente accompagnato da un avvocato. A quel punto, gli darò tutte le spiegazioni che desidera. Ah, un'altra cosa, per renderle le operazioni più semplici: il mio superiore è il comandante della polizia, Nikòlaos Ghikas. Il suo ufficio si trova al quinto piano. Può salire anche subito a esporre le sue lamentele."

Mi volto ed esco dall'ufficio dei miei collaboratori senza aggiungere altro.

35

Secondo la legge, non mi serve un mandato di perquisizione per entrare in casa di un individuo già detenuto per spaccio di stupefacenti. Tuttavia, dato che l'avvocato del soggetto è mia figlia, preferisco procurarmi il permesso del giudice per non farmi dire dal sangue del mio sangue che non ho fatto bene il mio lavoro. La mia sensibilità mi costa un'ora di attesa sui carboni ardenti.

Alla fine, anche stavolta grazie all'intervento di Ghikas, riusciamo a ottenere il mandato. Sulla strada verso Koukaki, dove si trova la casa di Kyriakos Demertzìs, scopriamo che la Vasilissis Sofias è chiusa all'altezza della Righillis.

"Che succede, collega?" chiede Papadakis all'agente in piedi davanti all'autopattuglia che blocca il passaggio.

"Casino in piazza Sìntagma" è la risposta. "Ci sono degli estremisti di destra che distribuiscono generi alimentari, mentre gli extraparlamentari di sinistra cercano di rovinargli la buona azione. Se le stanno dando di santa ragione: una vera battaglia."

Papadakis attacca la sirena, svolta a sinistra sulla Irodotou e comincia a risalirla dalla ZTL. Entra dalla Patriarchou Ioakim sulla Pindarou, poi attraversa di nuovo la Vasilissis Sofias e taglia sulla Rizari. Riesce così ad arrivare sulla Vasileos Konstantinou. Il furgone della Scientifica ci tallona.

Dalla Singroù entriamo sulla Dimitrakopoulou: Demertzìs abita in un condominio a quattro piani sulla Liakou, che è perpendicolare alla Dimitrakopoulou. Estraggo le chiavi confiscate nell'appartamento di Chalatsis. Apro al primo colpo la porta esterna, e traggo un sospiro di sollievo perché ci ho visto giusto.

L'appartamento si trova al secondo piano, e la porta d'ingresso si apre con l'altra chiave. Entriamo nella casa, che somiglia in tutto e per tutto al classico alloggio da studente. Il soggiorno funge anche studio, con un computer da tavolo e una stampante, due librerie e alcune pile di libri appoggiate alle pareti. Di fronte alla scrivania c'è un televisore portatile. Un divano a tre posti completa l'arredamento della stanza.

"Sono solo due stanze. Non ci metteremo molto," mi annuncia Dimitriou.

Decido di concentrare la mia attenzione sulla scrivania. Nel caso di Chalatsis sono stato fortunato, ma qui la buona sorte non mi arride. Sul piano non c'è nulla di particolare, mentre nei cassetti trovo fogli per la stampante, cartucce di inchiostro e alcuni CD di software.

"Signor commissario, venga in camera da letto," grida Dimitriou.

Ha aperto i cassetti dell'armadio e ci si è piazzato davanti. Nel secondo, sotto la biancheria intima, è nascosta una pistola con il silenziatore montato.

"Abbiamo fatto bingo!" esclama, trionfante.

"Aspetta: vediamo prima se è proprio l'arma giusta," replica Papadakis.

"È questa, non c'è dubbio," dichiaro. "Chalatsis aveva le chiavi di casa di Demertzìs: dopo ogni omicidio, veniva qui a nascondere la pistola."

"E poi, anche a prima vista si direbbe una calibro 9," dice Dimitriou.

"Quindi anche il figlio di Demertzìs era della partita?"

"Sin dall'inizio mi chiedevo perché mai un giovanotto intelligente e colto come Kyriakos Demertzìs facesse lo spacciatore – e, per di più, anche così maldestramente da farsi beccare al primo tentativo. Ora il suo piano è chiaro: ha fatto apposta a farsi arrestare, per organizzare gli omicidi dal carcere, usando Chalatsis come esecutore materiale."

"Diamo un'occhiata in cucina, anche se non mi aspetto di trovare altro," dice Dimitriou.

È una grande delusione, perché Kyriakos Demertzìs mi sta molto simpatico e non sono affatto contento di accusarlo di complicità in tre omicidi. Allo stesso tempo, immagino anche il dolore di Caterina: neppure lei riusciva a spiegarsi come mai un tipo come Demertzìs spacciasse.

Dimitriou mi distoglie dai miei foschi pensieri.

"Venga in cucina, signor commissario."

Mi aspetta un'altra sorpresa: su una mensola, dietro i bicchieri, troviamo due cellulari identici a quelli che abbiamo recuperato sui corpi delle vittime.

"Li faremo analizzare, nel caso ci sia qualcosa," mi annuncia Dimitriou.

"D'accordo, ma probabilmente sono puliti. Penso che fossero di scorta, nel caso in cui qualcosa non fosse andato per il verso giusto con gli altri."

Chiamo Dermitzakis e gli chiedo di avvertire il carcere di Korydallòs di tener pronto Kyriakos Demertzìs per un interrogatorio. Noi non abbiamo più niente da fare qui, così lasciamo il campo alla Scientifica.

I foschi pensieri mi perseguitano per tutto il tragitto. Il piano non può essere stato coordinato ed eseguito solo da Kyriakos e Chalatsis. Il fatto che tutti e tre gli omicidi siano stati compiuti quando i figli delle vittime erano assenti non può essere casuale. Il rampollo di Demertzìs era in carcere quando il padre è stato ucciso, Loukia era in Spagna e Lefteris, il figlio di Lepeniotis, vive a Nea Lampsako con la madre. È impossibile che sia stato un caso in tutte e tre le circostanze.

Poiché il direttore del carcere ci vede arrivare in tre, ci chiede, preoccupato:

"Che succede?"

"Ho paura, purtroppo, che l'unico a uscire con un guadagno da questa storia sarà lei, signor direttore. Tutti noi, invece, ci rimetteremo."

"Perché?" mi chiede.

"Perché è molto probabile che dovrà ospitare Kyriakos Demertzìs per molti anni a fare lezione ai giovani detenuti."

Prende coscienza della novità e fa chiamare Demertzìs. Dico ai miei assistenti di lasciarmi solo, perché voglio parlare con Kyriakos a tu per tu.

Dopo due minuti, il ragazzo arriva, sorridente come sempre.

"Buongiorno, signor commissario. Che novità?"

"Perché, dev'esserci per forza qualche nuova?" gli chiedo, mentre una domanda mi balena nella mente: non è che la notizia dell'arresto di Chalatsis è trapelata e lui ne è stato avvertito?

"Tutte le volte che viene a trovarmi ci sono sempre delle novità," risponde, tranquillizzandomi.

Si siede davanti a me, sulla seconda sedia posta di fronte alla scrivania del direttore. Estraggo da una tasca il mandato di perquisizione e lo poggio davanti a lui.

"Che cos'è?" mi chiede.

"Un mandato di perquisizione. Siamo entrati in casa tua, stamattina, ma l'abbiamo fatto con tutti i crismi."

Guarda ancora il mandato, poi di nuovo me, ma non replica.

"Abbiamo trovato l'arma del delitto," continuo. "E due cellulari uguali a quelli che avete utilizzato per attivare i messaggi dopo gli omicidi. Immagino che li abbiate acquistati per sicurezza."

Continua a guardarmi senza parlare.

"Ti hanno tradito le telefonate che hai fatto dal carcere. Quando sono saltate fuori, ho capito subito con chi si era messo d'accordo Chalatsis."

"Era rischioso, lo so," mi dice tranquillamente. "Iannis, però, ha passato molti guai che gli sono costati l'equilibrio psichico. Bisogna calmarlo e sostenerlo continuamente."

"Come l'hai conosciuto?"

"Non è stata una mia iniziativa. Mi ha cercato lui. Non so come abbia trovato il mio numero, ma un giorno mi ha telefonato, dicendomi che conosceva mio padre dai vecchi tempi e che voleva parlarmi. 'Non ti telefono come amico di tuo padre, ma come suo nemico,' ha subito chiarito, e questo mi ha incuriosito. Iannis voleva vendicarsi di mio padre attraverso di me. Voleva rivelarmi che lo aveva denunciato e che le sue imprese come oppositore della dittatura erano tutte fandonie. Quel che non sapeva, era che io non nutrivo né rispetto, né stima, né affetto nei confronti di mio padre. Al contrario, lo ritenevo una persona senza scrupoli, capace di tutto. Da tempo, mi ero convinto della necessità che la sua generazione scontasse tutto il male di cui si era resa responsabile. Loro hanno vinto, e gli altri hanno dovuto pagare. La conoscenza con Iannis mi ha aiutato a elaborare il piano. Perché quell'uomo aveva la mia stessa convinzione. E così è cominciato tutto..."

"Sin dall'inizio mi è sembrato troppo strano che tu fossi finito in carcere per spaccio," gli dico. "Ti sei fatto arrestare perché da qui potevi guidare l'esecuzione del piano con tutta calma. Nessuno avrebbe mai sospettato di uno che si trovava già in custodia cautelare. Ti hanno tradito le telefonate, però."

Mi sorride, senza scomporsi. "Sa tutto, insomma, signor commissario. Ha trovato anche l'arma. Cos'altro dobbiamo dirci?"

"Qui ti sbagli. Abbiamo altro da dirci. Voglio sapere chi sono gli altri complici."

"Non c'è nessun altro. Siamo solo io e Chalatsis."

"E no, qua non me la conti giusta, Kyriakos. È impossibile che il piano sia stato messo in atto da due sole persone – una delle quali, per di più, in carcere. C'è qualcun altro."

"Si sbaglia commissario. Ce la siamo sbrigata solo noi due."

"Innanzitutto, non può essere un caso che i figli di tutte e tre le vittime si trovassero fuori città nei giorni degli omicidi," gli spiego. "Tu eri in carcere, Loukia in Spagna e Lefteris, il figlio di Lepeniotis, vive a Halkida."

"Su questo ha ragione. Abbiamo fatto in modo di essere tutti lontani. Tutti e tre eravamo in contrasto con i nostri genitori, e non volevo che ci fossero sospetti su Loukia o su Lefteris. Io, in ogni caso, ero già in carcere."

"Perché hai fatto tutto questo?"

"Perché, nelle condizioni disastrose in cui si trova il paese, qualcuno li avrebbe ammazzati comunque per vendicarsi. Ed era assai probabile che fossero gli estremisti di destra a farlo. E, in quel caso, sarebbero diventati eroi per la seconda volta. Ma avevano già falsificato le loro gesta una volta. Non c'era proprio bisogno che accadesse di nuovo."

Ogni volta che parlo con Kyriakos Demertzìs, non posso fare a meno di ammirarne l'acutezza del pensiero. E mi rodo il fegato a pensare che rischia di rovinarsi tra le quattro mura di una cella. Colpa del padre? Colpa del momento storico? Colpa dell'odio e delle sofferenze causati da questi tempi atroci? Chi può dirlo?...

"C'è dell'altro, però," aggiungo.

"E cioè?"

"L'assassino aveva bisogno di un complice. Lui uccideva e il complice telefonava quando noi eravamo vicino al cadavere e ci apprestavamo a ispezionarlo."

"Ha fatto tutto Iannis."

"Impossibile. Iannis non sarebbe rimasto sul luogo del delitto dopo l'omicidio, con tanto di pistola in tasca, a chiamare il cellulare per farci sentire il messaggio di Radio Politecnico. Posso accettare che sia stato lui a mettere i cellulari nei vestiti delle vittime dopo averle uccise. Ma la telefonata la faceva qualcun altro, che doveva essere nascosto nei paraggi."

"Ha fatto tutto Iannis," insiste.

"Mi hai rivelato il piano, ma me l'hai raccontato solo a metà."

"No, gliel'ho svelato per intero, signor commissario."

"No, Kyriakos. Il piano era un'opera di tutti voi figli. Da un lato, volevate aiutare le persone che ritenevate vittime dei vostri padri e riscattarne i peccati; dall'altro, intendevate punire i vostri genitori per il male che, secondo voi, hanno compiuto. Era un piano elaborato in comune. Per questo i figli di tutte e tre le vittime dovevano trovarsi fuori città nel giorno del delitto. Per non destare sospetti e non mandare a monte l'intera faccenda."

Kyriakos mi ascolta senza perdere il sangue freddo.

"Questa è una sua teoria, signor commissario," mi dice. "Ma non può dimostrarla, perché non ha riscontri al di fuori della sua mente."

Mi chiedo se non sia preferibile che il fiume si porti via soltanto lui. Forse è meglio che gli altri, che possono ancora essere d'aiuto in questi tempi bui, rimangano fuori. Che ci guadagneremmo a sbatterli tutti in prigione? Nulla: anzi, molte delle persone che stanno aiutando verrebbero abbandonate a se stesse, senza alcun sostegno. Mi sforzo per obbedire al poliziotto che è in me.

"Capisci che dovrai farti carico di tutto," gli spiego. "Iannis è psichicamente disturbato, lo sai."

Apro una parentesi per raccontargli del mio incontro con la ex moglie di Chalatsis. Quando finisco, si mette a ridere.

"Iannis vive ancora con il dolore per il figlio Klèarchos che non ha più visto: lo ammira solo mentre fa discorsi in parlamento. Klèarchos rappresenta il sangue nuovo che cambierà la scena politica. Così ha deciso sua madre."

"Lilian Rouvì agirà per far dichiarare Iannis incapace di intendere e di volere e rinchiuderlo in un ospedale psichiatrico. Non gli serve altro che un bravo psichiatra. Il genitore pazzo che riabilita il nome del figlio," aggiungo io.

"Questa è una delle ragioni per le quali ho deciso di collaborare con Iannis," mi dice, con il solito tono tranquillo. "Sarebbe stata solo una questione di tempo: alla fine sarebbe impazzito completamente e avrebbe iniziato a vagare per le strade come un folle. Meglio che entri in un ospedale psichiatrico, almeno potrà ricevere delle cure. E così la Rouvì avrà compiuto almeno un'opera buona in vita sua."

"E tu ti accollerai tutte le colpe?"

"Tanto sono già in carcere. Non cambierà niente. E sua figlia si occuperà della mia difesa: è l'unica persona di cui mi fido."

Dovrei essere orgoglioso, ma invece mi sento depresso. Mi chiedo dove troverò il coraggio di trascinarlo davanti al pubblico ministero.

"Ma perché, Kyriakos?" gli chiedo, non sapendo cos'altro dire. "Perché vuoi fare il capro espiatorio?"

"Perché sono l'unico colpevole, signor commissario. Gli altri hanno già pagato molto più di quanto farò io."

Me ne vado senza sapere quando lo rivedrò. Manderò Papadakis o Dermitzakis a raccogliere la sua deposizione.

A questo punto, cerco nuovamente di tirar fuori il poliziotto che è in me. Chiamo Dimitriou e gli chiedo di portare in Centrale l'arma del delitto e i due cellulari. Gli dico che sto arrivando.

Quando Chalatsis viene prelevato dalla camera di sicurezza e riaccompagnato nella stanza degli interrogatori, io sono già lì. Al suo ingresso, le chiavi, la pistola e i due telefonini sono sul tavolo. Si blocca a guardarli, poi si siede di fronte a me.

"Le chiavi nella scatola sulla tua scrivania aprivano la porta dell'appartamento di Kyriakos Demertzìs," gli dico. "La pistola l'abbiamo trovata in un cassetto, sotto la biancheria intima. E i due cellulari su una mensola della cucina, insieme ai bicchieri."

"D'accordo. Sono stato io a ucciderli," confessa. "Tutti e tre. Ma loro hanno ammazzato me ben prima che io li colpissi. Ora siamo morti tutti."

"Lo so che li ha uccisi lei. Anche se non avesse confessato, gli elementi in nostro possesso basterebbero a dimostrarlo. La questione è chi l'ha aiutata."

"Kyriakos," risponde senza esitazione. "Abbiamo pianificato tutto insieme."

"Signor Chalatsis! Lei è l'esecutore, e questo è chiaro. Le vittime, però, avevano indosso un cellulare, e c'era qualcuno che telefonava quando stavamo per ispezionare i corpi. Non può essere stato lei a occuparsi anche di questo, dev'esserci stato qualcun altro. Chi era il suo complice?"

La molla che ha nel cervello lo fa scattare di nuovo in piedi.

"Non mi ritiene capace neanche di fare una cosa così semplice, signor sbirro?" grida. "Ho affrontato dei veri e propri demoni per tutta la vita, e lei non mi ritiene capace di fare una cosa tanto facile?"

"Bene. Allora mi spieghi come ha fatto."

"Gli ho sparato a bruciapelo," mi dice, e si mette a ridere come se avesse proferito una battuta molto divertente. "Sa, quando ho detto a Demertzìs che avevo delle informazioni che potevano far crollare la sua favoletta sulla Resistenza, e che dovevamo incontrarci al Centro Olimpico del Faliro, tremava tutto. Voleva salvarsi la pellaccia."

"E poi che cosa ha fatto?"

"Lui è caduto a terra, morto, e io gli ho infilato il cellulare in una tasca."

"In quale tasca?"

"Quella della giacca."

"D'accordo. E poi?"

"Poi mi sono nascosto e ho aspettato che arrivaste voi, la sbirraglia."

"Con l'arma del delitto in tasca?"

"Sì."

"Ma... figuriamoci! Non ci credo proprio che lei sia così idiota da aspettare l'arrivo della polizia con la pistola in tasca. Se qualcosa fosse andato storto, l'avremmo beccato in flagrante, e non avrebbe potuto compiere gli altri due omicidi. E questo è un rischio che non avrebbe mai corso."

"Sono più sveglio di voi," grida. "Di voi e di quelli dell'ESA. È questo che non riuscite a digerire: ecco perché continuate a torturarmi e a perseguitarmi ingiustamente. Ma è inutile: non riuscirete a piegarmi."

"E l'altra telefonata?"

"Quale?"

"Quella alla Centrale, che ci avvertiva del cadavere. Chi l'ha fatta?"

"Io," risponde, ancora una volta senza esitare. "Da un telefono a scheda. Prima telefonavo a voi e poi prendevo l'autobus. E tornavo a casa mia."

Scoppia di nuovo a ridere, soddisfatto di sé.

All'improvviso comincio a temere che, se continuo a metterlo sotto pressione, potrebbe impazzire del tutto.

"Va be', lasciamo stare, signor Chalatsis," gli dico. "Ne riparleremo."

È deciso a rimanere fedele al patto del silenzio che ha stipulato con Kyriakos. Potrei continuare a interrogarlo, ma non credo che riuscirei a strappargli il nome del complice. Del resto, non ha neanche una grande importanza. Almeno formalmente, i tre omicidi sono stati risolti.

36

"È escluso!" esclama Caterina. "È escluso che sia io ad assumere la difesa di Kyriakos. Serve un penalista di grande esperienza."

Siamo tutti a tavola, l'intera famiglia più Zisis, e stiamo gustando i pomodori ripieni che ha preparato Adriana.

Domani, Iannis Chalatsis e Kyriakos Demertzìs verranno condotti davanti a un pubblico ministero. Le indagini sono ufficialmente concluse, ma io non ho detto a nessuno che sospetto fortemente che tutta la compagnia di Kyriakos sia coinvolta negli omicidi e che il piano sia opera dell'intero gruppo. Non l'ho detto a Ghikas né a Gonatàs, e non lo dico neanche alla mia famiglia e a Zisis.

Ghikas si è fregato le mani per la contentezza. La confessione dei due responsabili gli basta per fare una dichiarazione ufficiale, e lui non si occupa certo dei particolari superflui. L'unico che ha qualche dubbio è Gonatàs.

"Credi davvero che sia opera solo di Chalatsis e Demertzìs?" mi ha chiesto al termine della relazione, quando siamo usciti dall'ufficio di Ghikas. "Non avevano altri complici? C'è qualcosa che non mi convince."

"Anche se li avessero, non possiamo dimostrarlo, dal momento che Chalatsis e Demertzìs si sono assunti ogni responsabilità," ho risposto. "I figli delle altre vittime erano fuori città, e quindi non possono essere coinvolti. Come pensi di trovare gli altri complici, se i due accusati tengono la bocca tappata?"

Gonatàs non ha insistito oltre.

Adriana, Fanis e Zisis continuano a mangiare in silenzio. Caterina e io abbiamo interrotto la discussione e ci guardiamo negli occhi.

"Sostieni che Demertzìs ha bisogno di un penalista esperto, ma anche tu ti occupi di procedimenti penali quando difendi i tossicodipendenti," le faccio notare.

"Sì, certo, ma non si tratta di assassini, papà. Non è che il penale sia tutto uguale. Qui abbiamo a che fare con tre omicidi, e io non ho l'esperienza necessaria."

"Bambina mia, per te è un'occasione enorme. Perché vuoi fartela sfuggire?" chiede Adriana.

"Mamma, solo tu vedi sempre delle occasioni per tua figlia. Se combinassi un pasticcio, allora sì che avrei davvero preso a calci la mia carriera, definitivamente e irrimediabilmente. Non voglio che si dica che Demertzìs ha pagato l'inesperienza del suo avvocato difensore."

"Io credo in te. Puoi farcela," insiste Adriana, con il convincimento di una madre orgogliosa.

"Il problema è che devono crederci i giudici e i giurati."

Non le dico che anch'io vorrei proprio che assumesse la difesa di Kyriakos. Non tanto per l'occasione – se ne presenteranno altre –, ma perché Kyriakos si fida di lei, e Caterina è forse l'unica persona in grado di capirlo.

"Che cosa ne sarà di Chalatsis?" mi chiede Fanis.

"Il caso di Chalatsis è più semplice," gli rispondo. "Il figlio gli assicurerà un avvocato di grande importanza e un luminare della psichiatria. Verrà dichiarato incapace di intendere e di volere, e quindi internato in un manicomio."

"Capisci," interviene Caterina. "Ricadrà tutto su Kyriakos, e così si corre il rischio di affondare entrambi. Non se ne parla."

Zisis smette di mangiare ed esprime la sua opinione:

"Sei un avvocato, e sai bene che Demertzìs non ha possibilità di cascare sul morbido. Se si potesse fare un processo normale all'esecutore materiale, forse il ragazzo avrebbe qualche possibilità di cavarsela con una pena inferiore. Se però Chalatsis verrà dichiarato infermo di mente, allora gli affibbieranno una pena molto pesante, per soddisfare il sentimento popolare."

"Hai ragione, zio Lambros. È proprio così che andrà," concorda Caterina.

"E allora, proprio perché andrà in questo modo, non gli serve un principe del foro, ma un avvocato che stia dalla sua parte e lo difenda con passione," continua Zisis. "Tanto, in ogni caso, verrà condannato. Ma l'appoggio dell'avvocato non finisce in tribunale. Gli servirà anche dopo. Un noto penalista si dimenticherà di lui nel momento stesso in cui si chiuderà il processo. Tu, invece, gli starai sempre vicina. Ed è quello che gli serve. Parlo per esperienza. Sai quanti processi ho affrontato. Ogni volta sapevo in anticipo quale sarebbe stata la condanna, e non mi sono mai sbagliato. Per questo avevo bisogno di un avvocato che capisse le mie azioni e sapesse quanto erano forti le mie motivazioni. La stessa cosa serve a Kyriakos. Ecco perché devi assumerne la difesa."

Ora, per la prima volta, capisco qual è la differenza tra me e Lambros Zisis. Non è né politica né ideologica. Tutti e due abbiamo aspettato l'appuntamento con la Storia, sebbene su due angoli opposti della strada, ma poiché la Storia è mancata all'appuntamento – così come ha dato buca alla Grecia –, ci siamo messi a chiacchierare e siamo diventati amici. La differenza sta nel fatto che Zisis sa spiegare molto meglio le cose che penso anch'io, quelle che io non riesco a esprimere, anzi che mi si bloccano dentro.

"È esattamente questo che temo, zio Lambros. Che non sarò in grado di sostenerlo abbastanza. E non voglio che patisca ulteriormente per colpa mia. Kyriakos è un ragazzo eccezionale, e non merita di soffrire."

"Sei a un passo dall'innamorarti di Kyriakos Demertzìs," commenta Fanis, tranquillamente.

"Sei geloso?" gli chiede allora Caterina. "Erano anni che non succedeva..."

"Ripeto quel che dice anche zio Lambros, solo che io mi spingo oltre. I tuoi buoni sentimenti gli saranno utili."

"Allora d'accordo. Assumerò la sua difesa, ma solo ed esclusivamente per farti ingelosire."

"Per me non c'è problema: ho una fiducia sconfinata nel mio fascino," replica Fanis.

E scoppiamo tutti a ridere.

Questo libro è stampato su carta certificata FSC,
che unisce fibre riciclate post-consumo a fibre vergini
provenienti da buona gestione forestale e da fonti controllate.

Finito di stampare nel marzo 2014 presso
il Nuovo Istituto Italiano d'Arti Grafiche – Bergamo

Printed in Italy

RCS
Libri

ISBN 978-88-452-7626-2